我厨房里的大象

我厨房里的大象

象群教会我
爱故能勇，安即乐生

[法国] 弗朗索瓦丝·莫尔贝-安东尼

[荷兰] 卡佳·威廉森

著

郭梦霞 译

GUANGXI NORMAL UNIVERSITY PRESS

广西师范大学出版社

·桂林·

我厨房里的大象

WO CHUFANG LI DE DAXIANG

出版统筹：多　马　　　　　书籍设计：鲁明静
策　　划：多　马　　　　　篆　　刻：张　军
责任编辑：吴义红　　　　　　　　　　　张泽南
产品经理：多　加　　　　　责任技编：伍先林

First published 2018 by Sidgwick & Jackson an imprint of Pan Macmillan,
a division of Macmillan Publishers International Limited.

著作权合同登记号桂图登字：20-2022-247 号

图书在版编目（CIP）数据

　　我厨房里的大象 /（法）弗朗索瓦丝·莫尔贝-安东尼，
（荷）卡佳·威廉森著；郭梦霞译. -- 桂林：广西师范大
学出版社，2023.5
　　书名原文: AN ELEPHANT IN MY KITCHEN
　　ISBN 978-7-5598-5828-3

　　Ⅰ．①我… Ⅱ．①弗… ②卡… ③郭… Ⅲ．①回忆录－
法国－现代②回忆录－荷兰－现代 Ⅳ．①I565.55②I563.55

　　中国国家版本馆 CIP 数据核字（2023）第 030313 号

广西师范大学出版社出版发行

　（广西桂林市五里店路 9 号　邮政编码：541004

　　网址：http://www.bbtpress.com

出版人：黄轩庄

全国新华书店经销

广西民族印刷包装集团有限公司印刷

　（南宁市高新区高新三路 1 号　邮政编码：530007

开本：880 mm × 1 230 mm　1/32

印张：13.375　　字数：220 千

2023 年 5 月第 1 版　　2023 年 5 月第 1 次印刷

印数：0 001~6 000 册　　定价：72.00 元

如发现印装质量问题，影响阅读，请与出版社发行部门联系调换。

我将我全部的爱

献给我的苏拉苏拉家人：

我的丛林生灵们和我的同道们，

是你们的爱和慰勉，

让我永不言弃。

目 录

第一章

人类与象群间之唯一壁垒，

乃由人类自己构筑

狂暴的天气总是让我们的大象们心神不宁，而且一场意料之中的飓风也意味着树木将会被吹倒，苏拉苏拉的围栏也会被飓风的肆虐撕扯得四分五裂。飓风袭来的威胁已经持续了好几天了，炎热的夏天过后，我们每天都企盼着下一场大雨，但是我们绝对不需要一场热带风暴。我们很担心象群，但我和我丈夫劳伦斯相信，象群一定被以我的名字命名的新任女族长弗朗吉①带到了我们广袤的野生动物保护区里的某个安全的地方。

　　我们已经有好一阵子没在我们的房子附近看到他们了，我很想念他们。

　　每当他们来访时，他们立刻就把长鼻子举起来，开始"检阅"我们的房子：我们在家吗？狗在哪里？那是新开的三角梅的味道吗？

　　我的马耳他卷毛狗、保护区的小公主贝柔非常不喜欢他们，因为他们一来就害得她失去众星拱月的地位，所以她总是怒冲冲地朝

----

　　① 《象语者》中译为弗朗姬，因"姬"字略嫌女性化，不够突出她们两个的坚强、睿智、永不服输的个性，故而本文修改为弗朗吉。

着他们狂吠。成年大象根本就不理会她，可是幼象们却跟她一样颇为自大。小家伙们兴高采烈地沿着我们花园四周的电网奔来跑去，跟她对着嗓嚷，细细的小鼻子舒来卷去，小耳朵都甩到飞起。

无论我们多么珍视他们的来访，我们却深知，让他们在人类身边感觉到如此安适是十分不安全的——他们对人类的信任被偷猎者利用的风险太高了。所以我们计划慢慢地让他们戒脱我们，或者更准确地说，让我们戒脱他们。这并不意味着劳伦斯会离弃他最钟爱的娜娜，象群的前任女族长：他们深爱着彼此，娜娜也决计不会离开他的。

他们常常秘密会面。劳伦斯会把他那辆破旧的越野车停在离象群半公里远的地方等着，娜娜会在空气中嗅到他的气味，然后她便悄悄地和其他象分开，穿过茂密的灌木从，长鼻子高高举起，满脸欢悦地向他走来。他会告诉她自己整整一天的经历，而她则用轻柔的咕噜声和鼻尖的触碰来回应他。

回首 1999 年的苏拉苏拉，这些饱受苦痛的小生灵现在有了多么大的变化！那时候我们刚刚买下我们的野生动物保护区。这里流淌着美丽的河流，稀稀拉拉地长着丛生的树木，是一个半草原半森林的混合体，横亘在夸祖鲁-纳塔尔省绵延起伏的祖鲁兰丘陵之上，有大量的水牛、土狼、长颈鹿、斑马、角马和羚羊栖息在这里，还有各种鸟类和蛇、四头犀牛、一只非常害羞的豹子和三只鳄鱼。

后来我们发现土地的主人把犀牛卖掉了。我们非常失望：在那个时候，我们还没有任何大象，而且象群也并未包括在我们的计划当中。绝对没有，至少不会那么快。

因此，当某位动物福利组织的代表要求我们接受一群无家可归的大象时，我们真是又惊又喜。我们对饲养大象一无所知，我们的围栏也不符合保护区的安全要求——如果我们有围栏，他们倒是可以待在里面，慢慢适应跟我们在一起的新生活。

"那位女士一定知道我们没有任何经验，"我对劳伦斯说，"为什么他们还是选中了我们？"

"可能是其他人不够蠢吧。但是弗朗吉（弗朗索瓦丝的昵称），要是我们不接受他们，他们一定会被射杀的，甚至连幼象都不可能幸免。"

我吓坏了。"你快打电话给她，马上答应她。我们会制订一个计划——我们总会有办法的。"

两个星期后，在一个暴雨倾盆的夜晚，三辆巨型大卡车把他们载到了我们这里。当我看到车子的型号时，我被新来的邻居震惊到了：两头成年雌象，两头青年象，还有三头十岁以下的幼崽。那时，我们对大象已经有足够多的了解了。我们清楚，如果象群闹事的话，那么问题一定出在较为年长的象身上。劳伦斯和我交换了一下眼神：希望那些围栏能扛得住。

停车的时候，一辆卡车的轮胎爆炸了，车辆在泥浆中危险地倾斜着。我的心被大象的吼叫声和嘶鸣声紧紧揪起。直到天亮，我们才设法把他们赶进了新围栏的安全地带里。

他们并没在那儿待多久。

第二天，他们便想出了一个办法，把一棵 9 米高的螺穗木树推到了高达 8000 伏电压的足以致命的电网上。电线短路了，他们便走了出来，朝着他们先前的家的方向向北走去。数以百计的村庄散布在我们的野生动物保护区周边的丘陵和山谷中，所以这算得上是特别紧急的状况。

　　我们竭尽全力去找他们。人们可能会认为，找到一群大象还不容易，但事实并非如此。动物们无论个体大小，都本能地知道如何让自己消失在灌木丛中。他们确实消失了。不论是徒步追踪器、越野车，还是直升机，全都无法找到他们。我们什么也做不了，这让我感到非常沮丧，于是我就开上我的丰田越野车，沿着土路去寻找他们了。我带上了彭妮，她是一只活泼的猎犬，给我当助手。

　　"老乡，你有没有看见过七头大象？"我用祖鲁语问每一个我遇到的人。

　　但是，在他们听来我的法语口音简直是对他们母语的凌虐。他们盯着面前这个两手狂挥乱舞的金发女郎礼貌地摇头。

　　我们花了十天时间才把象群带回了苏拉苏拉。在这十天里，每一天对我们来说都漫长而疲惫。我们基本上不吃不睡，纯粹靠激情和咖啡硬撑了下来。劳伦斯费尽心力让他们没有被射杀，这真是一个奇迹——当地野生动物管理局完全有权要求杀死他们的：他们得考虑人的安全问题，而且他们也非常清楚，这群大象被重新安置的概率近乎零。我们被警告说，如果他们再次逃跑，就一定会被射杀。

让象群安顿下来的压力是如此之巨大，我的生活一夜之间发生了翻天覆地的变化。我的担心从卧室里可能会爬进来眼镜蛇或蝎子，变成了整夜都要大睁着眼睛躺在床上等劳伦斯回家，因为我真怕劳伦斯会在铤而走险去劝说大象接受他们的新家时被他们踩死。每个夜晚劳伦斯都尽可能走近围栏，对大象们唱歌，跟他们说话，给他们讲故事，直到声嘶力竭。最终劳伦斯用温柔而坚定的爱心和持之以恒的热忱，消融了娜娜对人类的恐惧，最终赢得了她的信任。

一个炎热的下午，他回到家里，跳上台阶朝我走来。

"你决想象不到发生了什么事，"他说着，仍然满脸的惊叹。"娜娜把她的长鼻子伸过了栅栏，摸了摸我的手。"

我大为震惊，瞪大了眼睛。娜娜可是随时可以用她的长鼻子卷住他，把他从电网上面拽进去。

"你怎么知道她不会伤害你？"

"你有过那种不必言说便能感知别人心意的经历吗？当时我就是这种感觉：她不再生气，也不再惧怕，事实上，我觉得她是在告诉我他们已经准备好探索他们的新家了。"

"你得先保证你能活着离开她。"我恳求道。

"最糟糕的时段已经过去了，我将在黎明时分打开围栏。"

那天晚上，我和劳伦斯坐在星空下的阳台上，举起了香槟酒杯。

"致娜娜。"我叹了口气。

"致我的心上人。"劳伦斯笑着说。

在过去的十三年里，象群已经成了我们的家人。所以当暴风演变得愈来愈剧烈时，我们知道飓风袭来的风险每小时都在增加，因此我们极其担心。

劳伦斯出差了，我独自一人在家。他不停地给我打电话：现在风有多大？开始下雨了吗？护林员在沿着围栏巡查吗？对他来说，这个时间点离开是最糟糕的。在祖鲁兰飓风很罕见，但当飓风袭来时，其破坏性可能是灾难性的。后来我发现他还从约翰内斯堡打电话给我们的保险公司，要求把我们的天气损失险增加一倍。他是如此忧心忡忡，我真希望他马上就回家来。

在这场纷纷扰扰中，2012 年 3 月 2 日，星期五早上 7 点，我接到了一个电话，告知我，我那无坚不摧的丈夫昨夜因心脏病突发而去世。我简直不敢相信：劳伦斯明明在饱受战争蹂躏的巴格达和野蛮未化的刚果都挺了过来，可是现在我却不能把他从德班国际机场接回家了。我倒在了床上，浑身瘫软。

保护区陷入了令人难以置信的死寂。

"就像有人拔掉了生命的插头。"玛波娜说，她是我们榭舍（即我们的丛林木屋）的女经理。

我就像一个机器人，机械地向前走下去。风暴仍在肆虐，夸祖鲁-纳塔尔紧急服务中心已经警告我们，风暴正朝着我们的方向推进。我一边要确保住客们的安全，一边指示护林员们用更多绳子和铁丝绑紧营地的帐篷。突然大自然妈妈给了我们一个难以置信的喘息机会：飓风艾琳娜转头奔向了沿海地带。危机过去了，我们大家都长长地嘘了一口气，开始直面悲痛。

没有了劳伦斯，在苏拉苏拉我该怎么活下去呢？对我和我们的员工来说，这都是不能想象的。许多人认为我会回到我的祖国法国避难。我和他，我们两个人组成了一支坚如磐石的团队管理着我们的保护区：劳伦斯，或者洛洛（我叫他洛洛），承担了所有跟动物及安全相关的工作，我则负责接待、推广和财务事宜。

我们在动荡中学习适应那些我们一无所知的事物，简单地应对每一个突如其来的挑战，比如接收这群情绪失控的大象。那时的我们脑子里究竟是怎么想的呀？

但我们用勇气、狂热和欢笑战胜了困难。我们彼此相爱，我们热爱我们在非洲丛林中建造出来的绿洲。保护动物，特别是大象和犀牛，是我们共同生活中的重心。

而现在，一夜之间，我的爱人与我天人两隔了。这真令人难以置信，因为悲剧发生时他并不在家，他的死因此让人感觉很不真实。消息像山火一样蔓延开来，来自世界各地的电子邮件、电话和短信纷至沓来：不仅仅我悲痛万分，每个人都十分痛心。可是我还没有完全死心，我还一直在等他给我打电话：

"弗朗吉，我在机场！你在哪儿呢？"

我在恍惚中度过了两天。星期天一大早，我接到了一个电话，告诉我象群现身了：他们正在走过来。

"他们向南去了，"对讲机里咝咝啦啦地响着，"他们在往主屋的方向走。"

这真是一个惊喜。我最后一次听到他们的消息，还是在暴风预警最为严重的时候。那时他们离我们还有 12 个小时的路程呢——记住，那可是一群猛犸象一般的大家伙要走的 12 个小时，现在他们只差一刻钟就到了。但说实话，他们也就在我的脑子里一闪而过。生活简直成了一摊烂泥，我几乎没办法从我必须要做的事务中喘口气。我们的住客们并不知道发生了什么事，而我不得不让榭舍继续为他们开着。

布洛西是一位长相英俊的护林员，他既能追踪那些行踪不定的动物，也会熟练地调制鸡尾酒。他是第一个看到象群的人，差点跟他们迎面撞上。他们就待在通往主屋和接待处的大门那里，他都无法开车通过。他立刻意识到情况有些不太对劲。

他报告说，连公象都来了。

单身公象往往远离其他大象，或者即使他们离得很近，他们也不会出现在象群看得见的地方。但那天早上，所有二十一头大象都在大门口挤在一起，情绪显然很激动。这是很不寻常的，因为通常他们的来访都是悄无声息的。

有时候，如果劳伦斯短暂离开之后回来了，他们会顺便来访。他们慢吞吞踱着方步，耐心地啃着草，等他出来跟他们打个招呼。或者他们有了一头新生的幼象需要介绍给他，他们就会站在篱笆边，面色和悦地轻轻地把幼象推到他面前。

而在他去世后的那个星期天，他们的表现却完全不同。他们坐立不安，来来回回踱着步。他们一窝蜂地走到房子前面，在那里待了几分钟，然后又走到房子后面。他们根本就不吃草，而且不停地走动。

"他们非常不安，可我不知道是为什么。我在想他们不会是和偷猎者发生冲突了吧。当我走近他们的时候，我看到他们脸庞的两颊上，甚至是幼象的脸上，都带有明显的担忧。"布洛西惊愕地揉着自己的眼睛说。

大象的颞叶腺位于眼睛和耳朵之间，当动物感受到压力时，便会分泌液体，这会给人们留下"他们在哭泣"的错误印象。我们家门口处的大象并没有哭泣，然而他们庞大的脸颊上流淌下来的黑色湿漉漉的液体表明，一定有什么东西深深地影响了他们。大约40分钟后，他们在隔开我们家与灌木丛的篱笆前排开了队伍，开始温柔地"说话"。

低沉的咕噜声回响在空气中，他们跟劳伦斯交流时总是使用这种低频的语言。马布拉是象群中占支配地位的公象，他正和象群的其他象一起踱来踱去；只有娜娜静静地伫立在一旁，好像在等劳伦斯出现。但她也知道，他不会再出现在这里了。

我们好几个月都没见到他们了。为什么现在他们过来了？为什么恰好是这个周末？他们为什么这么焦躁不安？没有任何一本科学书籍能够解释，为什么我们的象群在那个周末来到我家。但对我来说，这却是很好理解的：当我丈夫的心脏停止跳动时，他们心中一定有了某种感应。他们在荒野中走了一英里又一英里，跟我们一起哀悼，表达他们的敬意，就好像他们中的一员去世了一样。

　　我从小就生活在城市里，而且是一个地地道道的巴黎人。我能跟你讲哪条路是去往圣日耳曼的最短的路线，但我却无法跟你谈谈动物：我对它们一无所知。我们家从来没有养过宠物，虽然有段时间在我们的花园里的确生活过一只乌龟。

　　在一个城市生活和工作，即使是像巴黎这样美丽的城市，人们也没有时间像在丛林中那样去关注大自然。就像人们常说的那样，在法国的生活就是地铁、工作、睡觉。生活就是一台无情的跑步机，人的一生，不过就是通勤、工作、睡眠。然而，虽然我每天都在巴黎这台跑步机上踏着步，在我内心深处的某个地方，我却知道最终我定会去某个异国他乡。

　　但是要我住在非洲的小木屋里？不，那不是我所向往的地方。

　　然而，现在我却在这里，孤身一人安葬我的丈夫。我不知道该从哪里开始。我请劳伦斯非常信任的两位得力助手，乌西和布洛西，到屋子里来谈谈安葬他的遗体的事宜。

　　"我们应该把努姆赞的尸骨迁移到大坝上去，我希望劳伦斯和他在一起。"我低声说。

　　姆可胡鲁大坝是劳伦斯在苏拉苏拉最喜欢的地方，是他和乌西两个人一起建成的。这里是他厘清思路、重振精神的地方。努姆赞是他最钟爱的小公象，原本是跟着第一批象群来到我们这里的。他是一个有点儿狂躁的小家伙，因为他亲眼看到他妈妈和妹妹被人枪杀。尽管他来的时候只有十几岁，还是个真正的孩子——当然算是一个问题小象，但是他已经意识到成长为领头雄象的责任。他所做的第一件事，就是希望劳伦斯不要和他的家人太过亲近。劳伦斯非常钦佩他的勇气，便给他起名叫努姆赞。在祖鲁语中努姆赞是"阁下"的意思，这也成了他最喜欢的故事之一。

"他一定给吓到魂不附体。"劳伦斯喜欢这样回忆。

"他先是被关在铁牢笼里，然后又坐上一辆吱嘎作响的车子上，整整走了 18 个小时。一出牢笼，一切都大变样了：没有熟悉的气味，没有安全的藏身之地，反而有一群精疲力竭的人类。这些家伙对它来说可是意味着极大的危险呐，但它仍然朝我们猛冲过来。如果我那个时候手里有一顶王冠的话，我一定会把王冠给他戴在头上。"

然而几个月后，努姆赞却被赶出了象群。大象是这样抚养他们的幼崽的：把开始发育的雄象与雌象分开，这样做禁止了近亲繁殖，确保基因能有最大机会延续。然而这并不适用于努姆赞，因为他是一个孤儿，他跟这个家庭的雌象没有任何血缘关系。但规则就是规则，在大象王国里，娜娜是一个很严格的女族长，她不能容忍有谁破坏她的族规。努姆赞罹受的痛苦遭遇实在令人心碎，他已经失去了母亲和妹妹，现在他又失去了养母和兄弟姐妹。他几乎不吃东西，阻止他在痛苦中羸弱下去的唯一办法就是给他一些紫花苜蓿和带刺的金合欢树枝等一些特殊的小零食。他马上就开始大吃大嚼，就像一个人类小孩津津有味地大口吃着汉堡一样。

我永远不会忘记努姆赞决定让劳伦斯体会到他的真实感情的那一天。这头重达四吨的小象笨拙地走到他的越野车前，站住了脚，阻止他前行。

劳伦斯后来对我说："我一开始真被他吓到了，但后来他用他那深入灵魂的眼神盯着我看，他的大脑袋从一边歪到另一边，好像在说：别这么神经兮兮呀，大叔。我就知道他是在告诉我，他喜欢和我在一起。"

"他在找一个新爸爸。"我开玩笑说。

"你可能说对了，这是我们必须要考虑的问题。他已经到了需要找一个比他更厉害的人让他乖乖就范的年龄了！"从那时起，努姆赞经常来找劳伦斯，约他到灌木丛去来一场父子对话。我不知道他们两个中谁更喜欢那些聚会，反正骄傲的养父劳伦斯眼看着自己的儿子一点点长大，而"叛逆少年"努姆赞也在劳伦斯的爱和接纳下日渐壮硕。

所以当这个温柔的大块头突然变得脾气暴戾的时候，对劳伦斯的打击是毁灭性的。谁都没注意到努姆赞身上长了一个脓肿，难以忍受的疼痛简直让他发狂。他杀死了一头犀牛，随后又把一辆旧货车撞得四分五裂。劳伦斯知道不能再拖下去了。结束掉努姆赞的生命是他必须面对的最痛苦的抉择之一。

他悲痛欲绝，我不知道怎么安慰他才好。

他甚至不再和住客们一起去酒吧，这曾是他最爱做的事。他常常连续消失好几个小时，我知道他每次都是去了他的儿子长眠的地方。我们在丛林里长时间开车，一起坐在姆可胡鲁大坝上，回忆努姆赞和我们在一起的短短时间里的点点滴滴。

"只是一个血性脓肿而已，打一针抗生素就能治好。我早该知道的。"

"咱们都不知道呀，你真的不知道，洛洛。"我一遍又一遍跟他说。

他们父子俩是如此志趣相投：两个都勇敢而善变，风趣又温柔。我的心告诉我，让他们两个长眠在一起，一定也是劳伦斯心中所愿。

我们把他的骨灰撒下的那一天，在我的脑子里只有一些记忆的碎片了。我记得车队似乎和公路一样绵长，我还记得我们往北去往大坝所在地时扬起的漫天尘土。我记得我们曾经在月亮半圆的夜里站在水边，谈讲那些发生在我们身边的经历和逸事。我记得我们的眼泪和笑声，和水里荡起的层层涟漪。

那时我已经在南非生活了 25 年，我深深热爱并全身心融入了南非的传统和文化。但是在那天，有那么一小会儿，我无比渴望能回到我住在巴黎蒙帕纳斯时的那些熟悉的繁忙日常。这是我唯一一次向往法国，因为现在我生活在南非，和娜娜一样，我的家人只有住在苏拉苏拉的动物和人。

在丛林住久了，你就能领悟到生命乃是一个伟大的生死轮回。

我厨房里的大象

没有什么比劳伦斯去世后娜娜生下一头漂亮的小雄象更有力地向我展示这一点了。

　　当然，我给他起的名字，是洛洛。

第二章

爱上塔博

我站在厨房的风扇前，把头发从脖子后面拢住，试着集中精力听听我的厨师温妮在说些什么。天气又闷又热，这是第三天气温超过 40 摄氏度了，我就如同行尸走肉一般。每个人都筋疲力尽了，但是小屋里还是满满的人，大家都在硬撑着做自己的事情。

"天这么热，我觉得芒果和鳄梨沙拉应该是很不错的开胃菜。"她温和地建议道。

我心不在焉地点了点头：劳伦斯爱吃芒果。办公室方向传来一阵噪声，我抬起了头。对讲机一遍又一遍地重复同样的信息：

"览象榭舍，收到请回话。"

紧接着是一片寂静。

"乌西？玛波娜？是否收到？有谁在吗？"

在丛林中，对讲机是关乎生存的重要工具，每个人都知道如何使用它。我分辨不出那个护林员是谁，但他听起来很惊慌。我正要回复他时，手机响了。

"布洛西，是你在用对讲机吗？"我问道。

"弗朗索瓦丝，是偷猎者。塔博中了一枪。"

我握紧了手机。塔博是我们的小犀牛。"那恩托比呢？"

"她没事，但她不让我们靠近塔博。我们不知道塔博伤得有多严重。我们急需迈克过来。"

我听到他在说话，但是我什么也没听进去。劳伦斯去世后的这两个星期里，每个人都毫无头绪，茫然应对着各种情况。但是没有什么比这更糟糕的了。我坐下来，强压住一阵作呕的感觉。

"弗朗索瓦丝，你在听吗？"

"我只是在想我怎么才能联络上迈克。"我轻声说。

劳伦斯总是请迈克·托夫特医生来处理动物的紧急情况。如果他开车过来，3 小时就能到。有时候他花三万兰特坐直升机，到这里也就 30 分钟。我祈求上苍他现在没被别的事情给占住手。

"艾莉森知道发生了什么吗？"我问。

"她在路上了。"

"好，也就只有艾莉森最有可能接近塔博了。你先跟他们待在一起，要是有什么变故就打电话给我。我来联系迈克。"

艾莉森是犀牛幼崽的人类妈妈兼主要护理员，犀牛们完全信任她，但这不一定意味着他们会让她检查他的伤口。一头受伤的野生动物有着不可预知的危险，我希望她不会冒任何风险。要是谁胆敢动她的心肝宝贝们，她立马就变身成一只母老虎。

"如果偷猎者伤害了我的小宝贝们，我哪怕追到天涯海角也要把他们弄回来喂鬣狗。"每次我们听说有偷猎者时，艾莉森都如此这般说。

通常来说没有人会像我们这里把重达一吨的犀牛幼崽叫成"小宝贝"，但我完全能体会到艾莉森的感受。我在霍德斯普雷特的莫霍洛霍洛康护中心看到塔博的第一眼就爱上了他，那时他才几个月大。但是他现在已经三岁，是一个身材魁梧的大小伙子了。即便如此，在我心中，他仍然是那个可爱的小乖宝宝。

犀牛宝宝们没有角，他们脸庞柔嫩，十分娇弱。他们是真的娇弱，因为小犀牛是无法独自在丛林中生存的。人们发现塔博时，他还是个刚出生的新生儿，脐带拖在尘土中。他竟然独自存活了一天，这真是个奇迹。没人知道他的家人遭遇了什么。幼小的犀牛还没有学会害怕人类，这使得他们更容易被人救助，因为他们会信任任何喂养和抚慰他们的人类。

犀牛宝宝们需要护理员的全天候照顾。他们晚上和宝宝们住在一起，严密观察他们的情绪和身体状况，每隔几个小时就要给犀牛宝宝们喂食一次，竭尽全力给他们拥抱和爱，就好像犀牛妈妈仍然还在一样。

当我第一次见到塔博的时候，他已经长成一个耳力聪敏、眼神灵动的自信满满的小家伙了。我被邀请到了他的围栏里，看到他正跟他的第一个人类妈妈——伊莲娜一起玩耍。

"塔博，过来打个招呼。"伊莲娜叫道。

小犀牛还不会奔跑，所以塔博跌跌撞撞地冲向伊莲娜，小鼻子轻轻蹭了蹭她，然后抬起头盯着我看。

"你好呀，小家伙。"我笑了。

他把鼻子贴到了我的腿上，做出回应。我的心都融化了：他对我是如此信任和温柔。我意识到，虽然我住在一个野生动物保护区，但我和动物们的接触实在太少了。

在苏拉苏拉，我主要负责榭舍，跟住客们打交道，同时也管理照管动物的管理员们。

例如，当我们营救娜娜和她的象群时，虽然是我打的电话，翻阅堆积如山的文件，并跟令人头大的物流安排做了好一番拼争才把他们送到了我们身边，但不分昼夜地待在围栏旁边竭尽全力说服娜娜她和我们在一起是安全的那个人，却是劳伦斯。

我被塔博对我的无限信任深深触动，心里发愿要保护他，想为其他跟他一样的动物孤儿做更多的事。我用手指刮了刮他的小脸颊，凝视着他那双无辜的眼睛，那一刻我突然意识到，苏拉苏拉正是这样一个理想之地。我回到家后，满脑子都在想这件事情。

"我想我们应该建一个动物育孤园。"我向劳伦斯宣布说。

"那可太棒了。我们来做吧。"

但是拯救幼小动物和拯救成年动物是完全不同的。我们有拯救大象的经验，但没有拯救孤儿动物或被弃养动物的经验。我们的象群是靠劳伦斯的陪伴和安慰才安顿下来的，但小孤儿需要的远不止重建信任这么简单。他们需要亲力亲为的爱和强化的护理，而我们还没有为此做好准备。但这颗种子已经播下，并在我的脑海里生根发芽。一旦我们有了时间和资金，我们就会建立自己的动物育孤园。

我厨房里的大象

几个月后，我接到了一个电话。这可比我们计划得快得多了。

"我们正在为塔博寻找一个家。"莫霍洛霍洛中心的总经理说，"最理想的是一个能照顾他的自然保护区，直到他长大后重归丛林。"

"那我们这里太适合他啦。"我说。

其实我们不是最适合的，因为我们离那儿很远。但是生活就是这样，有时候，人若要想梦想成真，就需要经过一番努力。我告诉劳伦斯这些时，他眼睛都没眨一下。

"我们为七头大象做好准备，才用了几个星期的时间；现在为一头小小犀牛做准备，那是小菜一碟。"他说，"现在时机是再好不过了。自从我们那只名叫海蒂的犀牛出事后，我一直在考虑再养一些犀牛。"

偷猎者在一次暴风雨中闯入了我们的保护区，杀死了我们的最后一头犀牛。他们知道噪声和雨水会遮住他们的枪声，冲走他们的足印。通常满月之夜会是我们高度警戒的日子，因为月光可以让偷猎者不使用手电筒进行活动。而他们竟然在暴风雨中袭击海蒂，让我们完全猝不及防。他们打中了她，虽然没有立即将她杀死，但这并不能阻止他们在她还活着的时候将她的角砍了下来。他们在她那温柔而热情的脸上所做的一切，成为我一生的噩梦。这也使得我们更加坚定地尽我们所能去拯救她的同类。

我给了劳伦斯一份打印件，上面写着塔博迁往苏拉苏拉之前我们必须要准备好的东西。他浏览了一下，点了点头。

"这事容易。"他笑着说。

这事可没那么容易。在南非，搬迁濒危野生动物会受到严格管控，需要特别的许可证和稳定的银行账户。这两个我们都没有。但是这些从来没难倒过我们。

"我来处理许可证的事。"劳伦斯说，"你就尽可能去筹集资金吧。"

不到一周，我们就拿到了许可证，同时筹集了十万兰特用以支付塔博的交通费。大部分的资金来自认识了解我们的朋友和客户——他们想帮助塔博来他的新家。

下一个难关是野生动物检查员的来访。在他们到达之前的一个小时里，我都快崩溃了。

"我们全都是按他们的要求准备的吧？"我对劳伦斯说。

"放轻松点，弗朗吉。他们都同意把大象给我们了，他们没有可能拒绝我们。"

他说得太对了。检查员首肯了塔博的新住所和户外区域，也同意我们使用专门去德班定制的完全符合他们严格要求的运输大木箱。更巧的是，塔博的领养许可证也在同一天寄到。经过层层审查和无尽等待，小塔博终于要来了。我的心里乐开了花。

此前，他唯一认可的家是莫霍洛霍洛中心。我们很担心长途旅行是否会影响到他。

康复中心的经理说，伊莲娜是旅途中照顾塔博的最佳人选。"她是塔博儿时的护理员，他信任她。"

"那就太好了，"我说，"我们会支付她的所有费用。"

"情况要复杂一些。她的实习期几个月前就结束了，她已经回英国去了。"

我沉默了。我付不起伊莲娜从国外赶回来的费用。

"我还是先给她发个邮件吧。"我平静地说。

不到一个小时伊莲娜就回复了。她说她很想帮忙，但她刚开始加入这个项目时就用光了自己的积蓄，因此她负担不起机票的费用了。

"我会尽量另外找个人陪塔博一起过去，但这并非理想的方案，"经理说，"如果没有一个他认识并信任的护理员陪着，对塔博来说，这段漫长的旅程将会非常难熬。"

随着时间一天天过去，我越来越担心莫霍洛霍洛中心会不会认为塔博年龄太小了，不能和一个陌生人一起踏上这段漫长而紧张的旅程。一个星期过去了，依旧没有任何进展。我做好了最坏的打算。

我对劳伦斯说："他们现在一定已经为他找到另一个保护区了。"

"我们筹到了多少钱？"

"只有我们所需要的一半。"

第二天早上4点钟，我就起床了。我坐立不安，根本就睡不着觉，于是我端着一杯热茶坐在电脑前，查看莫霍洛霍洛的消息。没有新的消息，我不知道是该放心还是担心。突然一封伊莲娜的邮件

我厨房里的大象

跳了出来。我扫了一眼，简直惊呆了：她的奶奶提出，将帮她支付航班费用。我们的小男孩真的是有一位天使守护着他！我跑到卧室，告诉了劳伦斯，我的狮子狗小吉普赛也跟着我跑了进去。

"她要来了！她要来了！"

他坐起来，用蒙眬的眼神看着我。"谁要来了？"小吉普赛跳到床上舔了舔他的脸，和我一样激动。

"伊莲娜！她能来帮助塔博了！"我笑着说，"虽然她说她不能离开家太久，但她尽可能在这里多待一段时间，帮塔博安顿下来。"

我和彼特一起去了莫霍洛霍洛。彼特是我们的一位长着一张娃娃脸的护林员，他看起来太年轻，所以还没有拿到驾照，因此他是无法独自把我们珍贵的犀牛幼崽带回家的。但他是这份工作的完美人选，因为他心地善良，而且天性喜爱与动物相处。我计划和他一起把卡车开到洛维德，然后请他在回家的 700 公里旅途中帮我和伊莲娜照顾塔博。

我们在周四的深夜抵达了莫霍洛霍洛。我们只睡了 6 个小时，天一亮就起床，开始了为期三天的犀牛幼崽护理强化训练。

那天下午我从霍德斯普雷特机场接到了伊莲娜。她是一个高个子黑头发的年轻女孩，尽管在长达 24 个小时的旅行之后，她的眼睛里充满了疲惫，但她坚持要我马上带她去看塔博。

"我希望他还记得我。"她喃喃地说。

我站在围栏边，看着她钻进了他的围栏里。

"塔博！好孩子，你好吗？"她叫道。

他的头猛然抬起，然后立马向她飞扑了过来。他高兴地尖叫着，他的四条小腿扭动着，灵活得像安装了弹簧。他撞到了她的身上，把她扑倒在地。

"塔博，我的小塔博，"她大笑道，"你长大了，你这个小坏蛋。快放开我！"

他们说人类永远不会忘记他们的初恋。小犀牛也是。

两天以后，天刚一亮我们就起床了，然后便开始了我们长途跋涉的回家之旅。伊莲娜准备了塔博最喜欢的配方牛奶，倒进了大旅行箱里的碗里。他欢快地一溜烟跑了进去，我们就出发了。他第一个人类家庭的家人们含泪向我们挥手告别，尽管他们知道这是他成为真正丛林犀牛的最好的机会。帮助他长成他生来就应该是的野生动物的责任，现在属于我们了。

路上一场大雷雨突如其来，我们在慢车道上艰难前行，在暴雨中几乎看不清前方的道路。

4个小时后，我们在一个车库里停下来喂他。当伊莲娜看到只能通过屋顶上的天窗才能进入大箱子时，她摇了摇头。

"我从里面爬不出来呀。"她抗议道。

"没关系，我去。"彼特提议说。

"但他不认识你呀。要是他不喝你给他的奶瓶怎么办？"她有点焦虑。

我说："那你就在那儿，隔着铁栏跟他说话，让他放心。"

彼特钻进箱子里，伊莲娜把塔博的奶瓶递给他。这可是这头小犀牛最爱的食物，他咕噜咕噜地把瓶子喝了个底朝天，然后把小脑瓜抵在彼特的腿上，还想要喝。

"你们看呀，他喝得多起劲儿。"伊莲娜自豪地说。

就在第二次喂塔博之前，大风把塔博的箱子上的防水布刮了下来。我们找到一个安全的弯道，赶快停下来，跑到车后面去看他。他疑惑地看着我们：怎么了你们？这么大惊小怪的？他可真是个好样的小骑兵。

每次我们停下来加油，塔博都会引来一大群人围观。人们都想着，一头大动物应该发出低沉的咕噜咕噜声，没想到他发出的却是玩偶般的唧唧声。尤其是他们看到这些声音并不是来自一条小狗狗或小猪崽，而是来自一头相当大块头的犀牛幼仔时，他们都感到非常震惊。

雨下得太大了，如果我们走隧道或是正在施工中的道路，将会变得很危险。因此我们重新设置了 GPS，打算走另一条路。但是这却是一个严重的错误。我们都开出了 200 公里了，才意识到我们得穿过斯威士兰。我们没问题，但对塔博来说，这却是一个大麻烦，因为他没有野生动物护照，作为濒危物种他不得离开这个国家。

"但我们只是开车路过。"我恳求边防警察说。

"没有许可，不得入内。"

没办法，这就是官僚主义。我们别无选择，只能掉头回去。16个小时后，精疲力竭的我们回到了苏拉苏拉。一个由护林人、好奇的住客以及焦急不安的劳伦斯组成的欢迎委员会正等着我们。我扑到劳伦斯的怀里。

"我们成功了。"

他紧紧地抱住我。"太棒了！我就知道你们一定能行。"

下一个挑战是把塔博从箱子里弄出来。他用屁股对着门，看起来他根本不想掉头，他也不会倒退着走出来。那只好借助于好吃的了。伊莲娜又拿起一个奶瓶，哄着塔博走下了斜坡。

"晚餐时间到！"她哄着塔博，"快来看看你的新家。"他跟着奶瓶走出了箱子，迷迷瞪瞪地盯着周围那群微笑但陌生的面孔看。伊莲娜跪在他旁边，一把就把奶嘴塞进了他的嘴里。塔博闭上眼睛，开始喝奶。

疲惫然而宽慰的泪水顺着我的脸颊流了下来。我们救援的第一头小犀牛终于到家了。

突然间塔博从昏昏欲睡中清醒过来，撒腿就跑，直奔危险的恩塞勒尼河高高的河岸。伊莲娜在他后面紧紧追赶，大声嚷道："塔博，不要！"

"快拦住他！"我高声喊道。

彼特和另一个护林员紧紧跟着他们一路狂追。南非男人最大的优点是，他们知道如何抢断。他们差一点就抓住了塔博，但是塔博也是地道的南非男人呀，现在他正兴致满满，想和他们来一场男人之间的比试呢。他急于挣脱，就拽着他们在一摊泥浆中拖行。

伊莲娜急忙跑回去拿他的奶瓶。

"塔博，看我！好吃的！"她嚷道，高高地挥舞着奶瓶。塔博猛地来了个急停，把护林员们甩到了泥浆中，一溜烟跑向了伊莲娜。然后塔博就兴高采烈地追着他的奶瓶走进了他的新卧室。那是一个连着榭舍会议中心的房间。

犀牛幼崽夜间也需要喂奶，同时也需要护理员的抚慰，因此我安排伊莲娜和塔博同住一个房间。地板上有柔软的毯子，还有一张舒适的床，就连床上的白色棉被都按照住客的标准提供给伊莲娜和塔博。我有点不切实际了：如何照顾犀牛宝宝，我还有很多东西要学习。

第一天晚上，塔博和伊莲娜都已经筋疲力尽，他们立刻就睡着了。这是个好兆头。从那天晚上起，只要伊莲娜在附近，他就好像天天都去野营一般心花怒放。

习惯成自然。伊莲娜知道塔博总是在早上 5 点钟醒来，而且从无例外，因此她从不设闹钟。如果早上伊莲娜还没有醒，塔博就会在她耳边不停地哼唧，直到把她吵醒。要是伊莲娜假装还睡着，塔博就用鼻子推她。如果这招还不管用，塔博就把他的两条前腿搭在床边上，小脑袋偎依在伊莲娜的肚子上。

"没有什么比一个又大又沉的犀牛头更能赶我起床了，"她笑着说，"他就知道我会起来的。"

有一天早上，天气特别寒冷，伊莲娜还窝在自己的羽绒被里，可是塔博不干了。他的妈妈就在那里，那怎么还不快点起床给他一个拥抱呢？他便拱上了床，俯卧在妈妈的身边。伊莲娜在她那张摇摇欲坠的床上醒来时，看到一头快乐的小犀牛正把脸紧紧贴在她的脸上。他蜷缩在她身边，这一次，他让她睡了一个大懒觉。

现在伊莲娜不再为床而烦恼了：她直接睡在地上的垫子上，尽管她知道，她再也不能睡上一个整觉了。大多数的夜里，他们俩都在争夺床位和毯子。最后我用那些不容易显脏的棉布床单把她的白色棉布床单换了下来。

照顾塔博堪比去健身房健身。由于塔博在吃东西时不喜欢动，甚至连脚趾都不愿意动一下，于是伊莲娜很快便完善了她跳上桌子的动作，好给他让路——重达 200 公斤的小犀牛力气可不小。唯一能让他消耗他那旺盛精力的办法就是带他去跑步。塔博像小狗一样跟在她身后又蹦又跳。每当他们经过树丛时，塔博都会冲向离他最近的一棵树，躲在树后面玩躲猫猫。我看不见你呀，所以你也看不见我。当然，伊莲娜选择对树后面探出的一个巨大屁股视而不见，继续和他玩耍。

他在世界上最喜欢的地方，除了伊莲娜的床，就是他打滚的泥塘。

上一分钟他还在安静地吃着草，下一分钟他却迅速蹿出围栏，一头扎进泥塘里。他的后腿蹬来蹬去，把泥塘搅翻了天——搅起来的淤泥越多越好。他爬起来翻了个跟头，溅起串串泥花。他蹦啊，跳啊，他那双沾满泥浆的眼睛笑哈哈地看着我们。谁都知道犀牛幼崽喜欢泥浆——我们鼓励他这样做，因为泥浆对犀牛的健康至关重要：这是天然的防晒霜，可以防止他们体温过高，而且有助于防止蚊虫叮咬。

塔博就像人类小孩一样，常常跟大人对着干，例如，伊莲娜最不想让他做的，就是他踏上榭舍外的平台向吃早餐的住客们问好。

他那笨拙的大屁股一碰上桌子，桌子就会被撞翻，煎蛋和吐司就会撒得到处都是。

大多数早上，他们两个都会顺利地穿过游廊。但要是塔博把耳朵竖了起来，走路时还一蹦一跳的时候，伊莲娜就知道，塔博心里想着搞破坏呢。

"你想都别想。"她警告他说。

塔博假装很守规矩，不去理会平台的台阶。但伊莲娜瞥见他的耳朵已然抿了起来，好似两个小小碟形卫星天线一般，于是赶紧跳到了塔博面前，想分散他的注意力。然而塔博却突然掉转过头，一个箭步踏上了台阶。伊莲娜已经来不及阻止他了：真没办法劝退一个决意捣蛋的小犀牛呀。

塔博最后一次闪电般从伊莲娜身后踏上平台台阶时，在玻璃门上看到了他自己的影子。他直接一头撞了上去，结果把玻璃门撞得粉碎。撞倒椅子和桌子还勉强可以，但把玻璃门撞碎，那可太危险了。从那天起，那里就安装了一扇大门，从此结束了他的平台冒险之旅。

"我觉得他是无聊，"伊莲娜说，"他需要一个小伙伴。"想给他找个丛林玩伴可不是打个电话就能办到的，所以当莫霍洛霍洛康复中心说，他们现在有一个雌性孤儿犀牛正在寻找一个新家园时，我们可太激动了。

"他们年龄差不多，所以应该很容易接受彼此。当然她还没有完全准备好去新家，但如果一切顺利的话，我们可以在今年年底对她进行重新安置。"他们的经理承诺说。

我那法国式的浪漫情怀突然满溢了。我仿佛看见塔博坠入了爱河，并有了自己的孩子。我就要当犀牛奶奶了！

2012年的圣诞节，塔博收到了他一生中最好的礼物——小恩托比。艾莉森是恩托比的主要护理员，她不舍得离开她的小宝贝，所以她也打包好行李跟了过来。塔博不仅在圣诞节得到了一个新朋友，他还得到了一个新妈妈，接替已经回英国的伊莲娜。

恩托比在才五个月大的时候就成了偷猎的受害者。她的母亲在克鲁格国家公园被屠杀，可怜的小恩托比目睹了一切。我为她那些挥之不去的恐怖记忆万分难过。当恩托比第一次来到莫霍洛霍洛时，她被一群试图拯救她的人类团团围住，但她却十分敌对每一个试图接近她的人。她的攻击性是如此之强，以至于人们不得不从围栏的缝隙中给她喂奶。喂养恩托比的人都带着满满的爱和耐心，因此她慢慢地学会了信任她的新"两腿兽"家人。

这就是康复中心是如此重要的原因：康复中心是他们的安全庇护所。在那里遭受过痛苦或者受过伤的犀牛孤儿可以疗愈他们所经历的创伤，带着良好的心态成长。

恩托比来到苏拉苏拉的那天，我们把她放进了塔博旁边的围栏里，他们之间只隔着一道坚固的栅栏。我屏住呼吸，看看塔博会怎么反应。塔博居然完全不理恩托比！那位"先生"除了吃草打滚，就是打盹儿，完全不理睬隔壁的年轻"女士"。我的红娘梦失败了。

但他并没有自顾自玩得太久。也许好奇心占了上风，他悄悄地走到她的围栏跟前，开始饶有兴趣地研究她。

"快过去看看，我的好孩子，"我催促道，"快去跟她打个招呼。"

恩托比看了他几秒钟，然后转过身去了。她显然对他很冷淡。塔博好奇心大发，开始沿着栅栏小跑，又把头靠在了栅栏上。恩托比回头看了看他，继续吃草。可是当她含情脉脉地瞥了塔博几眼之后，就心软了，便朝他跑了过去。塔博把鼻子从两根栏杆之间伸了过去。恩托比径直走向他，碰了碰他的鼻子。

"他们接吻了！"我喜不自禁，大笑起来。

第三章

反偷猎是一场战争

多年来，塔博和恩托比结成了一对形影不离的夫妻，所以当布洛西在对讲机中说恩托比不允许任何人靠近塔博时，我一点也不感到惊讶。恩托比知道塔博受伤了，她要保护他的安全。

"如果恩托比把所有人都从塔博身边赶走，那兽医怎么治疗他的枪伤？"我问艾莉森和布洛西。

"那可能得将他们两个都麻醉。"艾莉森回答说。"等迈克到了，你得和他商量一下。"

由于之前都是劳伦斯来处理动物的紧急情况，所以一时间我不知道该怎么办。我瞥了一眼我的手机。还是没有迈克的电话。再过几个小时就天黑了，等到那个时候可能就为时已晚。偷猎者居然敢在光天化日之下破坏我们的电围栏，我感到非常震惊。他们甚至都懒得用消音器。自从塔博和恩托比长大以后，他们就离开了育孤园的安全地带，自由自在地生活在保护区里，然而他们一直有武装警卫的护卫。这一次也许是偷猎者得知劳伦斯刚刚去世，认为安全防护有所降级？我感到十分无助，完全不知所措。

"请带我去看看塔博。"我对布洛西说。

"这不好。弗朗索瓦丝，恩托比现在神经高度紧张，再去一辆车会让情况变得更糟，"他提醒道，"艾莉森正在尽力让她接受，卡车是安全的。"

"他怎么样？你看得出他伤得有多严重吗？"

"他流了很多血，恩托比还是不让我们靠近他，连艾莉森也不行。问题是那些该死的鬣狗嗅到了血的味道，它们一直在撕扯他。你跟艾莉森说吧。"他把电话递给了她。

她都要哭出来了："我真不该离开他们。"

我安慰她说："保护他们不是你的工作，再说你也不可能一直跟他们在一起。偷猎者才不管这些，要是没有警卫防护着，就算你在那里他们也会开枪的。"

"我应该更警觉一点的，"她痛心疾首地说，"就在我离开之前，他们都停止了进食，看着远处，好像听到了什么。我敢打赌那些浑蛋已经在那里窥视我们了。我怎么就没往心里去呢？"

"我们有两个带枪警卫护卫着他们呢。"我重复道，"要是他们都没能阻止偷袭，你也做不到的。他现在怎么样了？"

她的喉咙都哑了。"他就站在那里，一动也不动。他一定是吓坏了。"

"现在我要把电话挂了，我怕迈克打不进来。他一有消息我就打给你。"

我绝望地倒在了椅子上。在此之前，塔博和恩托比一直生活得很好。大约一年前，艾莉森和管理员花了好长一段时间让他们熟悉灌木丛。白天的时候带他们两个去散步，指给他们哪里有水坑，帮助他们辨识灌木丛的气味、植物以及他们会碰上的其他动物，每天晚上再把他们带回到有围栏的安全地带，但是有一天晚上，他们却不想回来了。

我们都很紧张，但我们也知道，这是一个好迹象，是时候让他们回归自由了。艾莉森还在丛林里花了很多时间和他们待在一起，确保他们没有任何问题。现在回想起来，我对她之前所处的危险境地感到不寒而栗。

我在房间里踱来踱去。我怎么支付兽医的费用？要是塔博死了怎么办？我已失去了劳伦斯，现在又是塔博。通常我在危机面前能临危不乱，但现在我却无法理清思路。我仍然无法理解，当时我们是有人在带枪巡逻的，偷猎者何以胆敢进入保护区杀害塔博和恩托比呢？后来我才意识到我当时的想法有多么幼稚：我们的围栏长达45公里，我们不可能做到24小时昼夜不间断地巡逻每一片区域。

劳伦斯活着的时候，安保问题占用了他很大一部分时间。他密切参与巡逻，设计陷阱，对围栏进行监控，并处理所有偷猎事件。康尼是我当时的安全经理，同时也是一名退休警察，他一向很善于听从劳伦斯的指示，但是当他不得不自己独当一面的时候，他崩溃了。

在我的一生中，我从未感到如此的不安全和不确定。我不知道从哪里开始，甚至不知道该如何指挥康尼和他的保安团队。

我的卷毛狗小吉普赛此时正站在我脚边，热得喘不上气来。我

我厨房里的大象

感觉到她那双黑色的大眼睛正紧紧地盯着我。我一边心不在焉地抚摸着她，一边检查着我的手机：迈克还是没有任何音信。小吉普赛却不放弃，继续盯着我看，用一种无声的方式将她的声音传递给我——这种声音总能进到我的心里。我抬起头，凝视着她的眼睛。她的爱触动了我的灵魂。我的好孩子知道有些事情不对劲了。

"唉，我的小吉普赛，"我叹了口气，"我们该怎么办呢？"

2010年贝柔死后，她就成了新的榭舍小公主，她是一只更温文尔雅、谦逊驯顺的小狮子狗，是一位真正的平民公主。我喜欢上她时，她还只不过是一个小小的毛团，长着一双大大的黑眼睛。我刚走近当地动物防虐待协会的笼子，她的大眼睛就眼巴巴地盯上了我。她每天都向我表达她的感激，因为我在她的兄弟姐妹中选择了她。

我抱起了她，然后把她紧紧抱在怀里。她舔了舔我的脸，告诉我，我并不孤单，她一直都在这里守候着我。我把脸埋在她的长毛里，把眼泪咽了回去。她紧紧地依偎着我的脖子，我感觉到她的气息暖洋洋地喷在我的皮肤上。我的小吉普赛希望我能永远待在她甜蜜的怀抱里。

但我不能啊。我的一个小家伙有麻烦了，我不能坐视不管。

"我们开始工作吧。"我低声说，带着她去了办公室。

她坐在我办公桌另一边的椅子上，一直看着我，而我则在为塔博忧心如焚。

现在我们加强了安全措施，以防偷猎者再次偷袭。我不敢冒险

我厨房里的大象

把我们现有的警卫从他们的巡逻区调开，所以我给劳伦斯仅在紧急情况下才使用的安保公司打了电话，他们答应明天早上增派两名武装人员过来。这不是长久之计，因为我手里的钱只够支付他们一个月的费用，但是我必须这么做。即便塔博和恩托比让我破产，我也要保护他们。他们决不能在我的看护下被杀害。

迈克·托夫特终于打来了电话，但却是一个坏消息。他说他正处理另一场偷猎事件，今天来不了我们这边。我告诉他，护林员看到塔博走动了几步。

"这是个好迹象。如果他走路时没有明显的疼痛感，那么子弹可能没有伤到骨头。"迈克说道，"他会感到不舒服，但听起来不会危及生命。我明天一早就过去。我到之前要保护好他。"

通常我们的护林员不参与安保工作，这就是为什么我们需要雇用受过专门训练的警卫从事这项危险工作。但这一次他们拒绝离开塔博和恩托比，并希望跟安保团队一起并肩作战。

乌西坚持说："那些警卫需要我们的帮助。"

艾莉森也很想跟他们一起，但我担心她的安全，就劝住了她。偷猎者想要的犀牛角还没到手，我担心他们会再回来。那天晚上谁都没敢合眼。塔博和恩托比很紧张，不让护林员靠近他们。所以他们努力给犀牛们留出空间，但是一直让他们安全地待在他们的视线范围内。塔博最终趴下了，但恩托比还保持着警惕，大部分时间都在赶开鬣狗。犀牛的视力很差，但嗅觉却很灵敏，所以恩托比知道这些体形不大却凶猛无比的食肉动物早在护林员到来之前就已经围

我厨房里的大象

上来了。她心急如焚，喷着响鼻，发出紧张的锐叫。叫声吸引人们走近来，帮她把鬣狗赶走。早上 6 点，两名退役军人到了，加强了我们的安全力量。两人身姿挺拔地四处走动，锐利的眼睛不停地扫视着周围的环境，大家这才松了一口气。一个小时后，迈克·托夫特医生也到了。当艾莉森和护林员将恩托比稳在安全距离时，迈克立即向塔博飞奔过去。

"这只是个皮肉伤。"他宣布。

艾莉森用对讲机把这个消息传给了我："子弹射偏了骨头几毫米。"

我无比庆幸那些偷猎者是如此又蠢又笨。

这次可怕的袭击带来的一个好处是，它促使我设立了我们的犀牛基金会。我意识到，没有钱，我的动物们就不会安全。拥有我们自己的筹款机构是我确保手头有应急现金可用的唯一方法。只要能筹到钱，我就能够给警卫们按月支付工资，并购买额外的武器和安全设施。我虽然讨厌枪支，但偷猎是一场战争，唯一的方法就是做好最坏的准备——这意味着我们得武装起来。

我永远不会忘记塔博遭受枪击之后的那 24 小时。这是非常可怕的经历，但也帮助我确定了失去劳伦斯以后的人生目标。我内心异常地清楚，现在苏拉苏拉的野生动物们的保护伞已经是我了，而且他们也只有我了。

第四章

奇幻摇钱树

我常常遥望着灌木丛，回想起与劳伦斯的相遇，我不敢相信那竟然改变了我的一生。三十三岁那年，我去伦敦参加一个贸易展览会。当时是 1 月，一个寒冷的星期五，我站在坎伯兰酒店外排队等出租车。我快要赶不上 10 点钟在伯爵宫竞技场的会议了。我顶着寒风，重新整理了下围巾，把手伸进大衣口袋里，希望能有一辆出租车神奇地出现在我眼前。

就在这时酒店的门卫拍了拍我的肩膀。

"打扰一下，女士。你介意和一位也去伯爵宫的住客共乘一辆出租车吗？"他指着队伍后面问道。

我看到一个长着一头红发的大块头男人站在那里，身上竟然穿着白色的夏季长裤，外面套着一件蓝色塑料雨衣。我转过身去，确认我没看错。然后我摇了摇头，我可没心情应酬一个游客。

门卫被我的不太英国的举止吓了一跳，但他仍旧勇敢地试图寻找下一位较为彬彬有礼的人。我的粗鲁举止到底还是没让我逃过惩罚：因为半小时后我还站在那里。最后，我放弃了，回到酒店取暖，抱怨自己居然遭遇了伦敦 50 年来最糟糕的冬天。好巧不巧那位游客也跟我一同走进了酒店大堂。他饶有兴味地看着我，我十分尴尬，脱口说出我脑子里闪过的一句话。

"你看起来像一个需要帮助的外国人。如果你愿意的话，我告诉你怎么坐地铁去伯爵宫好吗？今天这种鬼天气，坐地铁是最快的方式。"

一个讲话带着法国口音的人却叫他是外国人，他觉得挺好笑的，不过他掩饰得不错。

"当然不介意，"他说，"不过我得打个电话。"我有点脸红了，但我早些时候实在无礼，因此我什么也没说，同时惊讶我居然愿意等他。我们最终一同前往大理石拱门地铁站，挤在因坏天气而涌入地铁的人流之中沿阶而下。我担心我会在人群中跟他走散，但他那件亮闪闪的蓝色雨衣实在十分抓眼。他那南非的宽厚身板也十分有用，轻而易举就把我护送到了正确的站台上，而且我们甚至还设法找到了座位。他说他来伦敦出差，之所以看起来像个游客，是因为他前一天才从佛罗里达飞过来。

"这鬼天气！你来得真不是时候。"我调侃道。

"你说得太对了，我确实忍受不了这里的温度。在我的家乡，气温从来没低于过零摄氏度，就是在冬天也没有过。"

他解释说，他要去见一位参展商，向他介绍一款名为"水男孩"的革命性产品。该产品是一位冲浪者为拯救溺水者而设计的，可以像手表一样戴在手腕上。如果有人不幸被卷入高达10英尺的海浪中而像个布娃娃一样被抛来摔去，只要他还清醒，他就可以把它拽出来，然后它就会像水下降落伞一样打开，把他拉升到水面上。

他给我的印象很深刻。这是我第一次看到他激情满满、憧憬成功的样子。只有一个疯狂的南非人才会来大雪纷飞的伦敦推销一个冲浪器材。

然后他便沉默不语了，我意识到他似乎病得很厉害。我很想知道他是怎么一回事，但我也不好主动开口问，我就这样在一个着装奇特、晕晕乎乎的人旁边干坐着。他事后解释说，由于他是一个南非人，因而他被一个夜总会的喜剧演员给灌得烂醉如泥，以至于醒来后宿醉非常严重——在 1987 年，种族隔离制度仍然存在，南非白人在国外并不受欢迎——之后他设法找到了一辆出租车回到酒店，差点冻死在外面。

难怪他看起来如此虚弱。

由于我对他的国家一无所知，而且我也很想听听更多关于他的故事，因此我没话找话，便问他是否喜欢爵士乐。

"我超爱的，"他急切回答的样子完全不像一个生病的人，"你知道伦敦有什么好的爵士俱乐部吗？"

"我稍后会和朋友一起去一家俱乐部。你要不要跟我们一起？"

那天晚上 9 点钟，我们在酒店大厅见了面。他换上了牛仔裤和一件拼花皮夹克，我的"时尚警报"告诉我，他可能不太适合罗尼·斯科特爵士俱乐部。但我选择忽视我的时尚警报，毕竟他的南非生活叙事让我太着迷了。他是个天生的推销员，我很肯定他很清楚自己的目标，因为在伦敦刺骨的寒风中，他的国家听起来像天堂。

回到巴黎后，我很好奇今后能否再见到他。因此当他宣布他要来拜访我时，我大吃一惊。飞行1万公里去约会是他的典型特征：大胆、冲动，没有任何事情可以阻挡他。

当我们再次相见的时候，令伦敦生畏的冰河天气已经大大缓和。当他在戴高乐机场着陆的时候，气温已经到了相对舒适的零摄氏度了。

"这里冷死了。我们不能去暖和点的地方吗？"几天后他抱怨说。

"那我们去威尼斯？那里的温度是13摄氏度哎。"我开玩笑说。

"太棒了。我们坐火车去。"

"唯一的直达车是夜班车，而且要坐好久。坐飞机要快得多。"我抗议道。

"人生要有乐趣！你坐过夜班火车吗？"

"我没坐过，不过……"

"那你更有理由坐一次了。如果需要我们一直都坐在火车上，那不就更好了吗？会很有趣的，因为我们就可以永远待在一起了！"

好吧，先坐12个小时火车，然后再乘2个小时飞机，那肯定不是我喜闻乐见的做法。但是他太热情了，以至于我无法拒绝。然后我们就坐上了一辆出租车，在晚高峰的车流里各种穿梭迂回，总算到了里昂火车站。在火车站里，劳伦斯跟号称有着最坏工作态度的巴黎人面对面较量了一番。

"没有可能，"售票处的那个女人厉声说，"你们来得太晚了。火车马上就要发车，你们根本不可能准时到达站台。"

"告诉她我们想试试。"劳伦斯低声说。

我说服她卖了两张票给我们，然后我们冲向第三站台。恰恰就在我们刚到站台时，火车开走了。

劳伦斯在车后狂追，一边还抓狂地挥舞着手臂，也许他希望司机会同情我们两个想去威尼斯的无可救药的浪漫主义疯子吧。我们很失望，感到自己是如此愚蠢，但是后来我们跑到了一个废弃的站台上，一边大口呼吸，一边看着对方狂笑。

他说："我们去把票退了吧。"

"去找刚才那个暴脾气退票？她怎么可能同意！"

"看我的。"

他不仅只用了两个法语单词就把我们的钱退了回来，甚至还逼着她挤出一个微笑。我很快就知道，劳伦斯做起事情来无往而不利。

几个月后，我登上了法航飞往南非的航班。到达南非时，我发现他根本就没有向我夸大他的国家——他的国家正如他所描述的那样令人叹为观止：我一踏上那热气蒸腾的柏油路，又湿又热的空气一下子扑面而来。从那一刻起，我就深深爱上了这里。

他说，我们直接穿过丛林，到一个朋友的狩猎场去。

我完全不懂他在说什么。"穿过什么？"

他揶揄道："哦，对了，你们外国人管它叫赏猎。"

我们驱车驶入了祖鲁兰郁郁葱葱的丘陵地带，左边是一眼望不到边际的甘蔗种植园，右边则是波涛汹涌的印度洋，我们的车子就像在一张充满异国情调的明信片中穿行。最后，我们驶离海岸，向内陆进发。我们穿过了恩潘杰尼市混乱的街道，拐上了一条土路。沿途有一个乡村的镇子，我们和当地的孩子、狗和牛一起飞驰在尘土飞扬的小路上——所有这一切和我之前见过的景致都完全不同。最后我们在风岭保护区的大门前停了下来。

"欢迎来到我的王国。"劳伦斯满面春风地说道。

门卫把我们放了进来，劳伦斯坚持要带着我马上就去保护区兜个风。

他说，现在是一天中最好的时刻。

我不喜欢敞篷的越野车，但他硬要我坐了上去。

"难道你是用这辆车把我们跟野生动物隔开？"我咕哝了一句。

"你要对我有点信心嘛，"他笑着说，"我开这个家伙已经好几百回了。动物们会把我们当成是车子的一部分，丝毫不会打扰我们。"

"要是遇上狮子呢？"

"这里没有狮子。快上车吧！你一定会喜欢的。"他态度非常坚决，于是我决定信任他。我们沿着一条被雨水严重侵蚀的小路行驶，停在一个水坑旁边。就在此时，六头长颈鹿也来到这里。他们有两层楼那么高，一路踱着步子过来，好像舞者们缓缓摇曳着舞步。

"他们好漂亮，好优雅啊。"我喃喃地说。

"你可别上当呀。他们可是非常暴力的。"

我以为他在跟我开玩笑，就笑了起来。

"我说的是真的。长脖子就是他们的武器。你看，他们两米长的脖子上都是坚硬的肌肉。长颈鹿们会用他们的脖子互相撞击。"

他补充说，一群长颈鹿会被称为长颈鹿砥柱。我认真地看着他的脸，想知道是否他是在逗我笑。可是我看得出来，他没有在开玩笑。

我以前从未见过野生动物，甚至连动物园里的也没见过，因此我看到的每一种动物对我来说都是一个全新的体验。我第一次看到犀牛就是在风岭：四头史前巨兽在我们 10 米开外的地方啃着草，他们看起来很平静，但他们的庞大身形和牛角可把我给吓坏了。

他问我："你想不想猜猜这群犀牛的名字？"

我摇摇头。

"犀牛撞。"他咧开嘴笑了。

要是他认为他的俏皮话能让我不那么紧张，那他可大错特错了。我在越野车里缩紧了身子。

"我想我们还是走吧，他们不喜欢我们在这里。"

"才不会，你看看它们。他们忙着吃草呢。"他回答道。

"要是他们攻击我们怎么办？"

"他们为什么要攻击我们？他们才不想骚扰我们，他们忙着呢。"

"但是如果他们真的朝我们冲过来，咱们这辆越野车能跑过他们吗？"现在他一定很郁闷：他干吗要带一个城市姑娘去保护区兜风呢？

30年过去了，我对犀牛有了太多的了解。现在我明白了，虽然犀牛的脾气很暴躁，但除非受到刺激，他们通常不会主动发起攻击。

当时和现在最大的不同，是关于偷猎。那时候，偷猎行为还不存在，也没有武装警卫，犀牛的脖子上也没有佩戴 GPS 跟踪项圈，保护区的上空也没有无人侦察机。那时，丛林里的生活更简单更原始，也更纯粹。

在那些日子里，犀牛的数量实际上是持续增长的。这要归功于伊恩·普莱尔博士。他是一位国际知名的动物保护主义者，是我们两人的亲密朋友和导师。他带头发起了"犀牛行动"。这是一项雄心勃勃的计划，旨在增加保护区的南非白犀牛数量，以扩大他们的基因库。这是一个巨大的成功，并将这种独一无二的犀牛从灭绝的边缘拯救了回来。可想而知我们的那位朋友在当时造成了多么大的影响，如果他还在世的话，看到偷猎者现在是如何大肆屠杀犀牛的，他一定会万分痛惜。如果犀牛继续以目前的速度被猎杀，20年后这世上将不会有任何一头犀牛幸存了。

南非的一切都是那么的不同：这里的人们非常热情好客，秋天来临时，天气依旧酷热无比，甚至连空气的味道都不一样。巴黎的雾霾于我仿佛是在百万英里之外，我深深地爱上了这里。

不仅仅是因为那个传奇一般的英雄已经悄悄占据了我的心，而且非洲的原野也深深触及我的灵魂。自从劳伦斯第一次带着我来到保护区，我就再也没想过离开。

与劳伦斯相识一年后，我辞去我的工作，退掉我那套位于蒙帕纳斯的时尚公寓，搬到了南非。我当时在法国北部的一家商会工作，担任国际贸易主管。我的职责是吸引外资投资，所以我常常出差，跟那些位高权重的高管打交道，除此之外我从未做过别的工作。

不用说，我的朋友们都认为我简直是疯了，竟然为了去一个种族主义国家而抛弃一切，这对法国人来说是相当不可理喻的。

当然，那个时候我还没有看到南非真正的生活。我只是在一个伟大的国家里遇到了一个很棒的、有趣而狂热的男人，我想和他在一起。就这么简单。

一天，劳伦斯带我去了北海岸的乌姆洛蒂海滩。一眼望去，柔软的黄沙绵延无际，海面波澜不兴，海浪在细沙上轻轻地滚涌。

入口处悬挂着一块牌子：前方铁丝网。仅限白人入内。我皱起眉头，环顾着海滩。

"劳伦斯，为什么这里没有黑人？"

"种族隔离制度。"他做了个鬼脸。

我是知道这个制度的存在的，可是当我亲眼看到白纸黑字时却感觉到怪怪的。之后这样的标志就比比皆是了——公共汽车站、邮局，甚至长凳上，到处都张贴着这个标语。虽然我以前在旅行中遇到过种族歧视，但从来没有遇到过这样的情况。它很快就充斥了我生活中各种意想不到的角角落落。

打扫洗理从来都不是我的强项。即使是在巴黎，我也总需要有人来替我打扫房间。因此，我们在苏拉苏拉买房子之前的那几年里，劳伦斯和我住在一间公寓里。我很快就雇用了一个名叫美美的年轻祖鲁女人来帮我。

"我用哪个盘子和刀叉？"她来到我家的第一天就问了我这个问题。

"你说什么？"我皱了皱眉头。

很快我就了解到，原来黑人用人从不跟他们所服务的白人家庭共用餐具。这可真令人震惊。我领着美美去了我放碗碟和刀叉的地方。

"你跟我们用一样的餐具。"我简短地说。

美美经常被我的烹饪搞得不知所措，尤其是当我做法国菜时，比如蒜蓉蜗牛。但是由于祖鲁文化非常重视礼貌，因此她从不拒绝我让她吃的任何东西。几年后我才意识到，我们在一起共事时一定产生过很多分歧，对她和我来说，这些分歧可能每一个都不容忽视。

我的苏拉苏拉员工每次看到我在榭舍的厨房里制作"富有创

我厨房里的大象

"意"的菜品时，总是不免有点儿忧心。

"你现在在调制什么汁？"玛波娜抱怨道。

她也是我在 2000 年时雇用的第一批乡村女孩中的一个，现在她已经从一个胆怯而好学的少女成长为一个自信的年轻女人。她就像我的女儿一样，幽默然而高效地管理着我们的榭舍。她漂亮、聪明，唱歌的时候，她那优美的歌声简直就是天籁之音。她从来都是毫不犹豫地告诉我她的想法。

"我准备烧一只豚鼠来吃。"我戏谑地威胁她。这正是他们所担心的地方：我曾经用黑巧克力酱做过咖喱鳄鱼肉。虽然他们容许我做一些"实验料理"，但是我看到他们的眼神中写满了恐惧：她现在让我们吃的究竟是些什么东西呀？

布洛西和玛波娜是迄今为止我最喜欢的"大无畏品菜师"，即使他们全然不了解我在他们的盘子里放了些什么，他们也勇于去尝试不同的食物。他们也是我最有价值的批评者，因为他们从不害怕告诉我，他们喜欢什么，或者不喜欢什么，或者给我建议去改进这道菜。

我曾经问过美美："谁给你取的这个名字呀？"

她羞涩地笑了笑，但是没有回答我。

"这背后有什么故事吗？"我继续追问。

她耸了耸肩，说道："我的第一个老板不会念我的祖鲁名字。"

我真高兴美美不是她的真名。

她解释说："我的祖鲁名字叫布赫勒，在英语中是美丽的意思。

那个老板觉得'美美'的发音比较容易，从那以后他们就都叫我美美了。"

从那天起我就开始叫她布赫勒。她的故事让我很震惊，于是我报名参加了祖鲁语课程。不幸的是，尽管我非常努力地学习，我的法国口音却让我的祖鲁语不忍卒听，因此每个人都恳求我停止讲祖鲁语。

"虽然你的祖鲁语发音技巧还蛮不错，甚至比劳伦斯都要好很多，但你讲话的时候真的很伤我们的耳朵，"玛波娜笑着说，"你还是用英语跟我们讲话吧。"

我以前很喜欢我在巴黎商界的竞争激烈的工作。当我在1987年来到南非时，我曾满怀期待，希望能加入一个充满挑战的行业，但我很快就发现，热带地区的商业模式跟巴黎天差地别。

尤其是在德班，每个人都很悠闲。他们对股票交易所里发生的事情漠不关心，却对海浪兴致盎然。

然而，对于创新与灵感来说，这儿却是一个完美的所在。所以我决定进军时尚界，开始寻找一个能让我学习设计和裁剪的学校。我在德班的市中心找到了一家，于是我就前去咨询前台的那位女士，问她是否能每周一有适合我的课程。

"抱歉，周一的课程只对印第安人开放。"

"那周二呢？"我又问。

"周二只对黑人开放。"她皱起了眉头。

"那你们有只对法国人开放的课程吗？"我生气地问。我确信刚才那些都是她编的，因为她不想收我。

我最终进了一所由一个印度男人开办的学校，在那里我是唯一的白人。当所有课程结束后，我邀请我的新朋友们来我们在德班北部的公寓参加一个庆祝巴士底狱日（法国国庆节）的毕业会。我的白人邻居们都很惊讶，但他们可能认为我是个有点疯疯癫癫的外国人，所以从不抱怨。

我买了一台工业缝纫机，并把布赫勒推到缝纫机旁，教给她我所学到的缝纫知识。我们是一个很棒的团队，那年的下半年，我把我的第一套时装和配饰卖给了位于开普敦和约翰内斯堡的奇奇服饰精品店。回想起来，我和劳伦斯是同样的疯狂。我们都相信我们能做成任何我们想做的事。

一天晚上，劳伦斯回到家，带来了一个大消息。他说他的朋友在卖风岭这块土地。他打开地图，在狩猎区的旅舍周围画了一个圈。我看着他，不知道他在做什么，但是他眼睛里闪耀着的火花提醒我，他可能在酝酿一个脑洞大开的计划。

"这是我的老家，"他叹了一口气，"周围都是各个部落的蛮荒之地。"

"这样啊……"

"我们把它买下来吧。我们可以把它做成一个巨大的保护区。"

"但我们对动物和动物保护区一无所知呀！"

"你不是也不懂怎么做衣服吗？"

"可是我们的钱从哪儿来啊？"

"我们只买风岭，不买周边的部落荒地。你注意到了吗？当地居民也将成为这个计划的一分子。我们将和他们一起努力，建立一个大保护区。我们帮助野生动物的同时也能给他们创造就业机会。"

"洛洛，我们没有那么多钱。"

"这倒是我们最不用担心的。我们肯定能找到钱的。"他笑道。

每次他说要找钱的时候，我都忍不住发笑。我长这么大，别人都是教我怎么挣钱。我总是取笑他，说他藏着一棵奇幻摇钱树。

我们卖掉了我们的舒适公寓，劳伦斯也说动了银行，于是银行给了我们一大笔贷款，如此这般风岭就成了我们的领地了：它拥有1500公顷的原始丛林，一个有四间村舍的乡村营地，还有几处颇为惊险的狩猎区。

我们立即做了两件事：终止一切狩猎活动，并更换了保护区的名字。

从沙卡国王时代起，人们就在那里打猎。在枪声和大逞英雄气概之下，大量野生动物被夺去性命，因此我们新起的名字里必须要蕴含我们想把杀戮场变成避难所的愿景。我们选择了"苏拉苏拉"这一名称，是因为它表达了我们想要给动物的宁静与和平。在祖鲁语中，苏拉这个词通常是用安静的声音说出来的：嘘，苏拉，安静，我的小宝宝在睡觉。这是一个温柔的词语，其中最著名的就是祖鲁摇篮曲——《苏拉巴巴》。

我们的下一个挑战是如何实现我们的梦想。

我喜欢和劳伦斯在一起的生活。因为跟他在一起，生活中就再也没有无聊的时刻。他想有所作为，我们就努力作为。现在我们的词语库里已经没有"不行"这个词了：当我们不知道怎么做时，我们就会努力寻求解决方案。

晚上，我们一起坐在门廊上，沉浸在寂静中。我们的三条狗——马克斯、苔丝和贝柔——都坐在我们的脚边。马路上没有汽车隆隆开过，头顶上也没有飞机的轰鸣，更没有刺耳的警报声。不一会儿，寂静的空气中就只有动物和鸟类以及昆虫的咕噜声、啸吟声、口哨声和叽叽喳喳声了。

当然，还有枪声。

我们禁止了狩猎，但是我们对偷猎却无能为力。

直到今天，这依旧是我需要面临的最大的挑战：犀牛角的价格已经远超黄金和白金，而且是远东地区的新兴热销药材。有的人声称它能治愈癌症，也有的人用它来缓解宿醉，而男人则认为它能壮阳。这简直是滑天下之大稽。犀牛角的主要成分是角蛋白，和人的指甲成分是一样的——这些人居然斥巨资去买那些自己手指头上就有的东西。

当时劳伦斯和我根本不知道，偷猎将会成为一个大问题，但这并没有挡住我们在夸祖鲁-纳塔尔省建立一个有史以来最大保护区的设想。

但它所需的费用远远超出了我们的承受能力。

当劳伦斯接到玛丽昂·嘉莱博士的电话时，我们正为资金筹集的事情挠头。她在电话中提到，一群大象正在一个位于克鲁格国家公园附近的保护区里进行肆意破坏。我们现在手头非常紧张，而且我们只有两个星期的时间来建造一个长达 32 公里的电围栏，还要建一个足够容纳九头情绪失控的愤怒的大象的大型栅栏。

于是劳伦斯到他的奇幻摇钱树下许了愿，然后便以惊人的速度开始筹备我们所需的基础设施。我们的梦想一下子就要成真了，不过我们也忙到焦头烂额。

就在象群即将到来之际，劳伦斯不得不因某件紧急事宜前往德国。他甫一离开，我就接到了那个保护区的经理的电话。

"你们得早点把象群弄走。我们一天都不能留着他们了。"

"可是不行啊——我们都还没准备好！"

"如果你们明天不来把大象弄走，我们就开枪打死他们。"

"大象现在不能过来。劳伦斯在国外。"我平静地说道。他沉默了。

"你能再给我们多一个周末的时间吗？他那个时候就回来了。我一个人真应付不了大象们的到来。"我恳求道。

他很不高兴，但是他让步了。

"星期一大象必须离开。晚一天都不行。"

那么我们还有 5 天时间。这足够让劳伦斯回到家后建好围栏，并安装好最后一道路障了，这样才能获得动物保护当局的首肯。

就在检查人员到达之前一个小时，劳伦斯注意到有一侧围栏的电线接错了。

他绝望地说道:"要是他们抓着这一点不放,那我们就完蛋了。"

我呆住了:一切都准备完毕,然而现在象群可能会因为这个小细节而被射杀。

我建议说:"那我们请保护区推迟一下,晚点再把象群送过来吧。"

"可能来不及了。他们可能已经在来这里的路上了。但愿我们的象群有天使护佑他们。"

我把脸埋在手里。检查员来我们这里的唯一理由是要检查围栏是否适合,不能有任何纰漏。如果电路有问题,他们决不会批准的。

象群的生死令现在就握在他们手里。

第五章

生死关头

我在游廊上踱来踱去，一遍又一遍地看手表。不知道为什么检查员要花这么长时间，这可不是什么好兆头。我们非常急切想救下这群大象，可是现在我们运气实在不好，再加上电工的粗心，有可能会导致他们最终被射杀。

我的手机响了。是劳伦斯。

"他们是不是没批准？"我问。

"弗朗吉，准备开香槟吧！我们的象群拿到通行证了，就刚刚！"

我高兴地欢呼起来。检查人员没有发现任何问题：劳伦斯和他的人堪堪在他们抵达之前修好了电路。

我们终于为娜娜和她的象群做好了准备。

星期一一大早，我的电话响了。当我看清楚来电者的名字时，我做了个鬼脸。是象群的现主人。大象们原本计划于当天晚上到达。难道出了什么事吗？难道他已经把大象们射杀了吗？

"我们和女族长之间有点麻烦。"他连招呼都没打便开口说道。

"您是什么意思？她没事吧？"

"我朝她开了一枪。"

"您说什么？！"

"她可真是个大麻烦。她要是去了你的保护区，一定会大搞破坏，见人就把他踩扁。"

我说不出话来。

"我把幼象也处理了，所以只给你们运过来七头大象。"

"天呐！到底是为什么呀？我们不怕麻烦，我们都做好准备了。"我都要气炸了。

"那个女族长不是个好惹的，女士。我帮了你们一个大忙。"

我气得发疯，绝望到撞头。一个象群的女族长通常是从她自己的母亲那里继承这个角色，女族长不仅是他们的老师、裁判和记忆的守护者，还是象群的导航员和丛林政治家。象群在危机时会求助于她，幼象会从她那里学会野外生活的方式。女族长也会代表象群与可能遇到的其他畜群进行"谈判"，是他们的精神支柱和心理依靠。

当我告诉劳伦斯时，他怒不可遏。女族长被枪杀一事违背了我们的初衷。她的现主人对用枪打她一事毫不在意，这就是大象杀戮背后残酷的事实——他还以为他在帮我们呢。

"这太糟糕了，弗朗吉，这真的太糟糕了，"劳伦斯说。"真该死，他是怎么想的？可怜的象群失去了他们的领袖，他们以后该怎么做呢？他很可能是当着象群的面用枪打死了女族长。"

我开始担心起我们和象群之间的关系了。在这之前，象群的处境已经很糟糕了，现在他们又遭受到更大的创伤，而且他们没有女族长来抚慰他们的心灵了。

"洛洛，你知道的，"我平静地说，"他们现在更需要我们。我们可以做到的。"

"我们可以做到，"他点点头，"我们会做到的。"

当象群在那个暴风雨的夜晚到达时，娜娜已经接任了女族长的职务，她坚信这是她必须做的工作。其他大象亦坚信如此，因此他们很容易就接受了她，似乎他们早就知道，大自然母亲一直希望娜娜成为他们的领袖。

保障他们的安全将会花费一大笔钱，因此找到一个固定的收入来源成为我们的首要任务。

"如果我们建一所真正高档的旅舍呢？"一天早上，我一边吃着羊角面包一边对劳伦斯说，"生态旅游是未来的发展方向，而且这样我们就可以有不间断的现金流了。"

"好主意。我们就做这个。"

我们在恩塞勒尼河岸边的相思树和黄檀木树下建造了七座豪华木屋，并于2000年6月开放了览象狩猎榭舍。我感到无比自豪。"预订情况如何？"劳伦斯每天晚上都会问我。

"不太好，"我闷闷不乐地说，"周末只订出去两个房间。"知道我们这里的人并不多，我们太天真了：人们一般不会来他们从没听说过的地方。我们没有足够的市场推广费用，但是我们不想放弃。

"木屋很不错，你的食物棒极了。你的小屋很快就会爆红的。"

劳伦斯说。

"希望如此吧，否则要按照这个状态下去，我们就连有旅馆经验的员工都请不起了。"

我们尽了我们最大的努力，对外宣布我们将要雇用当地人，有无经验均可。

我要招人的信息像野火在祖鲁丛林中蔓延一样传播开来。第二天，就有一大帮年轻男孩和女孩在门外排起了长队。我留下了几个英语说得最好的人，开始向他们普及工作内容、与住客打交道的技巧，以及如何烹饪他们从未听说过的法国菜式。

劳伦斯负责处理保护区的所有事宜。他整修围栏，安装监控，修筑土路，清理草丛。这都是让他累断腰的每日功课。伊拉克战争爆发的时候，我们举步维艰，疲惫不堪，才刚刚初步看到我们的劳动成果。

"我得去那里帮他们。"劳伦斯宣布。

"你说什么？！"

"我做不到事不关己，眼睁睁看着他们把巴格达动物园炸成废墟。需要有人去拯救那些动物。"

我甚至没试着说服他放弃。我问他："你觉得你需要多长时间？"

"我不确定，也许几个星期吧。"

他这一走，就是6个月。

他不在的那些时日里，我面临的最棘手的问题居然是人的问题。丛林是一个大男子主义当道的地方，劳伦斯本人即是一个绝好的例子。他雇用的人都很尊敬他，可是如果劳伦斯不在场，我不过只是一个说话风趣、对丛林一无所知的异国金发女郎。很多人来这里并不是为了保护动物，而只是把这里当成一个工作机会而已。

我不知道我是怎么熬过来的，我只知道我别无选择。我努力不懈并挺过了难关。若我做不到百分之百不拖劳伦斯后腿的话，那么他在伊拉克就更不能放心行事了。战争一旦开始，即使是对人类受害者也鲜有保护计划，更不要说对动物了。所以尽管我当时极度担心他的安全，但我同时也十分渴盼他能成功。

劳伦斯走前给我任命了一个新保护区管理员，然而这个管理员认为他的工作职责是在我们的年轻志愿者兽医面前扮演罗密欧——那位兽医是一个法国朋友的女儿。这个新来的管理员真是一个最没有担当的人了。

"我们围栏上的网子跟牙线一个德行。"他宣称，"任何家伙一钻就能钻过去。现在我们还能有动物幸存下来，可真够幸运的。"

我也很担心他对我朋友的女儿做出什么不当的行为。劳伦斯在伊拉克的头几个星期里，我都没怎么睡过觉。和他通过卫星电话交谈简直是噩梦：大多数时间他的声音听起来好像在水下说话一样，这使得我根本就无法跟他讨论我们遇到的问题。

总之，他不在的这段时日里，一切都乱套了。护林员们不遵守纪律，偷猎者又利用这场混乱大搞事情。除此之外，几头公象还进入了发情期——他们的睾丸激素水平飙升，导致他们行为失控。他们开始追逐车辆，互相打斗。

而在每个晚上，我都在电视上看到巴格达罹受着一波又一波的轰炸。

一天早上我醒来后想，我受够了。于是我就将罗密欧解雇，换上了乌西。乌西是劳伦斯最为尊敬的护林员，虽然他还没有足够的经验当保护区经理，但他是一个体格健壮、说话温和的祖鲁人，对丛林了如指掌，而且是一个温和而又自重的人。他不仅修好了栅栏，加强了安全，还雇用了新的护林员。提拔他是我做过的正确的事情之一，因为当劳伦斯去世时，他成了我的一个无可替代的强有力的依靠。

劳伦斯远赴巴格达期间，独自管理保护区对于我来说是极大的考验，尽管我并不需要直接参与保护区和动物的任何具体工作，因为有乌西。当劳伦斯最终回到家里并再次接管护卫团队时，我和乌西都大大松了一口气。

到了 2012 年，我们已经有了二十三名专职保安。他们负责守护动物，清除陷阱。如果偷猎者进入保护区，他们将会在第一时间应对。劳伦斯去世后，他们中存在的问题却如此迅速地浮出水面，我们都大为震惊。当调查塔博枪击案的官员告诉我，他们怀疑保安队里有内鬼时，我又惊又怒。

"这怎么可能？"我倒吸了一口凉气，"您知道是谁吗？"科兹瓦约警官摇了摇头。

"我们的线人只是说，内鬼是苏拉苏拉的人。很可能是一个保安。"

我跌坐在椅子上，心力交瘁。真的是我的人要杀我心爱的塔博吗？我觉得那个人也太自私了。每个人都知道，塔博和恩托比对我有多重要。我突然意识到，可能有人想威胁我，想借此让我离开。他们显然不了解我，因为我哪儿也不会去的。苏拉苏拉是我的生命。

"我该怎么办呢？要是他再来上一次呢？"我问。

"如果我得到什么消息，我会告诉您的。"他向我保证说。

我立刻把保安经理叫到了办公室。

"康尼，你觉得会是谁？"我问。

"任何人都有可能。"他回答道。

"你和这些人有过什么不对付吗？"我拍了拍他。

"一直都有问题。"他耸了耸肩。

我看着他的眼睛，很想知道他是否在乎这件事。我不知道该怎么办。偷猎行为一直都没停过，我的直觉告诉我，有些保安一定是不可靠的，但我没有办法找出来是谁背叛了我。

康尼不是很乐意接受我的指挥，我也不能跨过他直接给保安们下命令，因为他们之间的大多数人都不会说英语。再加上我的祖鲁语也不够好，我不能够跟他们去谈这么机密的问题。

我只能强迫自己一步一步往前走。在恐慌中仓促做出的决定往往都是不正确的，而且我对安全系统的了解还不够，在没有指导的前提下，我不敢冒险做出任何决定。

"你有什么线索吗？"我问乌西。

"据说外面有人怀恨在心……"他停顿了一下，不想让我太担心，"但据科兹瓦约警官的线人说，那内鬼还在这里。"

他开始摩挲自己的拇指和食指。

"你认为我们的一个保安被贿赂了？"

"很有可能，"他严肃地点点头，"我认为我们应该调换一下保卫塔博和恩托比的人员。你可否考虑让康尼任命理查德为他们的全职保安，然后让理查德组建他自己的团队呢？"

这是一个很好的建议。理查德是一个身材高大、肌肉发达的祖鲁人。他皮肤晒得黝黑，眼睛睿智而警觉。他曾直接与劳伦斯合作过，我坚信他会用生命来保护我们的犀牛。

然而除了安全无法保障，我还没有钱。当劳伦斯过世的消息一传出，之前的很多预订都一个接一个地取消了，就好像我是空气一样。人们都觉得，没有了劳伦斯，苏拉苏拉必然会破产。随着现金流的枯竭，劳伦斯的遗产也遭遇了行政性纠纷，而多年来不断增长的巨额透支使情况更加恶化。一瞬间，我又回到了几年前那种可怕的境地，靠东拼西凑的零星收入来维持生计。那真是一个奇迹，我们最后成功了。直到今天我都反对使用信用卡。要是我没有钱，我就不买东西。

现在劳伦斯不在了，我的一头犀牛惹上了麻烦，我的保安队无法信任，而且我的银行账户里几乎不名一文。

不负众望的压力是巨大的，因为我要与那些根本就不相信我、认为我做不到的人做斗争。尽管没人当着我的面对我说过这些，但是风言风语还是飘进了我的耳朵。这些年来，有些人终于承认，他们从未想过我会选择独自应对，大多数人认为我会回法国。但我从没想过要回去：我怎么可能离开苏拉苏拉呢？怎么可能放弃我和劳伦斯毕生为之奋斗的苏拉苏拉梦想呢？我和最优秀的当地人一起工作，他们都依赖我。他们是我的第二个家庭的家人，我不能抛下他们。我失去的只是一个丈夫，而他们失去的是一个父亲一样的男人。

还有我们无与伦比的象群和从小就跟着我们一起长大的犀牛——他们也是我的家人。我甚至无法想象把他们都抛之脑后的情景。

我有很多东西要学，但只有当我经历了悲剧和逆境时，我才有办法开辟新的希望和机遇之路。我得慢慢找回自己。有些时候我觉得自己脑子里一团糨糊，但有些时候我清醒地知道自己该怎么做。我想象着自己用手紧紧抓牢一艘在惊涛骇浪之中航行的船，下定决心在风暴中幸存下来。

我和乌西每天都会开会，讨论保护区和动物的问题，并就优先事项达成一致。如果我有什么地方不明白，他就会耐心地再解释一遍。所有的老员工都是如此，那段时间我从他们身上学到了很多。

一天早上，乌西告诉我，动物保护局将在下个星期乘直升机来我们保护区进行统计。

我厨房里的大象

"他们为什么要来？"我问。

"这是他们进行长期丛林环境研究管理的一部分。"

"我们不能告诉他们我们有多少头大象吗？难道我们不能告诉他们自从娜娜来到我们这里，已经有十六头幼象出生了？我们现在一共有二十二头大象了。"

"他们要自己统计所有保护区的动物，弗朗索瓦丝，不光是大象。"

"但是直升机会吓到动物们的。他们为什么不下来乘坐我们的越野车呢？

他没有回答，这是他温柔地告诉我我们无能为力的方式。

"到底发生了什么？"我问。

"直升机上的人负责统计动物数量，然后通过对讲机把总数报告给一个地面小组，这个小组会记录下所有信息。"

"他们怎么处理这些信息呢？"

"主要是用于追踪。他们做完统计后会给我们发一份报告。"

我讨厌我的动物被直升机惊扰，但我也知道，这种环境研究对于保护夸祖鲁-纳塔尔的野生动物是极其宝贵的。

统计结束后大约两周，乌西、艾莉森和我见面并讨论了塔博的状况。我们的小犀牛身体状况恢复得很好，他每天都让艾莉森清洁他的枪伤，但他的情绪却一直没能好起来，他仍然深陷于巨大的创伤之中。他现在又回归到了婴儿时期的生活方式，需要不断的爱和安慰。他的体重减轻了，一到晚上就高声尖叫，白天则昏昏欲睡。

有一天，他躺在水坝边上，把他的脸整个都浸在了水里。犀牛其实在水下是没办法呼吸的，尽管他们会屏住自己的呼吸。他的警卫理查德非常担心塔博，于是就脱下长裤，坐在大坝的岸边，靠近塔博，将塔博的头枕在他的大腿上，直到他愿意上岸。每个人都竭尽所能帮助他康复，但他还是花了近一年时间才从创伤中恢复过来。

艾莉森走了，乌西把监管部门发给他的报告递给我。他满脸郁闷的表情让我皱起了眉头。

"我们有什么麻烦吗？"

他没有回答。我浏览了一下报告，看着他说："大象太多了？他们到底是什么意思？"

"他们有严格的指导方针，规定像我们这样规模的保护区内可以容纳多少头大象。很显然我们的象群规模已经很大了，我们的土地已经容纳不下他们了。"

我只能勉强接受了这个事实。劳伦斯还在的时候，我们已经进行了两次扩建，保护区的面积已经增加了 3000 公顷了。

第一次扩建是在 2008 年，也就是我们购入风岭的第 11 年。新的土地原本归属于各个部落的酋长们，但由于存在严重的水源问题，他们无法将此土地用于放牧。因此，当劳伦斯向酋长们提出需要扩大苏拉苏拉的规模，并说要跟他们一起建立一个联合保护项目时，他们毫不犹豫地给我们开了绿灯，让我们把两处土地之间的栅栏全部移开了。

劳伦斯非常喜欢这块新土地上的高大灌木，一年后，他和乌西在那里修建了姆可胡鲁大坝。这也是他的骨灰长眠的地方，也是他心爱的小象努姆赞的遗骨所在地。

在第一次扩建两年后，我们与罗巴特斯家族达成了协议，将我们的领地扩展到了苏拉苏拉以南的丛林地带。

"乌西，我们的土地比刚建成时已经多了三倍，那应当是够了呀？"

"但是弗朗索瓦丝，象群的规模也增加了两倍。"

"他们在这里还谈到了外来植被和森林……"

"这都与环境规划有关。我们必须将非本土植物全部清除，并在围栏两侧留出足够的空间作为防火带。

原先这都是劳伦斯的事务，我现在真不知道该怎么办。

"让我想想怎么办。"我叹了一口气说。

结果发现，我根本做不了什么事，我连能说出来的东西也很少。甚至连我在动物保护委员会的关系人，也只能重复信中的内容。外来植被必须被移除，防火带必须要做好，最糟糕的是，他向我证实了苏拉苏拉的确不够大。我们将不得不制订一个计划来控制大象的数量。

听起来还好，不过能有什么计划呢？我该怎么做呢？"你有两个选择，"那个人说，"请一个团队来减员一些大象，或者重新安置象群中的部分大象。"

我流着泪挂了电话。减员是杀戮的代名词，一想到这个词我就惊慌失措。重新安置他们？把我们的大象家族拆散？那也是不可能的。象群已经遭受了太多创痛，劳伦斯和我在过去的13年里一直在努力保护他们，帮他们重建对人类的信任，但是现在却要让他们遭受另一场巨大的创伤。

肯定还有更好的解决办法。

第六章

磨人的小可爱

想想看，劳伦斯和我曾经担心我们只有三头处于繁殖期的雌性大象，然而现在，我却在这里不得不面对大象数量太多的问题！

最初我们有三头雌象，娜娜和她的女儿南迪，还有永不服输的弗朗吉（劳伦斯用我的名字给她取的名）。但她们还不是我们的幸福大象家族壮大起来的唯一基础，因为在她们来到我们这里一年之后，我们又救出了第四头雌象。

玛丽昂·嘉莱博士是救助心理创伤大象的坚定捍卫者。她已经在几个洲对大象进行了 30 年的研究，她的博士学位主要是研究幼年大象所遭受的心理创伤。正是由于她的主动和坚定，娜娜和她的象群才能最终在苏拉苏拉安居下来。当她听说有一头大象即将被拍卖时，她毫不犹豫地采取了行动。

"我印象特别深刻的是，这头小象竟然是独自一人生活的。我心说，这怎么可能呢？她的家人在哪儿呢？"她感叹道，"当我对她进行深入研究时，我发现这个可怜的小家伙居然一个人独自生活了整整一年，而且还是在一个'五大'保护区里。你能想象那有多恐怖吗？她才十二岁！"

"她是怎么落单的？"劳伦斯问道。

"她原本属于由七个孤儿幼象组成的象群中的一员，但随着年龄的增长，幼象们开始制造麻烦，他们的主人对他们根本不闻不问，把他们往保护区内一丢了事。其中一头大象甚至可能是在一场有偿狩猎中被枪杀。她是那个象群中唯一的幸存者，现在她的主人也想摆脱掉她。我想给她找个家，因为天知道会是什么人在拍卖会上把她买走，我也不敢想她将来的处境。"

"她是个问题大象吗？"

玛丽昂顿了一下。

"说实话，我不了解她，所以我不能像对娜娜那样为她担保。但如果她惹事，那也是因为她遭受了精神创伤，而绝非因为她天性好斗。"

"问题是，如果她的主人想拍卖她，那他一定认为她还有价值，"劳伦斯叹息道，"可我们还没还完娜娜和象群的银行贷款。她有被枪杀的危险吗？"

"现在还不知道。但是要是她在拍卖会上被一个猎人买走的话……"

"是这样，我们这里接受她完全没问题，但问题是，我们没钱把她买回来……"

"已经很好了。我真高兴你心里想着要买下她——至少你让我心中还有一个能给她一个家的希望。她的生命不应该终结在枪口之下。我一定有办法筹到钱，把她买下来。现在我就去打电话。"

我厨房里的大象

这头小象已经深深留在了我心里。其实大象的十二岁和人类的十二岁基本相似，因此她独自一人生活了这么久，实在是太悲惨了。要是她现在被卖掉，她可能会死在不知道什么地方。野生动物的拍卖事实上就是一场赌博。

可是我们无法确定究竟谁会把她买走。

几天后玛丽昂打电话过来，带来了意想不到的好消息：自然保护局拒绝了她主人的拍卖请求。

"可是她的主人已经决心要卖掉她了，而且是近期内。因此我不敢保证她能活着离开他那个鬼地方。但这至少给了我时间。我向在苏黎世的一家动物福利组织里工作的老同事试探性地提了一下，他说他会和董事会聊聊帮助我们筹款的事。"

劳伦斯说："我可以保证我们已经给她准备好一个象栏了。"

玛丽昂苦笑了一声。

"我真心希望能快点解决筹款的事情，但恐怕我们还需要一段时间。他们下一次董事会的召开还得要一个月呢，到时候她那个主人可能都找好新买家了。"

"一个月已经很好了。我们为什么不通过广播电台为她筹款呢？我敢肯定很多人会愿意帮忙的。"劳伦斯说。

"如果我们能自己买下她，那就太好了。不过我最好先跟她的主人确定一下。"

她回了电话，但带来一个令人心碎的消息。

"他已经把她卖掉了，卖给了一个美国猎人。他付了一大笔钱，比之前的报价还要高。我们失去她了。"

我们简直要疯了：明明她离获救只有一步之遥。

"要是我们能筹到足够的钱去竞价呢？"

"那也为时已晚了。那个猎人已经付完钱了。他将在 2 月 14 日进行狩猎。这家伙坐着轮椅，所以我猜打死这头受惊过度而又无人保护的小象将是他炫耀自己英勇无比的唯一途径。"她愤怒地说。

狩猎对我来说十分难以理解，因为我无法理解人类何以想要射杀大型野生动物，而且这场狩猎居然安排在情人节，这一事实让我着实感到恶心。这头年幼的小象不止一次失去了家园，从一个保护区辗转到另一个保护区。最糟糕的是，她是被迫过着孤独而凄惨的生活，而现在她那美丽的脸庞却要倒在某个美国人面前了。

劳伦斯给电台打电话取消了募捐活动。我们垂头丧气，但是仍绞尽脑汁想办法营救小象。

几天过去了。现在或许只有发生奇迹才能够拯救她。一天清晨，劳伦斯的电话响了。是玛丽昂。他做了个鬼脸。因为在过去的几个月里，她的每一个电话带来的都是坏消息。

但这次却相反。

"保护区的狩猎许可证在 1 月底到期了，"她激动地喊道，"狩猎计划暂时终止了，那个美国佬被迫取消了他的航班，但他仍然想猎杀她，所以保护区主人正在重新申请许可证。"

这头小象的命运真是一波三折呀，但至少在此时此刻我们还有机会。

她说，她的主人希望能在 3 月初拿到新的许可，但她会尽力阻止。

这头屡遭遗弃的小象有玛丽昂是何等的幸运！劳伦斯决定马上开始动工整修大象围栏。

"咱们走一步看一步，"他说道，"可能事情会在我们最不经意的时候就办成了。要是我们没有为她做好准备，那就太糟糕了。"

他买了一台新的变压器，然后和乌西以及工人们一起修好了围栏，又加固了大门。到 2 月底的时候，一切都完工了。那头大象现在就等老天爷开眼了。

3 月 3 日，奇迹发生了。

她的原主人申请的新狩猎许可证被拒了。我们不知道原因，当然我们也不需要知道。因此，这头小象又获得了缓刑机会。现在只等我们快快筹到钱，把她买回来。

劳伦斯赶紧打电话给他的电台主持人朋友，请他帮助恢复筹款活动。但糟糕的是，那人已经辞职了。我们只好靠自己进行筹款了，我们的报偿是周末可以在苏拉苏拉免费住宿。我们发布了小象困境的即时讯息，可是虽然我们募到了一些钱，但还远远不够。

玛丽昂说，她要再去问问她在苏黎世的朋友，"说不定就有希望了呢"。

5 分钟后她回电话过来："我筹到钱了！"

劳伦斯和我颓然倒在沙发上。我们已经筋疲力尽了，甚至都没有力气庆祝了。

距离复活节还有三个星期的时候，保护区的主人收下了这笔昧心钱，并立即安排周一的时候就让小象离开。我们当然希望趁早把她救出来。现在我们可怜的小孤儿离她来到苏拉苏拉的新家还有四天。

　　我们不敢高兴得太早。劳伦斯联系了地方当局，咨询她的迁移许可证的进度。他们说第二天答复他。

　　周三的中午，许可证被拒。

　　我们简直不敢相信。

　　这位官员说："我们对她进行了核查，发现她是一头问题大象。我们手上的问题已经够多的了，根本没有精力去做多余的事情。她得去别的地方。"

　　我们万念俱灰。我们的钱已经付了，而且小象也已经等了好几个星期了，现在当局却不让她来我们这里了。劳伦斯开上车，准备面对面地跟那些官员据理力争。如果我们到周五还没有拿到许可证，玛丽昂就得取消预订好的下周一的运输车，天知道在那之后这头小象会是什么遭遇。

　　不幸的是，我们都没有她的一手资料，但劳伦斯梗着脖子向当局拍了胸脯，保证她决不是问题大象，只是精神受到了创伤而已；一旦她知道自己是安全的，她就不会"制造问题"了。玛丽昂拿自己的职业信誉做担保，首肯劳伦斯所说的一切。

　　"你怎么能确定你们的象群会接受一个十分好斗的新成员呢？"这位官员问道。

现在我们的心放下了。虽然象群和我们待在一起只有一年，但我们知道他们很温和，很富有同情心，我们认为象群决不会不欢迎她。

"因为我们的象群经历过她所经历的一切。他们深深体会亲眼看着家人被枪杀时的恐怖。他们会明白，她的到来不会威胁到他们，她需要一个家。"劳伦斯平静地说道。

这位官员支支吾吾，最后说因为他的上司不在，他做不了主。

为了一头从未谋面的大象，8个月来玛丽昂奔波劳顿，不辞辛苦，现在完全不知所措了。但愿那头小象能感知到每个人都在为她的生命而奋斗。

"主人不会让她活过复活节的，"她含泪向我们报告说，"我的同事都认为我疯了，因为我突然觉得她还不如被猎杀了得好，这样她就能彻底摆脱痛苦了。"

我们拒绝放弃。我们三个人不停地去找我们在自然保护领域里认识的每一个人，求他们帮助小象。星期五下午的晚些时候，我们的传真机收到了一份新传真。我跳起来，看着字一行行打出来。

是许可证。他们批准了！

我们大气都不敢出：这头小象实在是太命苦了。她下周一真的能成功坐上那辆卡车吗？

玛丽昂赶在保险公司周末营业时间结束前的几分钟为小象的搬迁办理了保险。那天晚上，我们拿到了所有文件，盖上了所有的章，并在所有需要签名的文件签上了名。

但我们的担忧远未结束。

小象不得不忍受长达 12 个小时的颠簸。她将乘车从豪登自然保护区出发，来到我们祖鲁兰。虽说她很健康强壮，但路程这么漫长，她精神上能承受住长途旅行的压力吗？

谢天谢地，她挺了过来，来到了苏拉苏拉。她的地狱生涯终结了。

我们把她直接送进了围栏里，劳伦斯和两个护林员在外面扎下帐篷看护着她。但她讨厌看见他们，劳伦斯每次走近栅栏，她都向他冲过去。她心里的仇恨和恐惧使她暴怒。

"我们必须对她有耐心。她是我们的磨人小可爱呀。"我用一个充满关爱的法语词儿来解释"问题儿童"一词。

"好主意，"劳伦斯揶揄说，"我们就给她取名'磨人小可爱'吧，我们叫她'可可'①好了。"

"她小小的心灵遭受了太多创伤。现在我们再也不会放弃她了。"

"好奇怪，尽管可可心里藏着深仇大恨，她却是如此的沉默。她甚至一次都没嘶鸣过，"他不解地说，"我很担心这个小家伙。"

可可的愤怒现在已经转化成了深深的绝望。身处一个陌生的所在，四周充斥着可怕的新气味，而且附近还有最可怕的人类——这一切对她来说，实在是不堪忍受。她不再藏匿，甚至都懒得回避劳

① 《象语者》中译为"ET"。

伦斯。她也不肯吃东西，只是没精打采地在原地打转。劳伦斯带我去见她，她根本对我们视而不见——她彻底心死了。

我完全理解：于她，人类即意味着危险、痛苦和哀伤，而现在意味着她被困在另一个陌生的环境中了。我们能做些什么？我们甚至都不能去拥抱这头愤怒的小象。对劳伦斯而言，如果跟可可待在一起会对她有所帮助的话，他愿意好几个月都陪着她。但她看来好像完全失去了求生的意志。

"我们得把娜娜带到这儿来，"他说，"要是她不能尽快得到陪伴，她将会心碎而死。"

他和乌西用食物和甜言蜜语把象群引到了可可的围栏前。或许他们可能已经感知到附近有一头新大象了，但他们仍然选择相信劳伦斯，跟着他来到了她的身边。

娜娜和弗朗吉一看到这个受惊的女孩儿，就缓缓走到栅栏前，跟她"说"起了话，把鼻子伸过电网，蹭了蹭她。

她目不转睛地盯着他们。这是她一年来第一次见到同类。她试探性地把她的鼻子放到了他们的鼻子上，他们都发出温柔的咕噜咕噜声。我们的一群大男人护林员都红了眼圈。

她开始跟其他几个靠近的大象打招呼，仿佛这是件再平常不过的事情。事情就是这样：在大象的世界里，他们从不质疑她和他们在一起的原因。

"我想他们在安慰她。"乌西低声说道。

"一定是。"我笑了。

他很自信地点点头。

"象群可能在告诉可可他们自己的故事——他们也失去了家人，他们知道害怕和孤独是什么感受。他们在说，你会好起来的，我们会跟你在一起。"

听到他把他们之间想象得这么美好，我哽咽了。我流着泪，衷心希望他描述的一切都是事实。

"我要打开围栏的门，让她出来，"劳伦斯坚定地说，"她需要和他们待在一起。"

他把大门推到一边，我们坐在越野车上看着，看可可是否会自己走出围栏。她在敞开的大门前面来回踱步，看来她还没有意识到，她可以自由地加入象群。

娜娜和弗朗吉在门口踱来踱去，不慌不忙地走到门口，好像在教她该怎么做似的。可可跟他们做着动作，可是却不明白，已经没有什么在阻止她和他们待在一起了。她的不幸遭遇真令我们心碎。

象群准备离开了，她发出一声绝望的呜咽。劳伦斯绝望地摇摇头。

"哎呀，老天，这可怜的小家伙发不出声音。"

后来我们才得知，她在另一个保护区失去同伴后，由于过度惊吓，嗓子喊哑了，声带也永远受损。直到今天，她还不能正常嘶鸣，只能勉强挤出令人窒息的嘶嘶声。

就在我们准备放弃、想重新将大门关上的时候，她在门前停了下来，眼睛紧紧盯着正在走远的象群，径直追了过去。

我万分惊叹我们的象群对她施与的同情和温柔。他们毫不犹豫地接纳了这个有问题的年轻女孩：在最初的几个月里，她从未孤独过，因为他们中的一头年长的雌象总是跟她形影不离。

有时我认为大象比人类有更大的群体意识和责任感，我为我们的象群感到骄傲，也为可可将终生不会再缺爱而感到欣慰。

复活节的那个星期天，劳伦斯给玛丽昂打了电话。

他向玛丽昂报告说："可可的状态很好，而且还认了弗朗吉为妈妈。刚才整个象群涉水穿过我们的小屋前面那条河，可可就走在象群中间，娜娜在她前面，弗朗吉在她旁边，努姆赞高举着长鼻子跟在她身后。她有了一个新家：玛丽昂，这多亏了你呀。"

直至今日，弗朗吉和可可的关系还是最牢固的。

当然这并不意味着可可的情绪立即就平静下来了。她在很长一段时间里一直都惊恐不安，行为举止上也确实很对得起她那个"磨人小可爱"的名字：她曾经让布洛西体验到他一生中最为可怕的事情。他从越野车上跳下来，准备探查动物的足迹。当时布洛西并未看到可可，却突然听到了她的声音。他转过身来，看见她正朝他飞扑过来，她抿着双耳，象鼻紧紧卷起。

"她的眼睛都红了，怒气冲冲，我都不敢看她的眼睛了。"布洛西后来告诉我，"她未必是想要发脾气，但是她无法控制自己。我的越野车远在 20 米开外，我根本没有可能跑过去。"

大象的奔跑速度可以达到每小时 40 公里。可可正冲他飞扑过来，因此他想徒步逃离是没有可能的。

"劳伦斯总是告诫我，当你和一头大象对峙时，你必须听从你身体的本能反应，所以我就站在原地。我还能有什么其他选择吗？"

这就成了90公斤对阵5吨。

他们之间的距离在缩短。现在她就在几米开外，风驰电掣般大踏步逼近。布洛西被淹没在扬尘中，大地在他脚下颤动。他专注于呼吸，保持冷静。一旦可可察觉到他的恐惧，那他就毫无机会了。

可可站住了脚。

他一动不动，能感受到她在他的头上喘息。她可比他高太多了。他目不转睛地盯着眼前那头巨兽的腿。那条腿只要轻轻踢一下，就能将他的头骨踢碎。他无声地向她祈祷，我不会伤害你的，请你走开吧。

她突然转过身去，大踏步走开了。她气鼓鼓地把尾巴翘得高高的。

"你们真应该看看，她那一个急刹，速度可真够快。"他当晚在酒吧开玩笑说，"我想不通，大象并没有安装 ABS，是怎么做到急刹的。"

"嗬，"一位来自内尔斯普雷特市的农场主说道，"你够有种，伙计。"

"没啥，丛林日常而已。"另一个护林员边笑着边拍拍他的头。

"我知道我跑不赢她，"布洛西耸耸肩说，"就是尤塞恩·博尔特来了，也跑不赢她。"

没有什么比能拥有自己的家庭更能让人安心的了。在可可来我们这儿的这一年里，她怀孕了。22 个月后，她的象宝宝尤金出生了。

虽然这已是象群来到苏拉苏拉后诞生的第四个宝宝，但对劳伦斯和我来说，这个小家伙的诞生是意义非凡的：它使得可可的生活变得圆满了。

第七章

法国『气质』

弗朗吉是以我的名字命名的，因为劳伦斯说，她是二把手。

"其实我在她身上看到了一个我非常熟悉的人的影子。"他调侃道。

我笑了笑，没上他的当。

"那不肯服输的法国'气质'……"他笑着说。

"她那不肯服输的法国'气质'会帮她顺利接任的。"我大笑起来。

弗朗吉有点"过度"好强了。她才来的时候，非常暴躁，脾气非常多变。如此一来，我们就无法确定她在保护区的表现，但随着时间的流逝，她开始变得自信，内心也开始趋向平和，这有利于她接任"女族长"一职。

我一直记得，在 2003 年，他们到达苏拉苏拉之后的第 4 年，娜娜就开始准备把女族长的权力移交给她了。一开始我们很不解，因为娜娜还年轻，她还不到四十岁。这并不是一场权力斗争，因为与雄象不同的是，新旧女族长之间的接替从来是不需要争斗的。

劳伦斯意识到她们之间的角色发生了不寻常的变化。一天晚上，他很晚才回家吃晚饭，一脸的担忧。

"我看到了一件非常奇怪的事情，"他一边说，一边吃着 T 骨牛排和法式马铃薯千层派，"娜娜带着象群穿过水坝附近的树林时，似乎偏离了方向。"他疑惑地皱起眉头，"然后弗朗吉接过了领头的位置，娜娜也很高兴地让她带队。我从没见他们这么做过，我觉得有什么地方不太对劲。"

"你觉得她病了吗？"

"我希望不是。我明天再去看看，白天可以更容易判断他们是否有问题。"

那天夜里我们忧心忡忡，几乎一夜没睡。天亮时，他吻了吻我跟我道别，然后飞奔去看他的心上人。我希望他们没遭遇过偷猎者，也希望她不是由于枪伤造成的伤口溃烂而备受折磨。一想到要失去她，或是失去象群里的任何一个成员，我就不寒而栗。他们对我们来说，就像家人一样重要。我们的拉布拉多犬，名叫大杰夫，他感觉到我的焦虑，就跳到床上，把他肉乎乎的身体蜷在我身边。我给了他一个拥抱，然后便起床了。我太担心娜娜了，所以根本无法赖在床上。

下午劳伦斯回到家，面色阴沉。"我觉得她右眼有白内障。状况很糟糕，白内障像是几乎完全遮住了娜娜的眼睛，她要是还能看清楚，那就奇了怪了。难怪弗朗吉昨晚在帮她。"他摇了摇头，"我怎么现在才发现。"

"你认为我们可以把她的白内障去除吗？"

"我不知道。我在等科布斯给我回电话——除了他没人能办到。"

科布斯·拉德特博士是内尔斯普雷特市的一名兽医，是他主导了象群来我们这儿的安置计划，劳伦斯知道他可以信任他。科布斯一个星期后才到苏拉苏拉，在等他来的这段时日里，劳伦斯每天都和娜娜待在一起。

"弗朗吉和娜娜的合作简直令人难以置信，"他向我汇报说，"她们两个分工合作。白天时，娜娜可以用一只眼睛看清楚前方，所以她带队；但当天黑下来时，弗朗吉就接手带队工作。我恳请老天爷让我们能帮到她。"

最后兽医带着他的三个学生来了，劳伦斯立刻带着他们去找娜娜。他们四处寻找娜娜时，整整一天我用对讲机和劳伦斯保持联系。可是到处都不见娜娜的踪影。夜幕降临，他们勉强同意第二天再试一次。娜娜仿佛感觉到他们灰心了，就从树林中走了出来，穿过空地朝他们走去。

"你好呀，娜娜，我的好宝贝，我在到处找你。你去哪儿了？"劳伦斯说。然后他感到非常内疚，示意科布斯向她发射麻醉枪。

象群四散奔逃，小象们惊慌失措，高声嘶鸣。劳伦斯朝地面开了几枪，以确保他们不敢过来，如此一来他和科布斯就可以安全地接近娜娜。兽医把他的医疗箱从越野车上拿下来，和劳伦斯一起朝着娜娜跑过去。

"你说得对。她得了白内障，很严重。"科布斯做了个鬼脸。

"你能去除掉吗？"

"不会对眼睛造成很大危险的。我先用杀菌剂把它盖住，以减少进一步出现问题的风险，然后……"

"劳伦斯！小心！"乌西高喊道。

弗朗吉正风驰电掣般地穿过大草原，边嘶吼边朝他们冲过来。

"掩护我！我不能把娜娜丢下不管。"科布斯喊道。

"快离开这里！"乌西叫道。

兽医给娜娜注射了逆转药物。

劳伦斯把他拉了起来。"快跑！"

两人冲向车子，护林员一把把他们拽了进去。弗朗吉立刻转身向娜娜跑去。劳伦斯和兽医整整一个晚上都守护着娜娜，直到药物起效。昏昏欲睡的娜娜终于又站了起来，弗朗吉把长鼻子搭在娜娜的身上，温柔地把娜娜推到安全的树丛旁边，怒视着他们两人。

娜娜知道自己快失明了，意识到自己再也照顾不了象群了。在这个智慧的母系家族里，象群的安全永远放在第一位，她意识到是时候交出自己的权力了。

要是世界各国的领导人也能如此慷慨地放弃权力，那该多好。

我们很感激弗朗吉。她经历了很多，但她是一个铁娘子，她向所有人证明了她是一个既精明强干又无所畏惧的女族长。在劳伦斯第一次把象群放归保护区之后不久，她差点杀死我和劳伦斯。这和她之前总是焦虑胆怯的形象是多么不同！

劳伦斯曾经决定，当象群安置妥当后，他就会将他们从围栏里放出来，在保护区里尽情嬉戏生活。每隔几个小时，劳伦斯就开车去检查象群，确保他们没有打破围栏。

"象群今天早上在河边，我们去看看他们，好吗？我们可以骑着我们的四轮摩托去。"劳伦斯建议道。

我跳上摩托车的后座，终于看到了野外的象群，这让我激动不已。我们沿着一条有车辙的小路颠簸着前行，去一个我们希望可以看到象群的地点。保护区的天空里薄薄笼着一层雾霭，丘陵和草原白茫茫一片，但劳伦斯的第六感总是能感受到他们的位置，因此我们很快就发现了他们。

"他们在河边，看起来好像在迁徙。"劳伦斯说，"让我们给他们一些时间离开河岸，然后我们就可以沿着河边到达他们那里。"

恩塞勒尼河从保护区横穿而过，是一条完美的"灌木丛高速路"。好久没下雨了，因此我们把车子开到了河床上，穿过低洼的水面，一边大笑一边把脚举起来，以免把脚打湿。劳伦斯猛力踩着油门，从河床上一个猛冲，爬上了陡峭的河岸。我紧紧抓住劳伦斯以防被甩出去。我抬头一看，大象就在那儿。

"妈的。"劳伦斯咕哝了一句。

我们正好冲进了象群的中间。我觉得自己好渺小，我们所处的位置也毫无遮拦，但奇怪的是我并不害怕。我知道他们是野生象，我们的保护区对他们来说还很陌生，但我还是天真地认为，他们会很高兴和我们待在一起。一群快乐的大象应该不会伤害人，对吧？

但是我大错特错了。

弗朗吉站在象群的最后面，和我们一样震惊。但随即她便分开其他大象向我们猛冲过来，耳朵向后抿起，她的身体因为愤怒而颤抖，眼睛瞪得大大的。她的眼神、扬眉，以及从眼角斜睨我们的方式，都足以让我吓到血液凝固。其他的大象都不会做出这样的表情，只有她。

"我们有麻烦了。"劳伦斯嘟囔着说。

我用手臂环住他并牢牢抱紧他。如果他是担心，那我就是恐惧。

我们无法后退，可是也没法前行。前面是象群，身后是河流，我们被夹在了弗朗吉和两头小象中间，小象们被吓得惊慌失措地高声嘶鸣。

其他大象则焦躁又紧张地四处走动。弗朗吉朝我们晃了晃她的大脑袋。娜娜静静地站在一旁，小心翼翼地观察着。我被他们的躁动搞糊涂了。以前从来没发生过这样的事情，他们面对我们的时候都是很平和的。看来我得学习一些有关大象发怒的知识了。

劳伦斯掏出他的9毫米手枪，向空中开了几枪，试图把他们吓跑。

"别开枪，洛洛。我们不知道他们会有什么反应。"弗朗吉发出一声震耳欲聋的嘶吼声，朝我们跑过来。她把鼻子向下卷起，这样可以获得更大的冲击力；她两眼冒火，光是那双眼睛就足以杀死我。娜娜并没有阻止她。

"我们有麻烦了，"劳伦斯咕哝着，把枪递给我，"有情况就开枪。"

他给我的这把9毫米手枪还不如一个玩具枪有用。我极其不情愿地接过来。

弗朗吉向我们猛冲过来。我闭上了眼睛。已经没有什么能阻挡住她了。我们今天要死在这儿了。

劳伦斯跳上了四轮车，把胳膊举过头顶，使自己显得体积更大。

"弗朗吉，没事的，我的宝贝，是我，是我。"

她冲过来了，她的怒火像一道激光一闪而过。

我们死定了，我想。

"弗朗吉，弗朗吉！我的好宝贝，是我，是我呀。"

他的声音里有某种东西进入了弗朗吉的内心。是绝望，抑或是爱？我不清楚，我从劳伦斯身边望过去，看到她的鼻子正冲着我们疯狂地卷来卷去，但她的敌意却减少了一些。我说不上来我是怎么知道的，但我感觉到了。

"没事的，我的宝贝，是我。是我。"

她的耳朵开始前后摆动，不再紧紧抿着了——这是大象杀心大起的致命标志。她的心情在转变。我强忍住啜泣，蜷紧了身体——她又朝我们扑了过来。

劳伦斯站着，双手高高举起，大口大口喘着气。

"弗朗吉，是我。"

她堪堪在车子的旁边站住了脚。

一片死寂，仿佛整个世界都屏住了呼吸。

弗朗吉从我们头顶上怒视着我们。我能看到她皮肤上的深深皱纹和躯干上的纤细毛发，她那巨大的象牙上满布着狭长的裂纹。她只要用象牙轻轻一掷，就能让我们和车子像蚂蚁一样飞到半空中。

她向后退了几步，小象们纷纷往她身后跑去。

我们则一动也不动。

她的大脑袋摆来摆去，尘土四溅，洒得我们满头满脸都是，她的视线一刻也没离开过我们。

劳伦斯坐了下来。

"我的宝贝。"他低声说。

突然之间她的怒火变成了惊讶，好像明白了我们是谁。原来刚才她想要杀死的就是那个给了她一个新家、她开始信任的人呀！她的眼睛开始变得柔和起来：哦，是你呀。她跟着她的儿子和女儿跑回了灌木丛，同时却向我们投来一个迷惑不解的回眸。

劳伦斯和我颓然倒在了座位上。象群离开了，我们仍旧一动不动地坐着。我们是如此恐惧，以至于我们仍然一动也不敢动：我们刚刚从一头愤怒的大象的铁蹄下逃出生天。那一天是我这辈子第一次直面死亡，并感受到了我从未经历过的恐怖。

事后我们才意识到，是我们的摩托车发出的可怕噪声吓到了她，并唤醒了之前人类对她所做过暴行的痛苦记忆，以至于让她无法分辨我们是何人。我们真是太粗心了，竟然开着摩托车去看他们，但由于我们之前从来没有照看过大象，因此我们只能每天自己去学习。

从那以后，我学会了从不同的角度去看待这些巨型的生物，因为我明白了他们和我们人类有多么相似。她做出的反应其实和我们人类是一样的：在危险情况下，首先要保护自己的家人免遭伤害。我还看到，大象具有高超的洞察力，他们能有意识地认识到自己的错误。前一分钟弗朗吉还下定决心要杀了我们，而下一分钟她就恢复了理智，知道我们不是敌人后就走开了。但自从那天之后，我对她开始非常谨慎，因为我看到了她眼中的怒火，而且知道，如果她想的话，她可以轻而易举地杀死我们。

野生动物就如同大海一般，美不胜收而又变幻莫测，实乃危险之至。我和劳伦斯还需要好好学习。

第八章

小象宝宝苏拉

胆小如鼠的人是不适合担当野生动物的防卫者兼保护者的：虽然回报巨大，但忧虑焦愁却永远与你相伴。当状况发生时，与之俱来的是难以形容的损失、罪责、痛苦。

　　2004 年的夏天，娜娜的女儿南迪要生宝宝了，我们已经等了好几个星期了。我们很难确定大象的预产期，因为她们的孕期长达 22 个月，而且通常在很长一段时间之后我们才发现她们已经怀孕了。有时候我们根本不知道她们已经怀孕多久了。

　　那天早上，护林员报告说小象终于出生了，但象群的行为很奇怪。劳伦斯立刻前去查看。中午时分他回来了，满脸忧色。

　　"小象的脚有问题，她站不起来。"

　　我满脸困惑地看着他。自从象群来到我们这里以后，已经有好几头小象出生了，我们从来没有遇到过新生小象有问题的状况。

　　"她一直尝试着想站起来，她的家人们都在那里帮助她，用鼻子托住她的小身体，试图将她扶起来。但他们一松鼻子，她就软软瘫倒在地上。我在那儿待了几个小时，真不忍心看她这样下去。"

　　"如果她站不起来，那她怎么吃奶呢？"他说道，满脸的愁容，

"要是她站不起来，她从地上是够不到南迪的乳头的——这意味着她从出生后就一直没有进食。天气这么热，她真是一点机会都没有。我们可能已经是太迟了。"

"他们现在安全吗？他们在什么地方？"

"他们就在通往小屋的那条路上的河道里，那里连一棵树都没有。娜娜和南迪用她们的身体护住她不受阳光的暴晒，但是象群不可能在外面一直待下去。这真是一场灾难，弗朗吉。那小家伙不可能活下来的。"

"我们不要这么早下结论，亲爱的。大象比我们想象得还要聪明。他们会找到办法帮助她的。"

"要是他们觉得他们得放弃她，那怎么办？"

"他们绝不会那样做的！"

"他们可能不得不那么做。如果幼象拖了象群的后腿，那娜娜和弗朗吉就别无选择。"

"那我们就去救她。我们不能让她等死。"

他疲倦地点了点头。"我知道，可是弗朗吉，小象需要的不只是喂奶。"

"她需要一个骨科专家。我甚至不知道有没有专门针对大象的骨科医院。我们总是说我们会顺应自然，但是……"

他沉默了。我知道他是对的，但我们以前从来没有主动干预过。

"也许象群不会抛下她不管。"我满怀希望地说。

"她吃不到奶，她连一天都活不了。"劳伦斯踱来踱去，"我们到底要怎么办才好呢？"

"洛洛，你先回去看看，看看他们会做什么，然后咱们再做决定吧。"我给他做了一些三明治，他把几瓶水装进车载冰箱里，准备回到象群那里。我瞥了一眼门口的温度计：37摄氏度，已经是下午两点了。我拿起他的帽子，在后面追他。由于劳伦斯的皮肤一看便不是非洲本地人，因此他如果不戴帽子的话，他会被晒成一只红彤彤的龙虾。

当天晚上劳伦斯上床时，我已经睡着了。他把我叫醒说，那头小象还活着。

"她非常虚弱，但象群还和她在一起。他们还没有放弃她。求上帝保佑她熬过这一夜吧。"

天亮的时候，劳伦斯又去帮小象的祖母和妈妈照看小象——毕竟象群是他的家人。我打电话给他，想知道小象的情况怎么样了。

"她还活着，不过也只剩下一口气了，"他低声说，"而且看来她的祖母已经决定要离开了。"

雌象是母性很强的动物，经常照顾彼此的幼崽，因此放弃新生的幼崽这件事对他们是非常沉重的打击。

娜娜第一个离开了。劳伦斯向我描述了她离开她那垂死的小孙女时那哀伤欲绝的神情，我的心都碎了。

他的声音满含绝望："她离开的时候，她的步子是如此沉重，如此缓慢。"

我厨房里的大象

虽说弗朗吉已经接任了女族长，但娜娜仍然是一位深受爱戴的顾问，同时她也是小象的祖母，所以弗朗吉很有可能是把决定权让给了她。娜娜一定很想留下来安慰她的女儿，但她却带着象群离开了。这种行为证明了她是一位令人爱戴的、英明的领袖，她做出的任何决定，从来都不是为了她自己：她总是把象群放在第一位——我希望自己永远不会身处她那一天的境地。这就是为什么女族长必须由一位富有领袖气质的雌象担任：她们不仅需要有洞察力做出重大的决定，而且必须有勇气执行到底。

所以小象只能等死了。

只有南迪留了下来，因为她在分娩的阵痛和接下来的整整一夜的无休止的守护中已经筋疲力尽了。

劳伦斯和我怎么能无视她的困境呢？虽然我们致力于"顺应自然"的理论，但在此情此景之下，"顺应自然"是不可能的。我们不可能在明明知道能挽救小象生命的情况下却置之不理，特别是在象群已经倾尽了他们全力的前提下，我们就更不可能坐视不管。

劳伦斯说："我要带人一起去找她。"

我紧紧地拥抱着他，感激他的慈心。

劳伦斯很清楚，南迪生完孩子后就没有再进食和饮水，于是他就把刚割下来的新鲜苜蓿和水装到越野车上，小心地朝着她的方向倒车。这是非常危险的，因为若是她对劳伦斯的意图有所怀疑，她一定会攻击他。越野车看起来相当结实，但对一个重达三吨的拼死守护她那即将死去的孩子的妈妈来说，车子就是一个铁皮桶。

当她嗅到了食物的气味时，她的长鼻子高高举向了空中，然后步履蹒跚地走到车子前，一口气吸起了好几加仑的水，送到了嘴里。

劳伦斯慢慢开动了车子，南迪非常信任地跟着他。他感到十分内疚，于是就停下来让她喝水。由于她都 36 个小时没有喝到水了，因此她喝了又喝，最后总算喝足了。然后他便以蜗牛般的速度把车子往前面开，把她引到了灌木丛的后面，直到幼象离开了她的视野范围。

护林员冲到小象身边。她实在是太小了，只消两个人就把她抬上了卡车。几分钟后，他们就开到了房子这儿。

她瘦骨嶙峋，奄奄一息，小耳朵被太阳晒得起了泡。她的躯干两侧都有开放性的戳伤，因为她的母亲和祖母试着用象牙戳着她好让她站立起来。我感觉她都撑不到一个小时。她一动不动地躺在无花果的树荫下，用满含惊恐的眼神打量着我们。

我们给她的身体上喷洒冷水降低她的体温，兽医给她打上了营养液点滴。我坐在她旁边，抚摸着她的小脸颊，轻声对她说话：睡吧，我的好孩子，你和我们在一起呢，我的好孩子。

我们所知晓的有关大象的知识就是，他们对牛奶不耐受。劳伦斯打电话给肯尼亚的达夫妮·谢尔德里克动物庇护所，请教如何给一头新生儿小象喂食。他们推荐了一种添加了椰子油的特殊配方奶粉。

一个护林员飞也似的跑去买来了瓶子、奶嘴和合乎要求的配方奶粉。

兽医给她输了第二袋营养液，然后是第三袋。她奇迹般地振作了起来。

兽医说，如果她能撑过接下来的 12 个小时，那么她便有机会存活下来。"她的体形太过巨大，大到她妈妈的子宫都装不下她，因此她的脚没有足够的空间正常生长，但好消息是她并没有骨折。"

一夜之间我的客房变成了托儿所，我们小心翼翼地把她搬进了房子里。她躺在床垫上，四周弥漫着令人心安的青草和干草的气味。我无法把目光从她身上移开：除了被太阳晒伤的小耳朵和被象牙戳伤的伤口之外，她的小小身体上上下下都十分完美。她长着一张非常漂亮的娃娃脸，一条无比灵活的小鼻子以及四条结实到令人惊讶的长腿。事实上，如果兽医没有告诉我们她的脚有问题，我都几乎看不出来。她很快就睡着了：她朝一边侧卧着，长鼻子舒服地盘在嘴上。我愿意一生一世就这么看着她。

第一天晚上，护林员整夜都陪着她，但我每隔几个小时就起床去看看她，同时也去围栏那里检视，因为我担心如果象群嗅到她的气味，他们可能会打破围栏，冲进来把她带走。如果象群想要回他们的幼崽，那便没有什么能阻止得了他们，甚至高达 8000 伏的电压也无济于事。

但是那天晚上，象群并没有来找她。几天之后，他们缓步来到那所房子前面，整个上午都在围栏边上安静地吃草。我们一直都很期待他们表现出躁动并表露出把他们的残疾幼象带回家的迹象。

我厨房里的大象

劳伦斯在衬衫上擦了擦手，摸了摸小象，然后走向了他们。他把手掌伸过去，试图"告诉"象群她是安全的。娜娜、弗朗吉和南迪的头猛地扬起，然后把她们的长鼻子从电铁丝网的缝隙中伸向了劳伦斯。我站在阳台上，十分紧张。她们的鼻子上上下下嗅着他的手：她们嗅到了小象的气味。然而，她们非但没感到忧虑，反而显得很安心，随后象群就像到达时一样安静地离开了。

劳伦斯走回到我身边，牵住了我的手，我们一起看着他们离开。我们现在是一家人了，就在刚才，他们把小象托付给了我们。我们被感动到无以言表。我们一定会对她的生命负责的。

"我们就叫她苏拉吧。"我轻声说道。

劳伦斯点点头，使劲握了握我的手，"她会好起来的"。

兽医很乐观，并认为通过日常的"家庭理疗"，我们可以慢慢帮她的脚恢复正常，并希望她能学会走路。第二天一大早，小苏拉狼吞虎咽地喝完了一整瓶她的"特殊配方奶"。我特别为她高兴，也很受鼓舞。小象是出了名的难以喂养，因为他们的头和躯干会本能地倾斜，去寻找母亲的身体。即使他们真的很饿，他们也只有在感觉到百分之百的安全时，才会喝奶。因此我们在她房间里悬挂了一个很重的粗麻袋，用来模仿她妈妈的皮肤，然后从麻袋后面把瓶子塞给她。

每天，她都要接受"步行疗法"。尽管她用脚走路时显得很痛苦，但她还是决心尝试。

到了第三天，她走出了几步。虽然她这几步走得摇摇晃晃，而且也走得不太自信，但她走出步子了。我们太激动了，一边为她加油，一边为她的成就鼓掌——她看上去对自己也很满意。到第一周结束时，她在没有帮助的情况下蹒跚着穿过了草坪。我激动地哭了起来。她是如此勇敢，而且对自己的每一个里程碑式的步子都感到兴奋。

她和我们的园丁比耶拉互相都爱着对方。他们会一起连续几个小时待在户外，他会用一把巨大的高尔夫伞，保护着他的小象宝宝的皮肤免得受到阳光的伤害。老比耶拉和小苏拉肩并肩在草坪上漫步的情景，真是让人身心愉悦。

小苏拉喜欢那把伞，她会偷偷溜到比耶拉的后面，卷起她的长鼻子，试图从他手里把伞抢过来。

我们可爱的园丁则勇敢地与她展开拔河比赛，结果就是许多雨伞都被他们拔坏了。但我毫不在意。

为了能让小苏拉的眼睛里永远闪烁着顽皮的光芒，我愿尽我所有。

每个人都乐意帮她，因此没过几天她就有了自己的"爱之群"。对于动物来说，它们的情感健康和身体健康与人类一样也是相辅相成的。所以对于这些无助的动物来说，爱对他们的生存至关重要，不亚于兽医给它们开的药物。

小苏拉的脚变得越来越强壮。很快她就像一个蹒跚学步的顽皮孩子一样到处乱跑。她简直成了我的小尾巴，我走到哪儿，她就跟到哪儿。她的行为不像一头小象，而像一只小狗：家里的每一件东西，都不可避免地被她的小鼻子触来碰去。

她的脸上开始长出来象牙，随后她就被这两根长长的小细棍儿迷住了。她用她的象牙到处戳来戳去，当她学会了控制它之后，就立即开始破坏房子的装饰。

一天，她打翻了一个凳子。她聚精会神地盯着它，然后试图从凳子上面跨过去。但是她的腿太不听使唤了，因此把凳子弄断了。她对自己的新玩具十分满意。她用她的小鼻子卷起凳子的碎片，扔到空中。我好可惜我可怜的房子。新生的大象通常不会很快掌握象鼻的使用方法，虽然我很为她感到自豪，但我很快就意识到，我最好还是把贵重物品和易碎物品移到她够不着的地方比较稳妥。

她很喜欢我的厨房，尽管她吃不了固体食物，但这并不能阻止她用她的小鼻子把我的每一种食材都卷一卷。我那两条斯塔福德郡猎犬马克斯和苔丝站在一旁眼巴巴地看着我。他们很困惑：为什么这头小象可以做平时不让我们做的事情呀？

有一次我正在切西红柿，她把小鼻子扒着桌子边，卷走了几片西红柿。我感觉到西红柿片的质感让她很着迷，因为她用她的小鼻子把那些好玩的红色片片在厨房的地板上揉来搓去，创作出了一幅毕加索风格的西红柿汁画。

马克斯在她身后亦步亦趋，帮她收拾着烂摊子。马克斯从来都是待在小苏拉身边，我确信他认定小苏拉是他工作职责的一部分：他知道小苏拉需要他来保护她的安全。

贝柔和苔丝都很嫉妒小苏拉，她们认为是小苏拉把我从她们身

我厨房里的大象

边夺走了，所以她俩一点都不高兴。但她们嫉妒的同时也夹杂着母性，因为她们似乎也感觉到了小苏拉的脆弱，因此贝柔和苔丝常常溜进她的房间里，偷偷地舔她的脸。

现在我的家里有好几个顽皮"孩子"了：我有一只自命不凡的卷毛狗，两条猎犬和一个小象天使，他们在一起过着非常完美和谐的生活。

尽管小苏拉体形最大，但她对狗狗却出奇地温柔，尤其是经常和她一起在花园里散步的贝柔。即使小苏拉的双腿仍然摇摇晃晃，她也从未踩到过她。唉，要是她对我的家具也能这样小心就好了！

她就这样度过了第一周，接着第二周，然后是第三周，我们心里开始放松下来了。虽然距离小苏拉强壮到可以和象群一起奔跑还有很长的路要走，但我确信她完全是可以做到的。

第四周快结束时，她的护理员冲进了厨房。

"快去看看！苏拉站不起来了！"他大叫道。

我跟着他跑到苏拉的房间，她试图站起来迎接我，发出痛苦而沮丧的嘶鸣声。我跪下来，把她抱在了怀里。

第二天，她开始不喝奶了。

兽医不知道该怎么办。我们给每一位我们认识的专家都打电话过去询问，但没人能帮上忙。我们不知道她发生了什么事。她的关节好像很痛，她做任何动作都会使情况变得更糟。她变得无精打采，头几乎都抬不起来了。

我们轮流陪伴她，抚摸着她，告诉她，她是多么勇敢，我们有多么爱她。我还告诉她，她的母亲南迪还在等她，整个象群都很高兴将来有一天她会回去和他们待在一起。我不知道她是否能听懂我的话，但劳伦斯一直相信动物能理解不同物种之间的情感，所以我就一直和她说话。

她又开始打起了点滴。什么都帮不到她，她的状况在恶化，就在我的眼前。事情发生得太快了，令人难以置信。

比耶拉每天早上都到门口来，手里拿着雨伞，脸上挂着希望。我一个字都说不出来，只能冲他摇摇头。

我们的小象女儿没能挺过去。

就在她出生四周又一天的清晨，日出之前劳伦斯把我叫醒，告诉我她永远离开了我们。我简直不敢相信。她怎么会死呢？就在一个星期前，我还满屋子追着她跑好拿回我的太阳帽。

我的心碎了，所有人的心都碎了，我哭到停不下来。我是那么自信地认为，她已经度过了最糟糕的时期。直到她死了，我才意识到我有多爱她。她的死令我非常非常震惊。虽然她有几天身体状况不太好，但前一周，她的状态一直很好，我从来没有想过她竟会不治。

小苏拉是如此乐观和勇敢，我想她会永远和我们在一起。苏拉去世后的那段时日于我是黯然无光的，我的悲伤是如此之深重，以至于我花了很长时间心情都不能平复。即使是现在，已是苏拉去世多年以后，一想起她我仍然泪盈于睫。有些小生灵会永远住在我的心里，正如我的勇敢的小苏拉。

第九章

国王万岁

失去苏拉之后，南迪似乎又很快怀孕了。在漫长的孕期之后，她产下了沙卡，一头非常健康的小公象。当乌西告诉我沙卡出生后几个小时就能走路的时候，我非常兴奋，大大松了一口气。一旦遭受过无法拯救病重动物的打击，恐惧便永远与人相伴，因为悲剧有可能会再次发生。

幸运的是，从那以后出生的每一头小象都是健康的。所以在2012年时，我便有了十二头健壮的六岁小象。我试图找到一个办法让当局通融一下，但是他们仍然就我们的大象与土地的占比问题来向我施压。我一边尽我最大的努力寻找解决方案，但同时我也下定决心，我们所做的一切都决不会危及他们平静和谐的生活。

我请迈克·托夫特给了我一些关于控制象群数量的建议，当然，这些建议里不包括扑杀或拆散象群的方式。

"有个方案我已经研究了一段时间了，但我现在还不希望你对它抱有太大希望，毕竟我还需要做更多的调研。他们给了你多长时间？"他问道。

"他们没有说，"我回答，"我也不太想问。这样，下次我跟他们联系时，我希望能够向他们表明，我们正在想尽一切办法来解决这个问题。"

"我会尽快给你回电话的。"他保证说。

虽然他并没有详加说明，但我还是感到大有希望。我发现我很难接受这样一个事实：我们现在都拥有多达 4500 公顷的土地了，却依然达不到我们的象群所需的空间标准。我们常常好几个星期都见不到他们，甚至护林员们去主动寻找他们的时候也找不到他们，那么何以我们的保护区就不够大了呢？看来，在动保方面，我还有很多东西要学呢。

奇怪的是，那段时间象群几乎每天都到我们的房子这里来。难道他们知道有人要决定他们的命运吗？他们是不是在提醒我，我们也是他们大家庭的一员呢？我不知道，但这不重要，因为我喜欢经常看到他们，喜欢他们平静地待在离我如此之近的地方。

有时，小象会走到越野车近旁，娜娜会立刻冲上去阻止他，不让他靠得太近。小象会被允许进行一两次模拟冲撞的动作，转转他的头，舒直他的小鼻子，不过随即娜娜就会轻轻地把他推开。

象群的规矩是制定好的，靠近车子是不符合规矩的。劳伦斯一定会为她感到骄傲，因为他一直希望象群成为真正的野生动物，并且永远不要太习惯与人类待在一起。

作为一名成年母象，娜娜拥有无穷的耐心。我从来没有见过她们中的任何一头成年母象对任何一个幼象发过脾气。相信我，小象是为数不多的、跟人类的孩子一样行为处事的物种！他们富有好奇心，对自己喜欢的事物会投入很多的精力。

这是我和劳伦斯拯救戈比萨的原因之一。

努姆赞去世以后，年幼的公象们开始变得难以掌控。在野外环境里，总是会有一头成年公象来教会他们各种规矩，然而在象群失去努姆赞后，他们开始四处撒野。现在马布拉是象群中年龄最大的公象，但他才十八岁，还太年轻，因此他还无法接替努姆赞的职责。

劳伦斯说："我们需要一头成年公象来管理他们，特别是马布拉。这孩子继承了他母亲不肯服输的性格，而且变得狂妄自大。如果没有一头成年公象来管住他，那么他长大后很可能会成为我们的一个大麻烦。"

能承担教导职责的一般是三十多岁的成年公象，虽然不像女族长那样担任象群的领导工作，但他对控制青少年公象和象群健康基因的延续起着至关重要的作用，因为他通常会是发情雌象选中的交配对象。

一天下午，布洛西带着他的副手、护林员西亚，驾驶着一辆满载住客的越野车行驶在保护区的车道上。由于沿途中看到的动物很少，因此住客们变得有些不耐烦。布洛西只好带着他们去看我们的两头河马。这两头河马一头叫罗密欧，另一头叫朱丽叶。当时距离大坝只有几分钟的路程，他们转过一个弯，就遇上了象群。布洛西放慢了速度，对着住客微笑。

"他们在这儿呢。"他咧嘴一笑，显得很是得意，因为他总算找到了他们。

马布拉一听到车子的声响，就向他们转过身来。

"那是弗朗吉的儿子。"布洛西解释说。

马布拉抬起他的大脑袋，有些恼火地嘶鸣了一声。住客们高兴极了，疯狂地按着快门。马布拉开始朝着他们小跑过去。布洛西挂上了倒车挡，但没有发动车子。马布拉加快了速度，长鼻子左摇右甩。

"他只是在模拟冲刺呢，"布洛西平静地说着，"大家都坐好，不要惊慌。"

马布拉向他们猛冲过来，后面还跟着另外两头年轻的公象。布洛西开始缓缓倒车，然而马布拉并没有放慢脚步。西亚从拖车上爬下来，上了越野车。

"嘿，站住！"他用祖鲁语对马布拉大叫道。

布洛西踩下了油门。一时间尘土飞扬，可马布拉还在继续冲刺。布洛西和西亚用手敲打着越野车的侧边，大声叫马布拉后退。我们的青年公象不但不肯听从命令，反而开始用象牙撞击越野车。住客们刚才还感到无聊呢，可是现在他们的肾上腺素却急速飙升——这次惊魂之旅足以让他们终生难忘了。

多亏了布洛西冷静的头脑和他那一级方程式赛车一般的倒车技术，马布拉最终失去了兴趣。但是两周之后，他又再次玩起了同样的把戏。劳伦斯非常担心。

"如果我们不能为他找到一头担当父亲角色的公象，他会失控的。"

他打了很多电话,与当局斡旋了好一阵子,戈比萨终于来了我们这里。这是一头三十多岁的公象,我看了他一眼,很想知道马布拉会有什么反应。

"他倒是挺大只的,"我对劳伦斯说,"可是要是马布拉不肯听他的,那怎么办?"

"戈比萨会让他屈服的,"他耸耸肩,"这是肯定的。"

然而戈比萨却不想待在这里。

就在他来到这里的第一天,午夜时分我们被一个消息吵醒:戈比萨突破了高达 8000 伏的电网。劳伦斯立即用对讲机请求支援,吻了吻我便冲出了家门。我提心吊胆地守在电话旁,回忆起 10 年前娜娜突破电网时的情景。这可真是个午夜噩梦呀!戈比萨一路摧枯拉朽,劳伦斯在追踪他时一直与我保持着联系。

他说:"你看,我们想要一个'象领导',然后我们就有了一个。现在戈比萨正朝着自己的家乡方向进发,沿途已经冲破了六道电网,但他还在勇往直前。我们派了两架直升机在找他,然后我让戴夫·库珀和他的卡车以及吊车随时待命。"

"你务必小心,洛洛,"我说,"我要你们两个都安全回来,不许有一点闪失。"

"遵命,弗朗吉。"他回答道,笑声从听筒中传了过来。

一个由十七人组成的搜救小组乘坐着两架直升机和好几辆卡车开始在该地区搜寻戈比萨。当他们发现了他的踪影时,便跟戈比萨进行了一场世纪大战。小组用尽了各种方法，都无法威吓到戈比萨，甚至直升机的轰鸣声都不能把戈比萨从他藏身的茂密灌木丛中赶出来。我脑子里闪过一个念头，这家伙可能比我们想要的那个"象领导"要聪明许多。

"他躲进了峡谷里，"劳伦斯向我报告说，"我们现在必须抓获他，不然当局就会把他射杀。"

我很清楚他说的是哪个峡谷。那是一条狭长的峡谷，通道非常少。如果戈比萨跑得太往里，那么直升机和越野车都无法接近他。

"你们究竟打算怎么救他？"我问。

"那儿有一大片开阔地，应该是我们最后的机会……如果他们能把他引诱到那里，我们就能把他弄出来了。否则……"

"你不要冒险。"我恳求道。

大半天过去了，音信全无。我的脑子开始信马由缰：不仅戈比萨消失在了峡谷里，劳伦斯也跟着他进去了，并且还受了伤，但却没有人告诉我这个消息。我很想打个电话，但我想到，要是他们正在救援的中途，他们最不需要的就是我打一个惊慌失措的电话过去。

在我经历了生命中最漫长的一天之后，我的电话终于响了。

"我们把他弄回来了。"劳伦斯说道，他的话里每个字都透着疲惫。

"谢天谢地你没事。"我呻吟着说。

"但坏消息是，戈比萨又从围栏里逃出来了，朝着外防护栏的方向跑了。"

"你说什么？"

"它又撞破了 8000 伏电压的电网，我亲眼所见。这可真是一头象群'大领导'，弗朗吉。"

"亲爱的，快回家吧，你已经跑了整整 24 个小时了。你得歇一会儿。"

"我得把我的大象弄回来，"他嘟囔着说，"我不能放弃这个坏家伙。"

可能是因为戈比萨第一次被带回来时服用了超剂量的镇静剂，又或许他是单纯累坏了，他并没有真正逃出保护区。相反，他躲在了灌木丛里，踪影全无。我们不知道他在哪里，不过只要戈比萨没突破外防护栏，那就说明他仍然在苏拉苏拉。事实上这救了他一命。然而，如果他再次逃跑，当局一定会开枪打死他：毕竟人的生命和财产都将会受到威胁，他们怎么会放过一头愤怒的重达 6 吨的公象。

劳伦斯联系上了戈比萨的主人，告诉他们戈比萨惹出的事情，并征求他们的意见。他们十分震惊，答应派一个很熟悉戈比萨的人来帮他安顿下来。在这当口，劳伦斯认为任谁都不会帮上忙，但我们已经束手无策了，就请他过来姑且试试。

"请派他来吧，"他说，"我现在就着手汇总信息。"第二天一大早恩德洛夫就到了。他是一个身材魁梧的祖鲁人，眼睛炯炯有神，举止十分庄重。他和劳伦斯立刻开上越野车去寻找戈比萨。

"他就在附近。我能感觉到他，"恩德洛夫咕哝着说，"他就躲在山冈旁——他在一段干河床附近的树林里。"

劳伦斯惊得目瞪口呆。恩德洛夫向他描述的正是他们最后一次看到戈比萨的确切地点。

"你是怎么知道的？"他问道。

"我们心意相通。我们就等着吧。"

劳伦斯和护林员已经好几天没看到戈比萨了，但恩德洛夫到来后的第二天早上，他便从躲藏处出来了。

"我说过，戈比萨知道我在这里。"恩德洛夫笑着说。

"我们怎么做？"

"我们等着就行。"

劳伦斯和恩德洛夫坐在越野车上，看着戈比萨朝他们走过来。当戈比萨径直走向越野车时，劳伦斯十分紧张，因为他目睹过这头大怪兽的破坏力。戈比萨默默地围着他们转了一圈，然后又消失了。

"这是怎么回事？"劳伦斯问道。

"他来打个招呼。"恩德洛夫耸了耸肩，仿佛这是世界上最天经地义的事情。一头公象，撞破了六道电网，被两架直升机和一群货车围追堵截，然后又被全身麻醉，最后被一辆大卡车拖回了大本营——现在他却随随便便走过来跟一位老朋友打了个招呼。

"我们下一步怎么办？"劳伦斯问道。

"我们等，等他感到安全时再说。"

"那我们到底怎么做呢？"

"你站在他的角度想想看，"恩德洛夫轻声说，"他来到苏拉苏拉，闻到这里有其他大象的气味，他便知道这里一定有一个占统治地位的雄性。"

"可是与戈比萨相比，马布拉不过是个小哑炮罢了。"劳伦斯笑道。

"是的，可是戈比萨不知道啊！而且他知道自己状态不太好，所以他必须躲起来，保护自己不受他那个假想敌的攻击。"

"那他会躲多久？"

"等麻醉剂失效了，他就有足够的信心去探索他的新领域了。他会尽可能收集马布拉的信息并了解他，看看他是否是一个威胁。他能闻到所有其他大象的气味，但他最感兴趣的，是他是否能成为那头占据支配地位的公象。他最终会从马布拉的粪便中闻得出，他对自己还构不成危险。所以我们要耐心，给他点空间。"

我们真幸运有这样一个聪明的祖鲁人给我们提供建议，帮助我们了解戈比萨的状况。而且他解释的方式也非常好，也能让我们不再那么担心戈比萨了。

"难道马布拉意识不到戈比萨在这里吗？"我问劳伦斯。

"他可能感觉到了，但如果他感觉到什么的话，他会和象群待在一起，远离戈比萨。因为我一看到戈比萨，就知道马布拉不可能赢他的。"他顿了一下，"我这辈子从没见过这么胆大包天的家伙。这头公象对我们的象群会大有好处的。"

星期天乌西打电话报告说，王位之战已经拉开帷幕。两天来戈比萨和马布拉拼得你死我活——他们两眼冒火，拼起了象牙。我知道这是一场必争之战，但这场争斗的每一分每一秒都让我十分煎熬。

"其他大象成员呢？"我忧心忡忡地问劳伦斯。

"娜娜带着他们一路往北去了，他们很安全，但是有两头青年公象偷偷溜了回来，在那儿坐山观虎斗呢。"

曼德拉和伊兰加站在场边观看着比赛，虽然他们并不参与，但他们非常想知道挑战赢家的后果。

劳伦斯告诉我说，"恩德洛夫觉得戈比萨占了上风"。

"那他知道他们还要打多久吗？"

"等马布拉退缩吧，他其实是在搞一场恶作剧。谢天谢地戈比萨来我们这里了，马布拉才十八岁就这么难搞，你想象一下，要是没有一个父亲教导他如何跟象群相处并成为象群的一分子，他得多无法无天。"

"我们怎么才能知道他们打完了？"我心烦意乱。

"恩德洛夫告诉我，当戈比萨用象鼻子抚触马布拉时，我们便可以放松了。这是王位确立的标志。"

他们的权力之争终于结束了，我如释重负：马布拉并未受到严重伤害，只受了小小几处皮外伤，不过他的自尊心被打击到了。

"是不是戈比萨比较小心，不想把他伤得太重？"我问劳伦斯。

"那一点也不奇怪，"他点点头，"不过你不要误解，虽然戈比萨使出浑身解数来对付马布拉，但他可能用他的鼻子耍了些小把戏，拉长战斗时间用以拖垮对手。弗朗吉，我们得到了一个真正的国王。"

马布拉从未真正臣服过戈比萨，但他别无选择，因为戈比萨比他更大更强壮。现如今，当我看到马布拉时，我意识到当初我们做的这件事情是多么正确。那个时候马布拉狂妄自大，和他妈妈弗朗吉的性格一模一样，因此必须要有一头成年公象来让他屈服，这有助于确保他的思维和行为永远不会失控。

然而命运是公允的，马布拉这种胆大包天的个性竟让他成了一个大明星。没有什么比当一个"象明星"更让他开心的了。如果他是人类，我毫不怀疑他会利用自己在南非的人脉向崔娃讨一份喜剧中心的工作。

他最喜欢的把戏是一个叫"丛林瑜伽"的游戏，但同时他也很有自己的"象"底线：观众若是不欢呼，他就不表演。表演时，他先是把一条后腿伸展开来，然后高高抬起，接着慢慢地把前腿弯下去，将他那个巨大的象头放在地上。他就这样端着姿势用三条腿稳稳站住，环视着我们的住客。

在镜头的咔嚓咔嚓声和住客们的阵阵掌声中，马布拉知道这群观众很欣赏他的表演，而护林员也知道他们要等上好大一阵子，因为一旦我们的象明星开始表演，就停不下来了。观众们笑得越欢，他的表演就越卖力。

他对"卧象姿势"的改编堪称传奇。他先是扑通一声一屁股坐到地上，然后来回挪动屁股好找到最舒适的姿势。随后他便把一条腿伸直，让身体重心前移，然后侧躺下来。马布拉对喜剧的节奏把握得非常好，要是他听到护林员开始换挡准备驶离，他也跟着换挡：他迅速将四条腿都跪倒在地，玩起了电臀舞。

你没看错，他在抖臀——他为了留住观众真是不惜一切代价呀！他的电臀舞跳得太过精彩，以至于麦莉·赛勒斯都得甘拜下风呢！

他最擅长的另一个小把戏是"老鹰捉小鸡"。

他正对着车辆，摇晃着他那颗大脑袋，耳朵高高竖起，好似马上就要冲过来了。护林员们知道他是在假装蓄力，可是住客们却不知道。他一开始的时候是慢跑，随后便开始加速。他的脚步声无比沉重地踏在泥土上，好似一辆满载的高速巨型货车。眼看着一头如此巨大的大象以极快的速度向你冲过来，这场面真要把人吓死了。马布拉很清楚，自己看起来有多吓人。

考虑到野生动物的行为总有不可预测的因素，护林员们通常会向后倒车，好留给他充足的空间。一旦越野车开始倒车，马布拉就会偃旗息鼓，走向一边：因为他知道自己赢了，比赛结束了，便趾高气扬地迈着方步回到象群。

可是演艺圈的人都知道，表演可不会总是按着计划进行。马布拉稍后就发明了升级版的新玩法。

螺穗木树的树干非常坚实，人们常拿它来制造枪托和箭。因此要推倒一棵螺穗木树并非易事。通常大象们会用全身的重量才能推倒一棵螺穗木树，但马布拉却想证明，他只用一条腿就能把一棵螺穗木树推倒。

他把右腿紧紧贴在树干上，眼睛盯着越野车里的观众，使出浑身解数开始推树。

树被推得弯了腰，簌簌作响。住客们开始鼓掌吹口哨。

马布拉更用力了。那棵树被他推得吱嘎作响，眼看就要断成两截了。

突然，他失脚滑了一跤，那棵树被弹了回来，一下子击中了他的前额。

观众席上爆发出一阵哄笑。

马布拉勃然大怒，转过身就朝车子冲了过来。他喜欢的是人们的欢笑声，可不是嘲笑声。

但是护林员早就料到他会大发雷霆，赶紧匆匆发动了车子，把他晾在那儿，让他自己纳闷到底是谁在跟他捣鬼。

我厨房里的大象

第十章

危险交易

我又把助手留在我桌子上的字条读了一遍：

皮特·波吉特打来三次电话。他有犀牛，想跟您见一下。

皮特·波吉特？我从没听说过这个人。我可没钱再买一个保护区了。或许他是个记者，想采访一下我？我按了按那张纸片，耸耸肩，开始拨号：一个电话又不能让我承诺什么。电话接通了，一个尖厉的声音传了过来。

"我是波吉特。"

"您好，我是弗朗索瓦丝·莫尔贝·安东尼。您今天下午给我打过电话。"

（特注：为免于犀牛被定位，文中姓名和身份均为化名。）

"对，弗朗索瓦丝。你这么快就打回来了——你可真是个大忙人呢！"

"很抱歉，我手头上事情太多了。请问您有何贵干？"

"我有一个想法想跟你聊聊，但这事不能通过电话说。"

"请问是哪方面的呢？"

他的话引起了我的兴趣。

"您留言说您有犀牛要给我。但我必须得提前跟您说清楚，我不会花钱买的。"我说。

"我不是来向你推销的。我有八头犀牛想重新安置，他们不会花你一分钱，但你可能要出一下搬迁费。不过这个还可以再商量，我想讨论的是有关保护大批量犀牛的事宜，但是在电话上说这个事情实在是太复杂了。下次你来约翰内斯堡的时候，我们见一面，然后我当面来解释一下怎么样？我的农场在林波波，但我常去约堡公干。"

"最近我没有出差的计划，但如果我能去，我会告诉您的。"我未置可否地说道。

他并不想错失机会。

"那没问题，我去找你吧。我们听说了很多苏拉苏拉的事情，我的妻子也很想见见你。本月的最后一个周末我们去找你怎么样？我们可以在周六中午时分到你那里。"

如果我说我大吃一惊，都已经是很委婉了。从林波波来苏拉苏拉并非易事。他得转机两次，然后再开上两个小时的车才能到我这里。我很好奇为何之前我从未听说过他的名字。但我想，这可能是因为他想保持低调吧。大家身边都会有这样的人：尽管他们的工作做得很出色，但却从不引人注目。如此一来，我再拒绝他就不是很礼貌了。老实说，我非常好奇他为什么一定要不辞劳苦长途跋涉到我这里来。我们商定了日期，我答应把从德班机场开车到苏拉苏拉的路线发给他。

我放下电话，不知为何心里有点不安。我想，可能是因为他要把犀牛免费给我吧。劳伦斯总是说，如果某件事听起来太美好，美好到都显得不真实了，那它反而可能就是真实的。但谁会把像犀牛这样贵重的动物直接免费送给别人呢？

八头犀牛的总价值约二百八十万南非兰特，即使用汇率极不稳定的南非货币来计算，这也是一个天文数字；要是用美元这种硬通货币来计算的话，这也是很大一笔钱了。如此一来我便可以有三十三万美元来保护我的动物了。

两周后，门卫打电话给我，告诉我波吉特夫妇到了。我看了看表：12点过5分。这位犀牛大施主真是个守时的人。

"谢谢你，泰姆波，"我对门卫说，"请你安排一个人护送我的贵客到榭舍去，并转告他们我会在那里等候。"

从我办公室到榭舍没多少路，当然不带上我的小吉普赛我就哪儿也去不成。但因为我走得快，她的小短腿跟不上我的速度，因此我通常会把她抱在手上。当我抱着我的小卷毛狗来到小屋时，皮特·波吉特已经在酒吧里喝了一杯城堡啤酒了。他一看到我就跳了起来，小吉普赛看到这个大胡子陌生人大踏步向我走过来，就开始狂吠起来。

波吉特是一个七十岁上下的矮胖男人，他那张方方正正的脸上透着一股子志在必得的劲儿，使得他看起来更像一个雄心勃勃的壮年人，反倒不像是一个已经上了年纪的老头子。我用鼻子触了触小吉普赛，让她安静下来，然后把她放在我脚边的地上。皮特·波吉特紧紧握住了我的双手。

"很高兴见到你，我得说，眼前的真人更美。"

我盯着他那双水汪汪的蓝眼睛，想看出点什么，结果却是什么都没看出来。我没别的意思，不过我心想，他的眼睛可能是个例外，没打开通往他心灵的窗户吧。我向榭舍管家辛迪要了一杯我每常喝的冰起泡水，也给小吉普赛要了一碗水。吉普赛把自己挡在了我和那个人中间。

"您妻子不一起聊聊吗？"我问道。

"她收拾一下就来。你这块地儿挺棒。"

"谢谢。对了，您在电话中说，您在林波波有个牧场？"

"我在离察嫩镇几公里的地方有 8000 公顷土地。你有多少土地？"

"大约是您的一半。您那儿不会是一个狩猎区吧？"他大笑起来，那声音介乎于鼾声和狂笑之间。"我被指控过很多事情，但不包括打猎唷。因为我在那里培育犀牛。"

"您培育犀牛？为什么要培育他们？难道您是要把他们卖给来打猎的人？"

"是为了拯救这个物种。"

听到他这个如此宏大的表述，我又探究了一下他的眼睛，仍是一无所获。

"这是一个地狱级别的使命。"我点点头。

"你也可以一起参与进来。"

我的动保立场早已摆明，我想帮助犀牛，每个项目的设立都是抚养一头犀牛孤儿。尽管他的言行举止颇令我生厌，但我的好奇心被激起来了。

"我也参与其中？您的意思是？"

他示意再来一杯啤酒，然后举着杯子等着把啤酒倒进去。

"我培育犀牛有 20 年了，现在我的犀牛太多了，所以——"

"您说太多了，什么叫太多了？"我打断他的话。

"快有一千头了。"

我故作镇定。"数量可真不少。"

他点头说："这可是世界上最大的犀牛库存了。"

我一听到"库存"这个字眼马上就不高兴了。

"那您说您保护犀牛，那您是怎么做的呢？"我问。

"小事一桩。偷猎者会杀死我们的犀牛，因为亚洲地区对犀牛角的需求在我们有生之年是不会改变的。如果我们再不采取措施，那犀牛就会灭绝。你我都知道，仅是在南非每天就有三头犀牛被杀死。按照这个速度，那不出几十年，他们就会灭绝了。我培育他们，收集他们的角，所以在不久的将来，当犀牛角交易再次合法的时候，我就会将犀牛角全部砸到市场里。届时，我们就可以坐等犀牛角的价格暴跌了。到那时——"

他的话被一个盛装的年轻金发女郎的出现打断了。小吉普赛冲她狂吠起来，我赶快把鞋从脚上脱下来，用脚安抚她。

"弗朗索瓦丝，来见见我的小安妮。"波吉特说。

我厨房里的大象

"你好，弗朗索瓦丝，见到你真是棒棒哒。我好喜欢《象语者》这本书，我读的时候全程都感动到哭的呢。"

从她的口音，我推断安妮琳·波吉特是南非荷兰混血。从她戴在手指上的宝石大小，以及她的年轻长相看着足以做他的女儿这一事实，我推断皮特是她的甜心爹地。当然我并不介意：如果甜心爹地和他的花瓶甜心找到了把爱情与事业结合起来的好方法，我有什么好批判的呢？

"我很高兴你喜欢这本书。"我笑着说。

"哦，老天！我好喜欢你的口音！她的口音是不是够性感，皮蒂？"

"我们都有口音，"我笑着说，"你是哪儿人，安妮琳？"

"我来自布雷达斯多普镇，但我好希望我也能有你的那个口音呀！你知道吗，我们是在巴黎度的蜜月呢。一切都浪漫透顶，是不是呀，皮蒂？"

波吉特递给她一杯甜白葡萄酒。

"给，我的小甜心。这是我专门从克莱坦亚酒庄给你买的你最爱的葡萄酒。"

"欧耶，老天！我老高兴来这儿玩了。干杯用法语怎么说？"她把杯子碰上我的水杯，"我们什么时候可以去你的保护区兜个风呀？"

"我的小女王陛下，还记得我说过我要先和弗朗索瓦丝女士谈生意吗？先让我做完我的事情，然后我向你保证，我们会一起去

我厨房里的大象

做任何你想做的事。"皮特飞快地吻了她一下，然后向我转过身来。"我们谈到哪儿了？"

"你刚才在解释用收割犀牛角的方式来拯救这个物种。"我冷淡地说。

"我的看法是，如果我们向亚洲倾销巨量的犀牛角，那么需求就会下降。"

"你是说，犀牛角的供应越多，购买的人就会减少？这是怎么一回事？"

"这是基础经济学的供求关系。当某种商品大量涌入市场后，它的价格就会下跌。你明白我的意思吗？"

"不，实际上，我认为我不想这么做。犀牛角的用途过于广泛，从治疗癌症到用于制作彰显身份的奖杯，为什么在它大量涌入市场会——"

"让我给你举个例子吧：假如你最喜欢的食物是比萨和——"

"我是法国人。我不怎么吃比萨。"

"哦，那我换成青蛙腿。你想象一下，之前每一条青蛙腿你得花五百兰特才能买到，但突然有一天你只用五兰特就能买到，你会怎么做？你肯定会让自己狂吃青蛙腿一直吃到想吐，然后就再也不想吃了。"

皮特得意扬扬地对我咧嘴一笑，安妮琳越过她的酒杯对他绽出一个赞许的微笑。我突然觉得我自己也需要来上一杯。

"看看 2009 年，他们禁止了犀牛角交易，可是发生了什么？"

波吉特的拳头狠狠地敲击着吧台，"真他妈该死，犀牛角价格一路飙升。"

"可是——"

"这就是我一直在做的事情。我割犀牛角已经好几年了。活犀牛没有角总好过死犀牛没有角。你明白我的意思吗？我的想法就是靠出售犀牛角来保护犀牛。我有一支军队在照看着我的犀牛——我花的钱可他妈的海了去了：神枪手、退役军人、直升机、红外相机、电动围栏等，等等——哎，我法语不好，你多担待吧。"

"可是我还是不明白你所谓的'保护'。你的犀牛实际上并没有被培育到适合野外的生活，对吗？"

"咱们得现实点儿，他们一回到野外就会被干掉了。如果人都还不照我说的去做，今后谁都无法保护好犀牛。现在我的犀牛数量已经超出了我的农场所能容纳的上限，所以我正在寻找能收容他们的保护区。我和我的团队将负责收割牛角，而这就是你会感兴趣的所在：大家伙儿共享利益。你得三分之一，社区得三分之一，我留三分之一。顺便说一句，我完全不在意你拿你那一份去干些啥。"

他的描述很有逻辑，而且浅显易懂。那时候劳伦斯去世已有一段时间，我一直在努力偿还债务，而且我名下连一毛钱的财产都没有。他一定知道他的提议对我有多么大的吸引力，而且不知怎的，他把话说得好像我要是不以某种方式去帮他，那我就是不负责任的。我无比需要时间来思考这件事情。

"我绝对负担不起这么多犀牛的安全。"

"我会派人给你提供全天候的保护。"他把一切都解决了。

"这些犀牛角每公斤价值九万美金,"他接着说道,"记住,每只角的重量可以达到四公斤,光靠这些角你就可以赚到大把大把的美元!我想给你八头犀牛。这些你都不用去想,弗朗索瓦丝。你要多想想你能为社区做些什么,你能为苏拉苏拉做些什么。"

"但你说的话都是一个假想,不是吗?因为现在犀牛角还是不允许买卖的,我对任何非法的东西都不感兴趣。"

"用不了多久的。我有内线的,我的内线一抓一大把。我上边也有人的,能帮我修改法律。你不用担心这个,法律会变的,到那时出售犀牛角就百分之百合法了。"

"你怎么这么肯定?"

安妮琳用她的手指钩住皮特的手指。"只要是皮蒂想要的,他都能办到。"

"这么说吧,我在高层有朋友。"他说,"我们算是达成一致了吧。"

我不知道该说什么才好。我在脑子里过了一下他说的那些数字。他提出的建议可以说是救命的:如此一来我就能够还清我们所有的债务,而且还能有稳定的收入来保卫塔博和恩托比。如果我计算出的数字不错,那我将来还会有足够的钱扩大保护区的土地,为我那日益增长的象群带来所必需的生存空间。幸运的是,当局一直非常支持我们的做法,他们没有再次提出扑杀大象的事情,但波吉特所说的那些钱也能解决这个问题。可是我还是很犹豫。

我问他："你觉得你的犀牛和我的犀牛会怎样相处？我们的犀牛从来没和其他犀牛共处过。"

"他们会适应彼此的。别忘了，我的犀牛不是野生的，他们习惯于跟其他犀牛共处。不过我怀疑你的犀牛会攻击我的犀牛，你担心的这个事情，我也很担心。"

这正是我所担心的事情。犀牛是有很强的领地属性的，塔博已经遭受了太多痛苦，我最不想看到的就是他不得不赶走那些总是围着他的恩托比打转的陌生雄性犀牛。

"你要我养的犀牛雌雄比例是多少？"

波吉特不耐烦地抖了抖手腕，示意辛迪把安妮琳的杯子加满。

"再给我来一杯城堡水。你这儿除了水，还有啥别的可以喝的？"

我摇了摇头。"你再讲讲你要给我的那些犀牛吧。"

"我们不能在午饭前开车去保护区转转吗？"安妮琳嗲着声地撒娇道。

当时我就想，他们俩配合得多么天衣无缝！她显然明白他不想详述犀牛的事情，于是就插嘴转移注意力。

"我很抱歉，安妮琳，但在日落前我这儿不能安排任何车子。"我说，"那么皮特，你接着跟我说说犀牛的事儿好吗？"

"你会得到八头非常健康的，甚至接种了'组织梭菌毒血症疫苗'的犀牛。"

我没让他看出来我从来没有听说过这种疾病。

我厨房里的大象

"我想他们来到苏拉苏拉之前就已经去角了，对吗？"我说。

"不到一年他们的角就会长回来的，然后他们就开始为你赚大把大把的票子啦。"

我沉吟了一下，他误解了我的沉默。

"好吧，好吧。我明白你在盘算什么。这样，我保证给其中的四头留着角，这样你就能更快地获得回报，如何？"

"我觉得有什么地方不对劲。"我平静地说。

"我们把他们麻翻。犀牛们不会知道发生了什么。"

这根本就和我的本意差太远了。他说起麻醉犀牛的事情来是如此云淡风轻，让我十分震惊。他说得对，去角不会伤害犀牛，但去角的过程很残酷，而且可能会出岔子，因为根本就没有无风险的麻醉剂。

现在我明白为什么小吉普赛不喜欢皮特了，因为他跟劳伦斯和我想要成为的那种动保主义者根本不是一路人。

"问题在于，"我说，"我们用毕生的时间来教育人们犀牛角毫无价值，就医学价值方面来说，其角蛋白的含量非常之低，甚至还比不上人类指甲的含量。所以你不认为出售犀牛角将会让我们的保护主义者所做的一切都付之东流吗？"

"你又改变不了那些做梦都想买这玩意儿的白痴的想法，那你还不如从他们那里捞上一笔钱来养活你的动物。不管怎样我们知道自己的目标就够了：一旦我们的犀牛角进入市场，价格必然会下降，对偷猎者来说，犀牛角就不会再那么有利可图了。"

那是在你以现行的美元价格卖出你的存货之后的事情了，我很想说到他脸上，但我保持了沉默。我毫不怀疑，在皮特安稳饲养犀牛的这 20 年里，他必然已经积累了价值数百万美元的犀牛角了。等到禁售令取消的那一天，按照他所说的，价格可能会下降，但是，犀牛角作为深深植根于社会文化信仰体系的商品，待价格降下来时，怎么可能变得不那么受欢迎了呢？关于这一点我是完全不相信的。是的，"拥有犀牛角"这一现象可能会消失，但对于一个愚昧的有钱人来说，当他身患癌症的母亲即将去世，他怎么可能做出判断，用犀牛角粉做的传统药物并不能挽救她的生命呢？他必然还是会买的。

若是劳伦斯还在，他定会当面嘲讽波吉特的。他想让我养犀牛的唯一原因，是他已经没足够的空间来饲养犀牛了。虽然他说他是一个培育师，但这并不意味着他可以不遵守南非的野生动物法规，而且从我的亲身经历我十分清楚野生动物的数量与保护区的大小比例这个规定有多严格。

"你一定要给我公犀牛吗？"我问。

他眯起了眼睛。看来我问对了：他原来是想出让他的雄性犀牛。安妮琳拉着他的前臂，恳求他说："你聊完了没有？我是真的很想很想见娜娜呀。"好吧，我终于有机会摆脱他们了。

"我这就为你们安排一次保护区观光。要是你们愿意，我甚至可以请厨师在灌木丛旁为你们准备一顿浪漫的午餐。"

"真的吗？你真是老好了！"她又叫又笑。

我挥挥手跟他们告别，让他们自己来个两人行。但在此之前，波吉特试图让我答应下来。

　　"我自己做不了主。"我抗议道。

　　"为什么不能？你可是老板呢！"

　　"我还在学习动保知识呢，这么大的事情，我需要跟我的团队商讨。"

　　"他们今天都在吗？你何不让我跟他们一起谈谈？"

　　"他们不都在这儿，"我撒了个谎，"但是下周我们已经安排一个全体会，所以我很快就能给你回话的。"晚饭时皮特又一次试图说服我接受他的提议，但那时我已经跟乌西和布洛西快速沟通了一下，他们都认为我们不应该跟他的犀牛有任何牵扯。

　　首先，从长远来看我们谁都不相信出售犀牛角会对这个物种有所帮助；其次，这个事情实际上是一个巨大的骗局，我不想涉足其中。那些相信犀牛角有药用价值的人实际上是被骗了，而且我决定，尽管我们非常非常需要钱，我也不去分这杯羹。

　　第二天早上吃完早饭后，波吉特两口子就走了，我答应通知他我们会面的结果。然后我做了一件非常"法国"的事情：我完全不去理会他们，他也从此再也没联系过我。他是一个聪明人，我想他意识到了，我并不是一个破了产的、为了钱可以铤而走险的金发女郎。他原本期待我会直截了当跟他说："把犀牛给我，让我们把他们的角砍下来发财吧。"他以为他能用大把大把的钱来诱惑我，但是他大错特错了。将动物的生命放在第一位，和把它变成一个用以谋利的产业，这两者之间有一条非常明确的界限。如果你想发财，那你就做不了动保。我们在苏拉苏拉所做的一切，都是为了动物：我愿意把我所有的钱，每一分每一厘都花在他们身上。

波吉特的来访又给我敲响了警钟。自从劳伦斯死后，我一直专注于处理苏拉苏拉的所有事情，以至于我竟然对保护区以外发生的事情一无所知。通过与此人的接触，我的思想发生了很大的改变。

我开始再次昂起头来，向外面的世界放眼看去。我所做的第一件事，就是更多地参与到动保中去。在那之前，我很少接触这个领域。因此我很快就发现，波吉特无论到哪里，都是以一个支持贸易的说客来进行活动的。

谢天谢地，我听从了自己的直觉，拒绝了他的危险提议。

第十一章

迎惧而上谓之勇

我跟劳伦斯的老朋友乔斯，和一位跟他一起来苏拉苏拉采访我的德国记者伊丽莎白，一起开车去保护区巡游。伊丽莎白今年六十多岁，是一个活力四射的女性。她有一双敏锐的蓝眼睛，毕生致力于用文字将陷入困境的野生动物推介给世人。

我和劳伦斯在一起的 25 年里很少见到乔斯，但在劳伦斯去世后，他极尽一切可能来帮助我。我想他的脑子里总是一刻不停地碌碌转动着，想方设法去帮助他所关心的人。

乔斯是一个性格外向的人，他幽默感满满，个性十足，而且他总是笑嘻嘻的，然而当马布拉离他太近时他就有些慌神了——因为他脑子里认为我们的大块头不喜欢他！

"现如今马布拉是否正处于狂暴状态？"乔斯问乌西，神色紧张。

"已经持续几个月了。"乌西点点头，冲我眨了眨眼。

"乔斯，不用担心，我们没告诉马布拉你要来。"我笑着说。

乔斯正了正他头上那顶标志性的棒球帽，睨视着灌木丛。我微笑着看着伊丽莎白和其他住客——乔安妮和布鲁尼。他们都坐在我们的越野车里。

"很好，那我就没啥好担心马布拉了。"

"'处于狂暴状态'是什么意思？"乔安妮问。

乌西解释说："意思就是当公象的睾丸激素激增的时候，即使是最平静的大象也会变得……"他停顿了一下，想找一个听起来不那么可怕的词。

"情绪化。"我给出了一个形容词。

"不不不，是狂躁。"乔斯做了个鬼脸。

"当公象处在这个状态时，我们不能太靠近他们。"乌西委婉地说。

"是否所有公象都会这样？连幼象也会吗？"伊丽莎白问。

"不是的，雄象只在二十岁左右时才会这样。"乌西一边回答，一边驾驶着越野车穿过干燥的河床，加大油门向对岸驶去。

我迅速地扫视了一下这个地区，看看是否有弗朗吉的身影。这儿正是14年前我和劳伦斯与象群迎面碰上的地方，想到此事我仍然不寒而栗。不过四周并无大象出没，因此我坐回到座位上，心里稍稍放松了一点。

"顺带问一句，马布拉几岁了？"乔斯问道。

"二十三岁。"我回答道。

我们在崎岖不平的道路上颠簸着，车内安静了下来，安静到我几乎可以听到每个人都在心里说：这是不是意味着他有长达3年的时间来演练他的火暴脾气？

"关于马布拉，他很像他的妈妈弗朗吉，他们母子俩都生性暴躁。"乌西解释道，"但只要我们时刻记得我们是身处他的领地就好：当他处于狂躁状态时，我们只要不挡他的路就啥事都没有。除此之外，他真的很喜欢我们在他近旁。"乌西笑着对乔斯说，"当然他也喜欢恶作剧，特别爱吓唬人。"

"可是他为什么非得找我麻烦呢？"乔斯喃喃自语道。

"快看，那儿是谁。"乌西轻声说。

塔博和恩托比正背对着我们，站在车道中央。乌西减速停车，熄了火。一头犀牛的屁股紧绷，矮壮而富有力量的大腿坚硬无比，甚至赛过了大象的腿。两头犀牛都无视我们的存在，甚至瞄都不瞄我们一眼。

"有什么事情引起了他们的注意。"乌西喃喃道。

我注意到他挂上了倒挡。他非常机敏：我们不知道塔博和恩托比正在盯着什么，但是在野外，万事留意警觉方可保命。

"这两头犀牛是我们从他们还是小宝宝时亲手抚养长大的。"我低声对住客们说。

"犀牛也会进入狂暴状态吗？"布鲁尼问。

"不，犀牛们不会。"乌西安慰他说。

"塔博看起来已经痊愈了，"乔斯说，"他的身体状况很好，但在情绪方面，他花了很长时间才从枪击的创伤中恢复过来。"

"可怜的小家伙，他是真的被打击到了。"我说。

突然间一个巨大的、灰色的大象脑袋从树后闪现出来。

"哦哦，天呐。"乌西边说着边发动车子。

"是马布拉？"乔斯问。

乌西摇摇头，慢慢地开始倒车。"是沙卡。"乔斯松了一口气。沙卡是娜娜的孙子，他继承了娜娜甜美的个性。沙卡缓缓向塔博和恩托比走过去，在离他们大约 15 米处站住了脚。他的两只大耳朵忽扇忽扇的，鼻子下垂，看样子挺放松的。乌西把车子倒在了一个安全的距离，然后再次熄了火。

他大笑道："快看，丛林对决。"

"他们不会打架吧？"乔安妮紧张地问道。

"我看未必。塔博性格很善良，也很友好，他只是想打个招呼吧。"

塔博朝那头小公象走了几步。

"我希望他不要像挡住我们的去路那样妨碍到沙卡，"我皱起了眉头，"这就是人工饲养的野生动物的问题所在：他们在成长过程中学习不到丛林生存的法则。"

"但对于像他那样成为孤儿的动物来说，还能有什么其他选择呢？"伊丽莎白问。

"有，那就是一个适当的动物育孤园。在育孤园里将与人类的接触保持在最低限度，"我满怀信心地说道，"总有一天我们会在这里建一个。"

恩托比跟在塔博后面慢吞吞地走着，他们两个现在离沙卡很近。沙卡一动也不动，他带着困惑的表情低头看着他们，好像在

我厨房里的大象

说，伙计们，我想我在这里有优先权吧。他的鼻子最宽处比塔博后腿的两倍还宽很多，沙卡只要一鼻子打下去，就能把其中一头犀牛打翻在地。

"沙卡呢，他多大了？"乔安妮问。"他还小呢，只有七岁。"尽管我十分担心，但是我还是保持着笑容。"你看，他们或许只是三个好奇的年轻人在操场上用眼神互殴呢。"

"我想现在是我们离开的好时机，"乌西说，"要是那两头小巨无霸决定掉头向山上开跑，我们可不想挡他们的道！"

那天晚上下起了倾盆大雨，所以我们就在屋里用晚餐。我的厨师温妮端上了她的时新菜式——法式普罗旺斯龙虾羹，伊丽莎白和乔斯开始抛给我一大堆问题。他们对野生动物充满热情，同时也下定决心看看他们能为我提供什么帮助。

塔博和恩托比将来会生宝宝吗？你是否可以接纳更多需要救援的大象？偷猎现象现在愈发严重了吗？

"你对苏拉苏拉有什么打算？"伊丽莎白问我。

"我想继续劳伦斯的梦想——他原本是计划要在夸祖鲁-纳塔尔建一个最大的保护区。我呢，我很想做更多的事来帮助那些因犀牛妈妈被偷猎者杀害所遗留下来的犀牛幼崽。但这是一个大项目，我目前还没有钱做这个，而且我在保护塔博和恩托比的安全一事上已经忙得不可开交了。"

伊丽莎白离开后，有一个问题一直困扰着我：她问我，劳伦斯去世后我是怎样生活的。事实上我每天起床后只做一些必须要做的事。我完全离开了我的舒适区，我甚至不能做出哪怕是很小的决定，而且我有那么多事情需要学习。关于我要回法国的谣言也从未间断过，甚至连银行都在不停地跟我核实我会不会离开。

劳伦斯去世后的第一年里让我非常感激的一件事是，在苏拉苏拉每个人都从未停止过谈论劳伦斯——他总是突然出现在谈话中。

"还记得劳伦斯说他要带两个住客到榭舍吃饭，结果带来了十二个人那件事吗？"玛波娜跟我回忆道，"我还告诉他我会努力的，但我总是做不好。于是他就教我走出来，把事情做好。"

我喜欢乌西会在一些事情上与我意见大为不同，然后他就会向我继续解释劳伦斯会怎么处理，就像布洛西晚上在酒吧里模仿劳伦斯讲故事一样。

我们不是唯一受他的去世所影响的人。来自世界各地的人联系我，告诉我他的书对他们产生了怎样的影响。2012 年的整整一年里，人们源源不断地给我发来温暖的短信邮件，让我感到十分欣慰。劳伦斯完全不知道他曾经感动过那么多人，我想，那些完全陌生的人对我的友善，一定会深深打动他的。

他去世一周年的纪念日来得太快了，在我意识到这一点后，我便计划在 2013 年 3 月 2 日星期六在他最爱的姆可胡鲁大坝上为他举行一个小型纪念活动。我想举办的是一个简单轻松的聚会，我觉得劳伦斯本人一定也会喜欢的：没有演讲，没有眼泪，只有他曾经最亲密的朋友和家人一起坐下来缅怀他的一生。他的母亲、他的兄弟和他的两个儿子杰森和迪伦，以及来自远方和近处的朋友，当然还有保护区的每一个人，都加入了我们的行列。

天色呈现出浅蓝色，远处的地平线上乌云密布。我环顾四周，看着那些善良的面孔。人们站成了一个半圆形，面对着我们撒下劳伦斯骨灰的地方。乌西、玛波娜、布洛西、西亚、艾莉森、温妮、汤姆、辛迪、吉利、比耶拉、维克托，以及许许多多我的苏拉苏拉家人。我们紧密相依度过了这艰辛的一年，无论如何都让苏拉苏拉的生命之轮继续转动了下去。我非常感谢他们中的每一个人。

大坝里的水满起来了。我能辨认出河马罗密欧和朱丽叶那闪闪发光的大半淹没在水中的躯体。一群水牛在大坝的另一侧喝着水，偶尔抬起头从他们那巨大的、弯弯的、像头盔一样的牛角下面严肃地盯着我们。以前劳伦斯非常喜欢带我来这里，虽然我们能待在一起的时间不多，但只要有时间，我们就会一起看夕阳：那个时候这里只有他和我，我们一起看着动物，直到天完全黑透，什么都看不见为止。

我跟所有人告了别，在这个周末余下的时间里我独自一人和我的吉普赛、小金和大杰夫待在一起。他们察觉到我的悲伤，就轻轻地用鼻子蹭蹭我，把他们的爪子搭在我身上，用他们的爱意温暖着我，还用他们轻柔的呼噜声伴着我入眠。周一的早上，我十分不情愿地前往德班。我要去那里一个星期——会议已经安排得满满当当。

当我沿着滨海公路缓缓行驶时，在纪念活动期间肆虐的暴风雨现在已经减弱成一场毛毛细雨，一层薄薄的迷雾在祖鲁兰山脉之间升起。在那条路上，从运输木材到装载车辆的各式大卡车呼啸而过，所以我总是提前出发，好预留出足够的额外时间完成当天的第一项事宜。

我开了一个又一个会，5点多钟我回到了劳伦斯和我的公寓。这是我们在城里谈业务时住的居所，是我们的第二个家。我给自己倒了一杯冰苏维翁白葡萄酒，拉开玻璃门，走到外面带着顶子的阳台上。海鸥在我面前的海面上滑翔，一群猴子在近旁的棕榈树上叽叽喳喳地叫着。毫无疑问，他们一直盯着我身后开着的门，判断着能否钻进我的厨房里偷点水果吃。

我放在房间里的手机响了，但我不想接——这一天已经让我筋疲力尽。我想在处理堆积如山的电子邮件和短信之前，先享受半小时的宁静。海浪轻轻地涌过来，在岩石上溅起片片白色的泡沫，然后又缓缓退了下去。我喜欢坐着看印度洋，从来都不会厌倦。清晨的时候简直是惊涛骇浪，然而下午时分就温柔许多了。

嗡，嗡，嗡。

看来是有人急切地想找到我。我沮丧地皱起眉头，去找我的手机。

是布洛西。我心头一颤。是出什么事了吗？他们在主屋！

谁在主屋？他是什么意思？难道是我错过什么会议了吗？

我点开了他发来的第一张照片。

是象群！他们在苏拉苏拉我的房子那里。天还下着毛毛细雨，他们的脊背在昏暗的灯光下像檀木一样闪闪发光。我打开一张又一张照片：娜娜和她的女儿南迪站在栅栏边，她们两个正盯着房子看，马布拉则把长鼻子的前端伸进了电网。微笑在我的脸上绽开来了：马布拉正在检查电流，然后试图把电线推到另一边的金合欢树上。我们最小的象宝宝维多利亚，正挤在祖母弗朗吉的身边。

布洛西发来了短信：他们回来了！你能相信吗？我目瞪口呆地看着他的信息。一年前的今天，也就是2012年3月4日，在劳伦斯去世的那个周末，象群也不可思议地来到了这所房子旁边。这是丛林中的一个奇怪现象，我无法用科学的方法来解释，但在苏拉苏拉我们每个人都知道，象群是来陪伴劳伦斯的——大象会为他们死去的同伴哀悼相当长的时间。在努姆赞死后的好几年里，象群依旧会回到他的尸骨所在的地方逗留数小时。他们的颞叶腺体分泌出黑色的液体，顺着脸颊缓缓流下，在他们的脸颊上划出一道道黑色的沟壑。他们会触摸并卷起尸骨，这是一个我们完全不理解的象族仪式。他们对时间的感知也超出了我们的理解，对我来说，这些美丽、敏感的生物的行为，跟我们两天前所举办的追思会毫无不同：他们在用自己的方式来缅怀劳伦斯的死亡。

我坐在阳台上，俯瞰着大海。我现在离他们几英里远，内心深深敬畏他们这些温柔巨人的精神力量。为什么他们今天一整天都在我的房子那里？他们应该感知到我并不在那里，但他们还是来了。

突然间我明白了，他们的到来不是因为我，而是因为他们自己。

劳伦斯的骨灰早就被姆可胡鲁大坝的泥土吸收了，象群也无法触摸和尊崇他的遗骨，但我相信象群之所以会回到劳伦斯曾经住过的地方，只是因为他们想要回到那个曾经和他共同度过一段时光的地方。没有人会忘记劳伦斯，象群更不会。在接下来的几个月里，每当我感到焦虑或不知所措时，我就会从象群的来访中汲取力量。

　　他们需要我，我也需要他们。

第十二章 / 乌班图精神

"要是明天还下雨，我们怎么办呢？"我问玛波娜和温妮。

玛波娜眯起眼睛看着云朵。"明天不会了。"

"克劳斯和苏珊娜从丹麦远道而来，要和我们一起在丛林里庆祝她五十岁的生日，他们最不喜欢的就是待在屋子里了。温妮，你怎么看呢？"

"我认为我们应该不要再担心天气了，咱们还是考虑一下需要准备的食物吧。我手头上就有一份派对的菜单。"

她一边说着，一边笑盈盈地拿出了一份菜单。直到今天温妮看起来仍和她十六岁时一样甜美而害羞，而且也仍然讨厌成为众人瞩目的焦点，即使住客为她亲手准备的丰盛晚餐而鼓掌，她都会感到不好意思。她尤其喜爱大蒜和辣椒，这个爱好使她在厨房里颇有杀伤力。当她用某种不明配料做出一道新菜式时，即使是饥肠辘辘的护林员也要三思是否要当她的试吃小白鼠。

"法式开胃洋葱汤，"我大声念道，"接着是鹿肉，要么做成烤肉，要么做成肉汤。蔬菜呢？"

"蒜蓉土豆泥，三色豆沙拉，油炸茄片，爱玛乐利甜酒奶油玉米棒。我昨天就准备好奶油了。"

"请少放点儿大蒜，"我笑着说，"一共有多少人吃晚餐？

"西蒙森一家六口，再加上你和其他四位住客。"

"我们早上会烤一个苏珊娜最喜爱的巧克力蛋糕，但很可惜我们没有足够的蜡烛。"玛波娜叹了口气。

"听到这个她会放心的！昨天她告诉我她有多么高兴，因为她远离了世事的纷扰。她真心希望自己永远都不到五十岁。"

"她会非常幸运的！她的孩子们也在为她做准备呢。"玛波娜大笑着说。

西蒙森一家是一个热爱动物的丹麦爱心家庭，早在我们被世人知晓之前，他们就已经到劳伦斯和我在苏拉苏拉建造的榭舍来住了。克劳斯的父亲尤金仅仅是听到他的一位南非客户说起有人在理查兹湾铝业工厂附近的保护区开办了一家豪华的木屋旅舍，作为一位狂热的自然风光摄影师，他马上就预订了一间。

尤金是一个英俊的维京人，长着一头铂金色头发。他那十分随和的性格让每个人都觉得自己是他的朋友。从他和劳伦斯第一次见面开始，他们就互相看对了眼。他们是如此截然不同的两个人，但他们都坚忍不拔，个性鲜明，对野生动物充满了热情，因此他们两人结下了深厚的友谊。他们都奉行"我命在我不在天"的信条：遇事从不拖延，也不过度思虑，只做应该做的事情。尤金第二次来访时，他那身材娇小而天性和善的妻子朵贝也一起来了，后来他们再来的时候又带上了孩子。之后西蒙森预订的房间数量逐年增加，因为孩子们长大之后又带上了他们的伴侣，再后来孙子孙女们也跟着一起来了。我和劳伦斯一直都盼着他们来住：西蒙森一家明白我们的努力方向，而且于他们而言这也是十分有意义的，因为这意味着他们也参与了我们所热爱的这项事业。

"我们的香槟够吗？"我问玛波娜。

"够的，可是我还没把它们冰镇好。"

"没有香槟，我们就没办法给她庆祝五十岁生日了呀！快叫人把香槟从储藏室拿出来放到冰箱里。我们必须先把香槟端上来！事实上，我们应该先调整下菜单，然后……"

"现在做调整已经太迟了。"温妮反驳道。

"没事的！苏珊娜会喜欢的。"

"请保持原样吧，"她恳求道，"苏珊娜对菜单很满意呢！我可不想让她担心在最后一刻又去改动……"

"但是，要是我们用香槟做点有创意的东西，那不是更好吗？"

玛波娜骨碌骨碌地转动着眼珠说道："还记得上次你做的那个创意吗？

"当然记得！我'创作'了一种新式冰激凌：把卡芒贝尔奶酪和罗克福尔干酪混到一起，又加入了红莓果酱。那味道真是太赞了！"

"除了你没人认为它很赞，"玛波娜夸张地叹了一口气，"'创意'被否决。你想，要是你的香槟创意万一失败了呢？"

这引起了我的注意。我永远不会忘记，我们刚开始运营榭舍的时候，尤金和朵贝对我们的美食是多么热爱。他们说，他们在苏拉苏拉的丛林里吃到的东西比在哥本哈根任何一家的法国餐馆都好吃。能从一对在世界上最好的餐馆吃过饭的夫妇那里得到如此高的称许，我非常自豪。

我十分不情愿地同意不去干涉温妮的菜单，然后在那一天随后的时间里她和玛波娜就都不来干扰我的"创意菜品"了。

她们十分清楚，当我的脑子里满满都是"创意"时，我会变得十分可怕。

我上床的时候，雨还在下着。整整一晚每当我醒来时我都能听到下雨的声音。可怜的苏珊娜，这次的聚会只能在室内举行了。黎明时分，我的拉布拉多犬大杰夫用他湿润的鼻子舔醒了我，我一边抱起他，一边侧耳倾听。外面很安静，我打开了窗帘。

整个天空满布着粉色的霞光，没有一丝云彩。那天傍晚6点钟的时候，丛林餐厅熙熙攘攘，好不热闹。院子正中间的篝火已经生起来了，两个姑娘点上了灯笼和蜡烛，温妮则留意着那些在海滩上烧烤鹿肉的人。我检查了一下桌子，上面已经铺上了亚麻印花桌布。我看着折叠得十分精巧的餐巾笑了，心里很清楚这是谁的手艺。水杯，香槟酒杯，红酒杯都摆放得井然有序——有玛波娜和温妮，我总是十分放心。

在非洲的星空下，在一个四周围芦苇蓬生的院子里，人们围着熊熊燃烧的篝火吃着烧烤，这真是一种十分奇妙的感觉。这种感觉贯连着我们的过去、现在和未来，让我们有了某种"自己是地球上唯一的人类"的错觉。

这是一个可以跟老友分享生活的点滴、与爱人在一起享受亲近大自然母亲的美好夜晚，此时此刻我多么希望劳伦斯和我们在一起！尤金为儿媳在苏拉苏拉庆祝生日，他要是亲眼看到这一幕，一定会十分感动的。我凝视着外面的暗夜，很难相信这是我失去他的第二个冬天。时间到哪里去了？有时我觉得他已然转世成为另一个陌生的生命，有时我却深切感受到我失去他的那一刻的痛楚，正如这个夜晚。

就在甜点端上来之前，玛波娜站在火炉旁唱起了《苏拉巴巴》。这是一首抚慰心灵的非洲摇篮曲，劳伦斯生前非常喜爱这首摇篮曲，这也是我们的保护区的名字苏拉苏拉的由来。红红的火焰跳跃着，夜空中玛波娜的声音清冽激扬。苏珊娜和我擦掉眼泪——每当玛波娜唱起这首歌时，她的歌声都深深触动着我们的内心。

克劳斯·西蒙森用勺子轻轻敲击着玻璃杯，他让我想起了他父亲：身材高大，性情和善，总是满脸笑容。护栏内一片寂静，克劳斯和他的三个已成年的孩子还有他的一位好友笑嘻嘻地在苏珊娜面前站成一排。

"他们是要唱歌吗？"我低声说。

她耸耸肩，双眼闪闪发光，满含着期待。

苏珊娜的大儿子弗雷德里克脱下了毛衣，转过身来，衬衫上印着一个"12½"的数字。苏珊娜的二儿子尼古拉也转过身来，衬衫上也同样印着一个"12½"。苏珊娜和我忍不住笑出声来。在其他人转过身去之前，我们已预料到会发生什么了。

她的女儿莎拉以前总是取笑她已经老了，这时她揭开了谜底：所有的数字加到一起，其实是一个巨大的数字五十。

"现在大家都知道了。"苏珊娜喜不自禁地抱怨道，克劳斯又敲了敲玻璃杯。

"苏珊娜，生日快乐！"克劳斯吻了她，递给她一张卡片。

"这是你的第二个生日礼物。请大声念给大家听吧。"

她从他手里接过来，一脸的困惑。

"致我最最亲爱的家人们，"她开始读道，"谢谢你们给我准备的这份礼物，虽然我对此一无所知……"她皱着眉头停了下来。克劳斯挥手示意她继续读下去。

"众所周知，我今天就满五十岁了。好吧，这给了我一个灵感，我想用另一种方式来表达'五十'这个数字。因此，我想请弗朗索瓦丝过来，站在我的身边……"

我很高兴我能被邀请。我端起两杯香槟，站到她身边，我跟她同样好奇，克劳斯到底想做什么呢……克劳斯又递给苏珊娜一张卡片，让她读出来。

"亲爱的弗朗索瓦丝……"她开始读。

我？我看着克劳斯：什么情况？他和孩子们一齐看着我笑。

"这份礼物是给你的。"苏珊娜声音发颤，"你在苏拉苏拉做了那么多那么棒的工作，这是我给你的小小心意。"

这是一张五万兰特的支票。

我一句话都说不出来。每个人都鼓掌欢呼，我的祖鲁员工们开始高声欢呼，泪水从苏珊娜的脸颊上滚落下来。

"我事先一点也不知情。"她在我耳边说。

我很少像那天晚上一样失语至此：在我如此漂泊无定、绝望无助之时，这个温暖的家庭帮我稳住了我那摇摇欲坠的命运之舟——直到那一刻，我才意识到之前我是多么孤独无依。

乌班图是一个十分强大的祖鲁词语，意思是人不是独立存在的个体。我们从不孤独，因为我们处于强大的人类团体之中，每个人都是这个大团体之中的一个个体。在来南非之前，我所在的社会主张"个人独立"，而非"成为团体中的一员"。但在这里不是这样的。

在传统非洲，"我们"比"我"更有意义。乌班图的意思是，"我"之所以为我，是因为我属于"我们"。

劳伦斯总是说，每一点贡献都是有益的，因为不论贡献大小，贡献的人都心怀同样的善意和爱。无论是像苏珊娜给我的一张巨额支票，还是为动物孤儿编织的一条毛毯，都是能让人们凝聚到一起的力量。

凯尔西·保罗的贡献就是一个很好的例子。她和家人来苏拉苏拉的时候才十六岁。她来到这里的第一个晚上，塔博和恩托比就睡在她的窗下。她兴奋得几乎一夜都没有睡觉，第二天凯尔西得知，要是没有全天候24小时的武装警卫，犀牛们就会被偷猎者杀死，于是她开始感到害怕。她回到美国以后，下定决心将犀牛濒临灭绝的消息传播开来。这个勇敢的小姑娘和她的妈妈吉尔一起写了一本关于塔博和恩托比的儿童读物《我的犀牛宝宝》，将所有的收益都捐给了我们的犀牛基金会。在这个大多数青少年都沉迷于手机的世界上，凯尔西是如此与众不同，为我们带来了她的善意和爱。

每一分钱都能帮到我们，每一个帮助我们的人都很重要。不仅仅是西蒙森一家的慷慨让我感动，而且他们理解我——我不是孤身一人在奋斗。

午夜时分只剩下克劳斯、苏珊娜和我还在篝火旁。我们一起站起来，用脚踢着石头取暖。我终于找到了恰当的话语来感谢他们。

"你们让我明白，我并不是孤身一人。这对我来说十分重要。"我平静地说。

"我们才是要心存感激的人。"克劳斯说，"苏拉苏拉改变了我们一家三代人的生活——我的两个孩子甚至选择了照管动物的工作，因为他们在这里看到很多东西，也学到了很多东西。"

苏珊娜用手拂了拂脸上的卷发，凝视着壁炉。她真像是我们的地球母亲，心平气和而又富有教养。单是和她待在一起时心情便能平静下来。

"我来苏拉苏拉，认识了娜娜，这让我变得更好，"苏珊娜说道，"娜娜教会了我，作为一个女性大家长我必须要坚强，尤其是在生活变得艰难的时候，我必须尽我一切努力让我的家人凝聚在一起。"她看了我一眼，继续说："她还教给了我要永远心怀希望。象群已经到了被射杀的生死关头，恰好这时你和劳伦斯走进了他们的生活，给了他们第二次生命。这就是希望，弗朗索瓦丝。永远不要忘记，一切总会有希望的。"

我的睿智的娜娜呀，你正在抚慰着地球另一端的生命呢。我举起杯，泪流满面。

"我们还要为另一位女族长——劳伦斯的妈妈干杯。她都已经是九十岁的高龄了，还能让安东尼家族团结在一起。我们的娜娜真的没有辜负他的希望——她一定会像劳伦斯的妈妈一样，成为一个睿智而坚强的家族领袖。"

"为了勇气和智慧。"苏珊娜微笑着举起酒杯。

我回忆道："娜娜刚来我们这儿的时候，我们都不知道她会怎样行事。原来的女族长被枪杀，娜娜是被迫在极为可怕的情况下接任的。你能想象她的恐惧和痛苦吗？她的女族长是在完全未知的情况下被杀死的，然后她们又被装进巨大而嘈杂的车子里运到了我们这里。然而，从象群到达的那一刻起，娜娜就勇敢地迎接了挑战。她就这样开始用自信和智慧领导着她的家庭。"

苏珊娜抓住了我的手。

"你也一样——你也肩负着一些你尚未准备好承担的责任，你也被迫扮演一个你从未想过会属于你的角色。你和娜娜一样用尊严和勇气来经营着这里。你所做的一切，我们都看在了眼里，也记在了心里。"

随后我们都安静下来，聆听暗夜的静谧。我在我的保护区里感触到了娜娜的爱意，深深沉浸在乌班图精神的玄妙之中。

第十三章

在非洲，星空更璀璨

无论你是第一次，还是第一百次在丛林中露营，当你深夜独自一人待在帐篷里时，一头爱好社交的犀牛突然过来跟你打招呼，都不可能不让你毛发直竖。尽管塔博已经在野外生活了有几年了，但他仍然爱跟人类待在一起。犀牛从未在专门的康复中心待过的缺点是，他们所接触的人类都是他们的护理员。幸运的是，当塔博造访住客的帐篷时，我们的美国住客都相对保持了平静，而且还挺富有创意地提醒塔博说，他们并不想大半夜跟他举办一个午夜睡衣派对。

第二天一大早麦克告诉我："晚饭后我们的护林员就护送我们去帐篷了。我们正准备睡觉呢，突然我听到外面有点奇怪的声响。而且奇怪的是，我根本就没听到脚步声，只听到呼吸声。"

"我这辈子从没这么害怕过！因为我们之间就只隔着一层布。"他的妻子珍娜说道。

"你知道我们住哪儿，对吧？"麦克问我。我摇了摇头，他颓然摊开了双手。

"我们在最后那个帐篷营地，就在小路尽头，四周都是荒野。"

我强忍住不笑出声来："你们以为那是个什么东西？"

"我根本没概念。我们只知道他体形巨大，而且离我们非常近，让我们很不舒服。"珍娜翻了个白眼，"后来我知道是我们的小勇士。"

"你是什么时候知道是塔博的？"

"一开始我们可不知道是他。昨天夜里那么大的月亮照到帐篷上，我们就看到那么巨大一个影子。然后他就开始推帐篷，我感觉他是想进来。真是太吓人了，因为他也可能是别的什么大家伙。"

"我们的手机都没信号，要是我们需要帮助，我们连电话都打不出去。"珍娜抱怨说。

"我敢说没有比这更糟糕的了——我们对那个大东西一无所知。我们还琢磨，这家伙怎么还长了翅膀呢。我们不知道那是塔博，但是后来我们辨认出了帐篷上的牛角轮廓，然后我们就意识到那是一头犀牛了。"

"我们当时可是被困在帐篷里呢，而那个帐篷有可能分分钟被扯破。"珍娜说，"虽然我平时在 YouTube 上没少看这种视频，但我可从没想过，这事会发生在自己身上。"

他们真是被吓坏了，我没有责怪他们。按照犀牛的年龄计算，塔博还只是个小孩子。他发现了帐篷，对他来说只是意味着他最喜爱的两腿兽在里面。

"真是抱歉，"我说，"希望塔博在丛林里再待上一年，他就不会那么驯顺了。可是一年的路还长得很呢。让我想想办法让他远离帐篷!"

"别啊!他实在太可爱了。"珍娜笑着说。

"塔博过于信任人类,从未想到过自己会有危险。"我说,"塔博越是驯顺,那他将来被偷猎的风险就越大。"

因为我们没有一个合适的犀牛幼崽安置中心,塔博和恩托比从小便生活在榭舍里,身边只有我们这个溺爱他们的人类大家庭。但和大多数长大后便离开家的孩子一样,他们常常喜欢回到榭舍这里,睡在他们曾经的房间外面。我认为这里让他们感到安心,因为他们知道什么地方是安全的。然而这种行为虽然很可爱,但却是非常危险的。野生犀牛通常应该在离开人类 1 英里之外活动,这当然也是塔博和恩托比需要与人类保持的距离。

"你们到底是怎么让他离开的?"我问两位仍有些惊魂未定的住客。

"我用吹风机敲打帐篷,他怒冲冲地叫了几声,然后就慢腾腾地走开了。"

"从他走后我们就没合过眼,"麦克咕哝着说,"我担心我们睡着后,塔博会再次跑过来。但不管怎么说昨天晚上真是令人难忘!我们远在罗利市的孩子们绝对想象不出我们经历过什么。"

谢天谢地,塔博没有试图强行加入他们。毕竟,两个心惊胆战的人类和一头好奇心爆棚的犀牛,要是帐篷被踏翻的话,必将是一场灾难。虽然我们在照顾塔博和恩托比方面已经尽了最大努力,但我心里很清楚,我们必须要建一个专门的园地才能收养更多的孤儿

181

动物。

麦克和珍娜的犀牛历险记就发生在几年前，然而现在，塔博和恩托比已经像其他野生动物一样不喜欢陌生的人类了。塔博甚至对和他一起长大的人类也变得有点神经过敏，我们的榭舍女经理最近便跟塔博遭遇了一场生死战。

任何人不得在围栏区以外的灌木丛中行走，这在丛林里是老生常谈了，但在保护区内却经常有人违规，尤其是一直以来动物都没有表现出攻击性时，人们就会放松警惕。尽管有这些规定，我们的员工偶尔也会去不该去的地方走动，特别是在他们赶时间却又不想等一辆越野车搭个便车的时候，他们就会在围栏外面穿行。

但是，动物没有攻击过人类，并不意味着他们不会攻击人类。

辛迪是一个十分可爱的祖鲁女孩，她从十几岁的时候就和我们在一起工作了。有天下午，她走出了安全区，准备到大门口处去见一个朋友。她看到塔博和恩托比就在不远处，但心里毫不在意。她从小就认识他们，很喜爱他们。当她快走到大门那里时，门卫开始冲她高喊。

"辛迪，快跑！快跑！塔博朝你冲过来了！"

克利福德是塔博的武装护卫队队员，他比任何人都了解塔博。可是辛迪却笑着向他挥挥手——她以为他在跟她开玩笑呢。

"快跑！辛迪，跑！快跑！辛迪，快跑！"

她转过身，看见塔博正朝她猛冲过来。

奔跑的犀牛加速非常惊人，他们从静止状态加速到时速 5 公里只需短短 3 秒。

因此人类基本没有多少时间可以逃生，除非他旁边正好有一棵树，而他恰好长了一双擅长爬树的飞毛腿。辛迪眼看着塔博瞬间逼近。

"快跑！跑！快跑！"克利福德喊道。

塔博撞上了辛迪，她一下子就飞到了半空中，然后仰面朝天摔了下来。塔博又掉转身子，朝她怒吼一声，用角顶起她再次抛向空中，好像他顶起的是一个布娃娃似的。克利福德拼命跑向他们，满心希望塔博能认出他来。

"乖孩子，好孩子，这是辛迪呀！好孩子，别伤害辛迪！"

塔博怒气冲冲地喷了一下鼻子，朝他猛冲过来。

克利福德猛扑倒地，顺势滚到一边。塔博转过身来，用头去顶他。

"塔博，住手！"克利福德大吼道。

在这千钧一发之际，我们的另一个护林员安德鲁正在离大门口约 100 米的地方清洗他的越野车。他听到了这场喧闹，还以为栅栏外有人在对着狗嚷嚷呢。直到他听到有两个人的声音，才开始警觉起来。他跑到外面，正好看见塔博在攻击克利福德。他赶快跳上越野车，朝他们加速开过去。

辛迪被甩到了深深的草丛中，安德鲁在最后一刻才看到她。他猛地把方向盘打到左边，险些撞上她。此时塔博正准备发动下一轮攻击，安德鲁把车对准他，用前保险杠把他别住。这是一个十分危险的动作，因为要是塔博想做，他一下子就能把越野车撞飞。

或许是被越野车不合常理的攻击搞糊涂了，塔博掉头离开了，不过他再次瞄准了辛迪。辛迪蜷缩成一团，痛苦地哭叫着。安德鲁猛力挂上倒挡，发动机轰鸣着在塔博和她之间穿行。塔博不知所措，便停了下来。另一个护林员尚杜也听到了，便赶忙穿过草地跑了过来。

"掩护我！让我来救她！"尚杜对安德鲁大喊道。安德鲁猛踩油门，发动机发出巨大的噪声。他先向前开出去，然后猛倒车。

"他在蓄力，快把辛迪弄上车！"他大吼一声，尚杜把她抱起来抛到后座上，然后奋力一跃，跳到了她身边。

他们的麻烦远未结束。

安德鲁望向大门，判断能否在塔博撞上他们之前冲进大门。犀牛不会像大象那样冲撞，但重达两吨的犀牛同样能分分钟把车子掀翻。

但是塔博突然来了个大转身，放过了他们。

然后，仿佛塔博突然间回归到了丛林的日常，他踏着小碎步一溜烟跑到恩托比身边，小两口互相蹭蹭鼻子，然后便像一对恩爱多年的夫妻一样肩并肩走开了。

克利福德死里逃生，不过遍身都是瘀伤。每个人都钦佩他的勇敢，但辛迪却因为盆骨骨折在医院里躺了 10 天。

"他为什么要那样攻击我？我做了什么让他恨不得杀了我？他认识我的呀！我还以为他在跟我玩呢。"辛迪痛不欲生，"要是没有安德鲁和尚杜，我那天肯定死定了。"

她和所有人一样仍旧把塔博当作过去的那头爱心满满的犀牛宝宝，但现如今他却变得如此暴躁，这让她心都碎了。

我们不知道那天对塔博来说发生了什么。或许是辛迪的那把亮粉色的太阳伞惹怒了他？又或许他只是想保护怀孕的恩托比？几个星期以来，我一直在研究恩托比的大肚子，试图判断她的肚子是否每天都比以之前大一点儿。这实在是一件大难事，因为几个月观察下来，她显然并没有怀孕。

不论出于什么原因，这都不是塔博的错。从某种意义上说，这就像是每个人的成人礼。塔博最终赢得了他的那枚"野生犀牛"徽章，我们也意识到我们的大宝宝已经长大成人，不再是那头人畜无害的小犀牛宝宝了。"驯顺"不仅会给动物带来杀身之祸，对我们而言也是极其危险的。

当克利福德对辛迪高声警告之时，她其实有足够的时间躲开塔博，但她脑子里根本没有"塔博会伤害我"这根弦。塔博打小就认识她，而她又是那么爱他，可是这爱却差点要了她的命。

如果塔博在成长的历程中只跟限定的人类接触，那么他害怕人类的本能仍会保留，而且我们也不应习惯它总围着我们转。当然，孤儿犀牛仍需要人类24小时不间断地照顾，特别是他们刚来的时候。所以我们仍旧无法阻止犀牛和饲养员建立联系，但我们可以尽可能减少他们跟人类的接触。

这个世界对犀牛来说是一个充满危险的地方，我们不希望他们

我厨房里的大象

对人类抱有信任。在抚育小犀牛的过程中，我们既要保证他们能茁壮成长，但也不能让他们变得过于驯顺——我们需要把握好尺度。

2013 年 8 月的一天，我第一次在一份简讯中写下了我的梦想：在我有生之年，我要建一所犀牛育孤园。我的朋友乔斯介绍我和那位德国记者伊丽莎白认识以后，她就把这份简讯转发给了她所认识的所有动物福利组织，因此这份简讯便到了赫利·邓格勒的邮箱中。赫利是奥地利的一家名为"四爪动物保护协会"的创始人兼首席执行官，我的简讯激起了他的兴趣。他决定亲自来苏拉苏拉实地考察一下我们，并将来我们这儿考察的事宜纳入了他的南非商务旅行计划。

我们向他和他的女儿展示了我们在象群以及塔博和恩托比身上取得的成就，我也跟他详细介绍了未来我想建一所抚育孤儿动物的育孤园的设想。他问了许多问题，并告诉我们他的基金会资助的项目已遍布全球。对他来说，无论是去亚洲拯救被活取胆汁的熊，还是去欧洲铲除幼犬交易，不管动物是大是小，路程有多远，都不是问题。

人们说，强烈的情感是有传染性的，赫利的热情感染了每个人。当赫利开口谈起自己的事业时，他变得激情洋溢；他有一种惊人的能力，那就是永远保持乐观的心态，尽管他曾目睹过许多可怕至极的苦难。

在他到访的一个月后，我突然收到了他的一封电子邮件。在邮件中他问我需要多少资金才能建一所犀牛育孤园。我简直不敢相信我的眼睛。我们曾谈到过我想创建一所育孤园，但那时他一个字都没提到他会参与其中。然而现在，白纸黑字写在这里：他要求我做一个方案给他！

我和艾莉森都没有任何撰写方案的经验，我十分担心我们的方案能否让他满意。

我们坐下来，讨论从何处下笔。

"以前都是劳伦斯弄这些东西。"我茫然地说。

"我也没写过。我甚至连自我管理都不会，更别说写东西了。"艾莉森做了个鬼脸。

"为什么我们不先介绍一下你呢？你是一名经验丰富的动物护理员，我们可以将你照顾塔博和恩托比的过程作为案例进行研究。我们可以在方案中讨论那些我们做得正确的地方，然后改进那些我们认为做得不够的地方。"我顿了一下，"我们还应该联系一些有照顾过犀牛孤儿经历的人，去征求他们的意见。我先找找看。"

我在记事本上快速写下几位犀牛专家、野生动物兽医和其他育孤园的名字。

"而且我们还需要详细的报价，这样我们就可以给'四爪'提供建造房屋、围栏和安全设施的确切价格。"艾莉森补充说。

写方案是一件比登天还难的事情，但我在独自应对这场动荡的过程中学会了一件事情，那就是有勇气说"我不知道"。我意识到，承认自己不了解某事比假装知道要容易得多。不管怎么说，这是个

我厨房里的大象

事实。照管动物一直是由劳伦斯负责的，我真不知道照管他们时都需要些什么。

"你觉得我们还需要什么？"我问。

"急救车。没有急救车，我们就不能设立一个救援中心。"

"最好是辆坚固点的。看塔博和恩托比的生长速度有多快就知道了——他们的个头每隔几个月就会翻倍。塔博还会长的，他得长到可以毫不费力地推倒一扇门时才能停下来。"

"一切都必须坚固，"她同意说，"犀牛宝宝们刚到这里时会很惊恐，而且很难预测他们会是什么反应，他们说不定会攻击人。因此犀牛宝宝的房间、喂食区和所有户外围栏必须足够坚固，能够承受相当大的撞击才行。"她关切地看了我一眼。"这要花好一大笔钱的——你知道四爪能捐多少钱吗？"

"我不知道，可是他们要我写这个方案。他们的经验可比我们丰富多了，所以他们应该了解需要多少资金。"

"要是他们真能答应，那可就太好太好了。"艾莉森叹了口气，然后往前挪了挪椅子，"好吧，开始干活吧。我们还是别做白日梦了。"

"我们还是别做白日梦了。"我轻声说道，走到了窗前。黄昏时分，丛林在珊瑚色的夜空下摇曳出一团团黑黝黝的剪影。"好久好久了，我一直梦想能在家门口建一个庇护所，好让小孤儿们能从创伤中恢复过来。"我转向她，"你知道山上那栋靠近南边围栏的房子吗？我想要的就是那么一个地方。"

"这房子好像是属于当地的酋长吧？"

"确实是，但他们把那栋房子给了我们，让我们用于保护动物。我相信他们会同意我在那儿做一个育孤园的。我们甚至可以有更远大的设想——我们可以以此为起点，教育当地的孩子有关动物保护的知识。但我能不能做成呢？也许他们不过只是在脑子里转转念头而已。"我沮丧地摇了摇头，"我们不缺创意，我们缺的是钱。我想我们还是别抱太高的希望吧——说不定有成千上万的人向'四爪'求助呢。"

艾莉森向我摆摆手。

"不行不行，你不能放弃，你说过我们要有梦想的呀！我认为我们有很大的机会获得资助——他们是真的对我们为塔博和恩托比所做的事情感兴趣。"

接下来，我和艾莉森四处奔走，征求他人的意见，还找到设计师和建筑商询问报价。艾莉森的方案写了一稿又一稿，我都记不清她改了多少回了。

"我觉得可以了。我们发过去吧，"一天早上，艾莉森宣布，"我们能想到的东西都在里头了。"

我从我的笔记本电脑上抬起眼睛，看着她。"你确定吗？"

她向我竖起了大拇指。我点击了发送，然后便瘫倒在椅子上。

"我要累死了。"艾莉森打了个哈欠。

艾莉森离开了，打算去睡个好觉，我则留下来处理那些我好久都没查看的邮件。午夜前我终于完成了工作，锁好办公室穿过草坪

我厨房里的大象

回到了家。不远处有一只灰林鸮在啸鸣，回声悠长，久久萦绕在我心头。月亮从地平线上冉冉升起，如同一面银盘。我自顾自笑了：希望这是"四爪"同意的信号吧。

　　我抬头凝望天空，辨识着银河系的位置。它就在那儿——那里星光闪耀，是我的梦想之路。无论我身在何处，我都会去寻找它。他们说得没错：在非洲星空更璀璨，就连我自己的生活在这里也更为闪耀。移居非洲让我内心开始觉醒，从而改变了我的人生。但是没有什么比毫无预兆地失去伴侣更能让我清醒地看待人生了。他不是久病，也没有住院，没有给我一丁点儿时间让我做好准备：一夜之间，我便永失我爱。我从不介意独身，可是如果你的人生中一直有两个人，突然之间却只有你一个人了，你的人生是不是被彻底颠覆？在这种情形下你要么被压垮，要么变得更坚强。在我失去劳伦斯后的很长一段时间里，我以为自己快要被压垮了，我感觉我仿佛是在一个危机四伏的环境里踽踽独行，一切都完全失控了。但慢慢地随着时间的流逝，我开始处理自己的生活，而且越来越有信心了。

第十四章

我如何护得你一生平安

我们深爱的犀牛海蒂被偷猎者杀害已经好几年了，但我仍然常常做噩梦，梦见他们对她所做的残暴行径。那是 2009 年，是我第一次遭遇到偷猎的恐怖。一旦你看到过偷猎者对犀牛的脸做过什么，你就永生不能忘怀。她有着最甜美的天性，你很难相信，这头如此庞大而强有力的动物竟是如此出人意料地安静与温柔。然而偷猎者把她美丽的脸庞破坏得狼藉不堪，血肉模糊，而他们这样做的时候，她还活着。

如果她死于枪击，我也只能忍下这口气了；如果偷猎者在砍她的脸之前她已经死了，那么我可以安慰自己她是回到了天上。但他们的所作所为却并非如此：他们在海蒂还是一头有呼吸、有生命、有知觉的犀牛时，就将她血腥屠杀了。

我们亲爱的朋友伊恩·普莱尔博士有一句话十分准确："犀牛有一种特别悲伤的叫声，人一旦听到，就永远不可能忘记。如果一头犀牛在还活着的时候就被砍掉角，那么她那痛苦的尖叫声应该深深刺进每个人的心里。"

他说得多么正确！有时候我对这个世界上动物身上发生的事情

太过焦虑，以至于我觉得我的内心也已经随着那些死去的动物逝去。此时唯一应对的办法就是闭关静养一段时间。我把自己关在家里，只有我的狗狗与我做伴。狗狗们的爱是如此纯粹，他们会帮助我找回自我，并时刻提醒着我，永远都不能放弃我们的动物。

塔博遭到枪击后，我立即听从了乌西的建议，聘用了理查德和他的团队日夜守护着我们的犀牛。这笔费用十分昂贵，没有朋友们和客户们的捐赠，我是绝对负担不起的。但是我们必须要不断加强犀牛的安保工作：只有当我知道他们时刻都受到保护时，我才能睡得安稳。

我意识到，让犀牛在偷猎威胁下幸存下来的唯一方法就是，我必须接受一点，那就是我永远无法改变这个世界，但是，我可以在我的 4500 公顷土地上做出改变。

因此，当我听说约翰内斯堡附近有几家私人狩猎保护区正在实验一种保护犀牛的新技术时，我立即抓住这个机会，在苏拉苏拉进行了这项实验。

南非人的创造力是惊人的，尤其是当他们深陷绝境的时候。就算是把一个南非人锁进笼子里，他也一定会想出一条妙计跑出来的。偷猎正在毁灭犀牛，其他人都没有什么办法能与之对抗，但南非人却找到了一种方法，可以使得犀牛角无法出售和使用。我觉得这个方法很不错，于是我立即找到了一家在这方面颇有经验的公司。和我接洽的那位女士对推广他们的以往犀牛角上注射毒药来拯救非洲犀牛的方式满腔热忱。

"我不是科学家，所以请解释一下它的工作原理。"我说道。

"我们使用一种特殊的高压设备，将毒素和不脱色染色剂的混合物直接注入牛角并使之通过牛角扩散。我们肉眼是看不到染料的，但机场的 X 光机可以检测到它。"

"你保证这不会让我的犀牛中毒吗？"

"绝对不会，犀牛角与身体之间并没有血管直接相通，所以这对动物本身没有任何危险。这在犀牛保护上是绝对的突破：给犀牛角注射的毒素越多，我们南非的犀牛就越安全。"

"但是，考虑到人们有可能通过食用犀牛角而中毒，如此一来怎么能合法使用这种方法呢？虽然我非常讨厌犀牛角交易，但我也不希望任何人因为这个而死亡。"

"这个是不会致死的，但相信我，这会让他们很难受。如此一来就没人再想要我们的角了。你想象一下，那该是多么美妙的事情！"

这听起来太好了，好到简直令人难以置信，而且价格也非常昂贵。

"这和去角的价格也差不多，因为这个价格已经包括了染色剂，以及对犀牛角进行微切片——我们为国家犀牛数据库采集 DNA 样本。"

"你可真会推销呀。"我笑着说。

"我相信这是唯一能拯救犀牛的方法。其他方法都行不通，只有这个才可以。"

她的公司提供的解决方案当然有很多可取之处，可是麻醉犀牛仍然是有风险的。

"你们有没有出现过手术事故？"我问道，她似乎犹豫了一下。

"倒也不算是事故，因为麻醉大型哺乳动物总是有风险的。这么说吧，自从我们开展业务以来，我们的死亡率不到百分之二。"

我也不清楚是否是我的想象，还是她突然有点打官腔，谈话到最后总不外乎如此：当问题太接近核心时，话语就开始变得暧昧不清，似乎这样可以让人更容易接受一些。我知道百分之二的概率是相当低的，但我却不能接受任何意外发生在塔博和恩托比身上。

这位女士说："与偷猎的风险相比，这是非常低的。"她知道怎么能说到我心坎里去。塔博和恩托比被偷猎者射杀的概率，确实要比死于麻醉剂的概率高得多了。

"我只是担心我的动物们。"我叹了口气。

"我们都担心犀牛，可是这项技术确实有助于保证他们的安全。它见效快，有效时间也比去角时间长。我们已经开始在国际上进行宣传，随着时间的推移，它将大大有助于在世界上为犀牛提供更多的安全栖息地。"

他们希望能通过让买家失去对犀牛制品的需求而迫使偷猎者不再染指带毒的犀牛角，这意味着我们要在围栏上同时用英语和祖鲁语挂上大标语牌，并跟当地的报纸和广播电台通力合作，让偷猎者知道苏拉苏拉的犀牛角"有毒"。

有些野生动物保护区采取了更直截了当的方式：直接将犀牛角

去除。但我不能接受这种方式：将这些威风凛凛的动物的高贵的角硬性去除，违背了我做这一切的初衷。

我感谢她提供的信息，并立即安排迈克·托夫特医生给塔博和恩托比的角注射毒液。他很了解我们的犀牛，我不想让别人碰他们。尽管这项技术仍处于早期实验阶段，而且没有任何科学数据支持，但为了我的犀牛的安全，哪怕能有一点点用，我也想试一试。劳伦斯和我常常根据直觉做决定，到现在为止我们的决定都是对的，他对娜娜和象群的决定便是如此。每个人都告诉我们，解决象群破坏问题的最好办法是让他们单独待着，不要让他们跟任何人接触。但劳伦斯听从了他的直觉，做了完全相反的事，于是他得到了回报：象群们现在又健康又快乐，虽然他们生孩子的速度又快让我陷入困境了。

给犀牛角注毒的重要日子很快就到了。当迈克和他的团队到达时，塔博和恩托比恰好都在小屋附近，这让我感到十分欣慰，这意味着我们不必为了抓到他们而将他们弄伤。迈克·托夫特看到我太过担心，就耐心向我解释接下来会做什么。

"我先说下恩托比。她就在这里，所以给她注射一针镇静剂会比较容易。一旦她开始昏迷，我们就可以接近她，把她安全放倒在地上，然后我就会给她麻醉。等她醒过来，我们会一直监视她的呼吸和心率。"

"她不会有任何感觉的，对吗？"

"她什么感觉都不会有。一旦我们把她固定住，我会在她的角

197

上钻一个小孔并往里面插入一个针筒。我们用这个针筒将毒素注射进去，然后给她注射逆转药物。她醒过来时，根本就像什么都没发生过一样。"

"要是出了什么问题可怎么办呢？"

"弗朗索瓦丝，她是一个四岁的健康孩子。你相信我，不会出错的。"

我当然相信他，但这是我的犀牛女儿，我非常害怕。

"我可以看着她吗？"

"当然，你能看着那最好了。你亲眼看到这一过程进行得非常顺利，你的感觉就好多啦。"他点点头。

他把一个长长的麻醉飞镖装进枪膛，拉上了枪栓。飞镖里装有镇静剂，一端是一根皮下注射针，另一端则带有一根红色的长尾巴，用于飞行时保持飞镖的平衡。我打了一个冷战。

尽管我知道这把枪只是用来麻醉的，但它看起来和我在偷猎者身上看到的那些杀害我的犀牛的枪一模一样。

迈克把枪架在肩上开始瞄准。我知道枪声不会很大，但我还是捂住了耳朵。飞镖从空中飞过，砰的一声扎进了恩托比的左肩。她困惑地走了几步，然后护林员跑到了她身边，辅助着她缓缓倒在地上。我感到很震惊，好像我背叛了她一样。

就在她倒地的一瞬间，塔博向她扑了过来，开始狂嗅她的脸和身体。护林员想把他推开，但我阻止了他们。

"让他陪她待一小会儿吧。"

他用他巨大的方形鼻子推推她，然后开始绕着她转圈子，随后又轻轻地把下巴放在她的背上，好像安慰她一切都会好起来似的。他似乎一点都不紧张，但他清楚地感觉到事情有些不对劲。我毫不怀疑，他认识的人和他爱的人都在场这一点让他充满信任。

艾莉森和西亚飞快地在几米外给他放了些苜蓿，我们的小馋嘴猫就一溜小跑过来，一头扎进了他最喜欢的食物里。两名护林员把他们的车交叉停在恩托比头部附近，以防塔博再次过来探究。

她的眼睛被用一块黑布蒙住了，每只耳朵里都塞进去两卷纱布，好让她免受手术噪声的影响。

"心率稳定。每分钟呼吸六次。"迈克简洁地说。我满心悲伤，强迫自己继续看着我的巨大而强壮的恩托比抽搐着躺在地上。迈克拿起了电钻，把它靠在了她的角上。我闭上了眼睛。这只是角，只是角蛋白，我知道她是不会有感觉的，但我真不忍心再看下去了。电钻钻入了她的角，刺耳的声音让我浑身每一块肌肉都开始发抖。

她感觉不到的，我一直跟自己说着。

"弗朗索瓦丝，这不会让她受伤的。"迈克说。

我万般不情愿地看着他把一个长长的探头探进了钻孔里，然后他打开了高压泵，亮蓝色的液体注入了犀牛角内。我讨厌这个过程的每一分钟，虽然我知道这是必须的，但看到她被冰冷的金属围绕着——输液设备、电线、探头等等，男人们蹲在她的头边，戴着长长的黑色手套，用以保护自己免受他们注射到她角内的有毒液体的伤害。这种感觉更像在给她做一台大型开颅手术，而非一个简简单单的 30 分钟的小型注射操作。

我们是在户外进行的，但是整个过程仿佛就像在教堂里一样安静庄严。

没有人说话。当人们交谈的时候，声音都十分低沉，现场只听得见鸟儿的叽叽喳喳声。恩托比一动也不动：她不抽搐，也不颤抖。我能看得出她那藏在皮毛之下的脊椎骨的巨大曲线，我的朋友们在那些划痕和伤疤上快速操作——这些都是她在丛林中两年自由的见证。有那么一个可怕的瞬间，我以为她已经停止了呼吸，但随即她的尾巴就抖动了一下，她的这个动作让我一下子就落泪了。

我把我的手放在她那优美而强壮的背上，我感触到了她的温暖。

很抱歉我们不得不这么做呀，但我真不知道我要怎么做才能保证你的安全。我永远都不会停止保护的——我默默地向她承诺。

迈克把注意力转移到了塔博身上，然后用同样的方式成功地给他的角注射了毒液。两头犀牛都恢复了意识，他收拾好工具和医疗箱看着我。

"我有一个好消息要告诉你，"他笑着说，"我找到了控制大象数量的办法。"

"真的吗？不用扑杀他们？"我问。

"我们要给公象服用避孕药！"

"这就大大不同了呀，"我笑着说，"这很好，将由男性负责节育了。"

我厨房里的大象

他向我简要描述了一下他的策略：成年公象将会每年服用两次一种特殊的避孕药进行避孕。这种方法不仅能降低他们的生育能力，还能帮助他们控制发情期的行为，如此一来，他们的行为就不会破坏力太大和难以琢磨——这个方法经济又可行，而且是可逆的。

　　"它的工作原理是什么？"

　　"这个避孕方法的好处就是：它是以类固醇为基础的，因此我们不必给他们注射激素。这意味着他们的攻击性会大大降低，而且没有长期行为改变的风险。"

　　"可以说一点风险都没有——你确定吗？"

　　"当然，如果你不把被我们发射麻醉飞镖的直升机激怒的那些公象算进去的话。"

　　"你需要多长时间？"

　　"我们需要先申请许可，但这花不了太长时间。坦率地讲，我认为当局会很高兴让我们尝试这一做法。"

　　我真想拥抱他——他向我提供了一个我亟待解决的应对野生动物当局的缓冲方式。一切都在好转。

第十五章

永不言弃

我们将方案发给"四爪"后还不到6周，我就收到了赫利·邓格勒的回复。我很兴奋地看到这个邮件突然出现在我的手机上，还在想他可能想要问我要更多的信息。我点开了邮件。

　　亲爱的弗朗索瓦丝，我很高兴地告诉你——当然还有艾莉森，"四爪"将赋资三十万欧元用于苏拉苏拉的扩建，并建立一所犀牛育孤园。

　　我惊呆了。他是不是多打了一个零？这可是很大一笔钱啊！足够我修缮旧房舍、建造育孤园的翼楼、增加几个户外围栏、购买医疗设备以及药品和食品了。我打电话给他，想跟他确认一下。

　　"我没打错数字，"他说，声音里蕴含着笑意，"你的育孤园梦想就要实现了。"

　　如果问我是否有人会清楚拯救动物的复杂性和挑战性，那这个人就是赫利。我想我们的动物保护区再没有比他更好的伙伴了。赫利曾对我说，我们信任当地人，因为我们实现目标的唯一方法就是与社区合作。如果当地人不亲身参与，我们将永远无法真正改变他们对待动物的方式。

我厨房里的大象

这正是劳伦斯和我生前所尽力做的：我们并不想建一个将当地人排除在外的孤岛。如果那样做又有何意义呢？我们在苏拉苏拉的愿景是创造一些我们双方都引以为自豪的东西。我们的每一位员工离苏拉苏拉的距离基本上都不超过 5 公里。

我感到十分骄傲和激动，也十分不安。

责任是压倒性的——不仅是对"四爪"，而且是对我们要照顾的每一个动物。这也是我第一次在没有劳伦斯的情况下做这么大的事情。

2014 年的 1 月我们动工了。我一直告诉自己，以前我们用自己的双手建造了我们现在的榭舍和帐篷营地，现在在得力的人的帮助下，我可以再来一次。但是我也知道，我能去做任何我想做的事是一回事；而我如何才能成功则是另一回事，再多的加油打气也不能消除我满脑子的紧张之情。比起为生态游客们建造一个豪华的木屋来说，为偷猎的小受害者们建造一所设施的难度可以说是令人生畏的了。这真是兹事体大呀：如果榭舍的暖气坏了，我们有可能在猫途鹰网站上得到差评，但住客们并不会有生命危险。而换作在我们的高级护理房，暖气故障却有可能致使不耐寒的动物丧命。我们根本没有试错的机会。

"别忘了你还有我们。"玛波娜温柔地提醒我。

她说的对。苏拉苏拉的运营部为我们提供运营成本和薪水，并为我们的动物保护提供资金，所以我不能不盯着这边的工作。但我很快意识到我是不可能做到同时既建造育孤园又运行保护区的，我

我厨房里的大象

已经受够了：木屋和营地需要我全力以赴，而我仍需深入了解我们的动物。而我同时还需努力推销苏拉苏拉，筹集资金扩大保护区土地以满足野生动物管理局为象群制定的法规。

我可不是女超人，我不可能什么都做的。

我遵从共识，召集了一队有经验的人来帮助我建设和管理育孤园项目。

不过我仍然努力挤出时间，尽可能经常去那里待着。这是我长久以来的梦想，我真高兴看到它终于有了雏形。艾莉森和护林员每天都待在那里，我们又请来了几位野生动物顾问来指导我们。他们说养育一个孩子需要全村人的参与，而这个孩子——我们的育孤园——是我们这么多人共同努力的结果：所有人都有为偷猎受害者建立一个安全庇护所的共同愿景。

每个人都想成功。

在这段时间里，我的主要精力是处理好我们的安全问题。我们每天都因偷猎而失去动物，我不知道如何阻止他们。

报纸和电视倾向于更为关注犀牛和大象的偷猎行为，但小动物也同样遭受到偷猎的严重威胁，牛羚、水牛、羚羊甚至秃鹫，都遭受到残忍的猎杀。

我们的保护区内有一个南非最大的白背秃鹫繁殖群，在恩塞勒尼河沿岸雄伟的野生树木上筑巢，而现在他们正成群成群地死亡。这些强悍的空中运动员长着长达 7 英尺的双翼和惊人的视力，是人类视力的八倍。

他们不是为了满足某些人的口腹之欲而被偷猎的，而是因为某种由无耻的"治疗师"制作并出售的传统巫术药物——魔药——而被射杀。这造成了秃鹫的大量死亡，以至于该物种被列入了极度濒危名单。

那些人相信，吸食干燥的秃鹫大脑或者睡觉时将其放在枕头下面，会让人拥有通灵能力，可以预知未来。这是十分诱人的：要是一个吃了上顿没下顿的人突然有了预知大乐透或赛马大奖的能力，那几乎等于说他有了摆脱贫困的能力。出售这种毫无意义的魔药的所谓治疗者，事实上是食腐者：他们把魔药卖给那些根本买不起的人。如果不制止此种行为，白背秃鹫将会灭绝。可是偷猎是不会自己停下来的：怎么可能呢？只要买秃鹫魔药的人不知道底细，卖秃鹫的人就不会放弃他们赚的钱。这是一场注定失败的战斗，但我不准备放弃。

到现在为止，我已经花了两年时间管理安保工作，但我并不觉得对保护区来说这一至为关键的事务已经得到掌控。我招聘来接替康尼担任安全主管的那个人只干了 6 个月，之后我又换过了三个经理。部分问题在于，他们并不喜欢接受一个女人的指派，特别是一个连本地语言都不会说的外国女人。当然很显然问题不止于此。我的直觉告诉我，还有一个更大的潜在问题。但是那是什么呢？我又该如何做呢？

打击偷猎行为是残酷的妥协。是每天还是每周进行巡逻？是带枪还是不带枪？是自己亲力亲为还是将之承包出去？

如果我有一个取之不尽用之不竭的装满黄金的聚宝盆，我会让人们川流不息地在保护区内巡逻；我会给他们配备夜视望远镜、最好的武器和顶级的通信设备；我会在每一个地点都安装上红外摄像机，并定期用直升机巡逻。可是事实上我并没有这么一个聚宝盆，我也没有劳伦斯的奇幻摇钱树。感谢我们的犀牛基金，才让我能派出四名护林员去林波波接受顶级反偷猎训练，我才有能力引进 ProTrack 追踪技术——一项专业的准军事反偷猎技术——来提高我们团队的其他成员的技能，并对保护区的 4500 公顷土地进行全面的陷阱排查。

排查到第三天时，我的手机响了。是 ProTrack 特别小组的队长马克打来的。

"你最好来一下。"他说。

"我在路上了。"

十二个人围成一个半圆形，面容严峻，手里端着半自动步枪，如此任何偷猎者都不会在他们的监视下逃脱。他们的脚下放着二十二个被拆掉的陷阱：这还只是仅仅三天的时间。马克用刀把一根金属丝钩了起来，手指着一小丛毛皮说：

"这是一个旧的陷阱，但里面死了不知道什么动物。我们在 3 个小时里已经发现了一打这样的陷阱了。你这里确实存在着大问题。"

我点了点头，想着在我的家门口竟然有动物这样慢慢被拖死，我就直想吐。

他在沙地上画了一下苏拉苏拉的地图，指出发现陷阱的地方，然后用刀指点着，"我们已经完成了这一部分的搜查，明天我们就去这儿、这儿和这儿。"

他们一共发现了惊人的六十三个陷阱，其中九个陷阱里甚至还留着偷猎者懒得回来取的尸体，还有一个陷阱里困着一只尚活着的小鹿。但陷阱太深了，我们不得不对他进行了安乐死。

ProTrack 特别小组教我们的护林员和警卫如何发现偷猎者的踪迹：垃圾、烟头、脚印、折断的树枝等。他们向护林员们展示，一旦进入保护区，应如何追踪到偷猎者并抓住他们。

若是生活在一个理想的世界里，这些都是毫不必要的，甚至连我们的育孤园都不必要建了。

但这儿并不是一个理想的世界，偷猎还会继续存在，我的决心亦然。现在我有了训练有素的人来帮助我保护我们的动物安全，很快我们就可以在苏拉苏拉照顾那些遭遇过偷猎的小受害者了。

第十六章

大象在我厨房

我把一堆文件拿到咖啡桌旁，差点被大杰夫绊倒。他正躺在休息室中间打呼噜，小吉普赛在我的床上睡着了，小金则跟在我后面一路小跑，希望我在开始工作前能给他加个餐。他要求的时机有点不合适：已经是晚上9点了，我早吃过晚饭了。

　　"小金呀，你爱我，是不是只是因为我有好吃的呀？"

　　他摇着尾巴表示同意，我弯下腰给了他一个吻。我喜欢所有的杰克罗斯梗犬，但这家伙是一个额外的收获。

　　劳伦斯去世几个月以后，有个朋友给我打电话，告诉我如果他那边的小狗再找不到人收养，他们就会被扑杀。没几分钟我就赶到了救援中心。我可以把他们每一个都带走，但我还是克制住了自己的欲望，只选择了小金和他的弟弟——我给他起名叫托尼，是一只活泼的瘦骨嶙峋的黑白相间的小狗。

　　小的时候小金和托尼十分相爱，但随着两个小家伙长大起来，小金便开始欺负他的弟弟。他那唯我独尊的狗狗心态是如此失控，以至于我不得不老是让托尼远离小金，不敢让他们单独待在一起。最后我被迫将托尼送去了帐篷营地，让他和我的女经理住在一起。

托尼并不介意，而且托尼很喜欢追逐猴子，他干起这个来可不要太驾轻就熟。

他到那里的第一个星期，看到一只猴子从厨房偷了一个胡桃。他便追了过去。猴子跳上了一棵树，带着他的战利品坐在树枝上，幸灾乐祸地看着托尼——显而易见这只猴子认为自己是安全的。托尼可不想就这样被猴子耍弄，便跳起来爬到一根低矮的树枝上开始狂吠。猴子吓了一大跳，手里的胡桃都掉了下来。两个家伙就开始紧紧追逐那个胡桃：猴子抓住了胡桃的一头，托尼则用嘴咬住胡桃的另一头。最终我的小杰克罗斯梗赢得了拔河比赛。可是这只猴子决不肯原谅他，一看到他就不停地朝他扔坚硬的阿玛鲁拉果。

不用说小金一点儿也不想念他那快活的好兄弟。现在他可是独占了我的爱，食盆都归他所有了。

小金轻轻拱了拱我的腿，叫了几声，提醒我他想吃点零食，我正要心软答应，这时候大杰夫抬起头懒洋洋地吼了一声。

有人敲门。我站在原地，一动不动。在丛林里深夜有人突然造访是十分不寻常的。

"弗朗索瓦丝，是我。"一个女人低声说。

我把门推开了。"是汤姆？你怎么在这里？发生了什么事吗？"

她疯狂地示意我出去。"这里有头小象。"

"什么？一头象？"

"对，她就在你房子外面。她好小好小，已经吓坏了。"

我的一些员工喜欢搞些恶作剧，但汤姆是一个十分正派的姑娘。她曾是个娇小、害羞的小女孩，从学校毕业后就加入了我们的团队。她对新环境非常恐惧，以至于劳伦斯每次进厨房来，汤姆都会躲到洗衣房里！因此她拿出母狮一般的勇气直面恐惧，现如今她成长为了一位手艺精湛的糕点师。

我心里一阵发紧："这一定是可可的女儿，她才一周大。"虽然前一天晚上我在电子围栏里看到过这个小家伙，但我以为她是和她妈妈一起回来的。令我震惊的是，她并没有和妈妈待在一起。当汤姆告诉我发生了什么事时，我把狗狗们一股脑地搡进了卧室。

"我听到房间外面有声音，我就从窗户里往外看，却啥也没看见。我想可能是野猪或雄鹿吧，所以我就没在意，就回去睡觉了。可是后来声音一直响一直响。"她皱了皱眉。

汤姆从小在祖鲁兰的乡村里长大，因此她应该不容易被夜里的噪声吵醒。但这次她听到的声音是她以前从未听到过的，因此她拿起手电筒，将门敞开了一条缝。灯光照亮了整个花园。

一头小象正惊恐地瞪着她。她大为震惊，轻轻地关上了门，从后窗里爬出来叫开了我的门。

遇到有麻烦的小象代表着红色紧急警报，从无例外，而且这头小象已经独自待了相当长时间。我的帐篷营地女经理塞尔达那天早些时候向我报告说，前一天夜里她也看见过她——她被灌丛婴猴的持续尖叫声和警报声吵醒，于是她便起身前去查验情况。

灌丛婴猴是长得像小精灵一般的猴子的一种，当其他动物入侵他们的领地时，他们会发出一种尖叫声，听起来好像有一千只鬣狗在攻击他们。虽然他们很可爱，但他们也十分热衷于表演，所以塞尔达通常不当回事。但是那天晚上灌丛婴猴的尖叫声一直持续不停歇，她决定去看看是怎么回事，结果惊讶地看到一头小象从电子围栏下端钻了进来。电子围栏的电线设置了同样的高度，目的是为了防止成年和半成年大象进入。理论上来说，幼象是可以从底层的电线下面钻进来的，但这在以前从未发生过。

"那象群到底在哪儿呢？"我问道。

"恩古班正在值夜班，他说他没看见其他的大象。可是我们都知道，大象不会让幼象独自跑来跑去的，因此我们想大象可能就在附近吧。恩古班答应我他会一直照顾小象，直到小象跟象群汇合，所以我就回去睡觉了。大概一个小时后，恩古班听到 1 号帐篷后面有树枝折断的声音，看到小象朝那边跑过去了。"

"但他是亲眼看到可可和她待在一起吗？"

"他说当时天太黑了，他看不到太多东西，但是那声音听起来很像象群，所以他想他们肯定是来找她的。我从今天早上 6 点钟起床后就没有在营地附近看到过她，也没有看到任何大象。我担保不会有事的，你不必担心，弗朗索瓦丝。"

令我感到不安的是，没有人真正看见小象已经回到了象群里。但是大象们都是出色的母亲，并且永远不会让幼象处于无人看管的境地，尤其是刚出生的幼象。所以我想当然塞尔达和恩古班应该是对的。

现在证明了我的"想当然"是多么的危险。因为这已是差不多一天之后了，小象仍是独自一个。这几乎是从来都不可能发生的事情。她到底是如何从帐篷营地跑到我家的？虽然在苏拉苏拉没有狮子，但仍然有很多动物会给小象带来危险，比如鬣狗，鳄鱼，蛇，甚至我们的犀牛——他们的领地意识可是都非常强的。还有恩塞勒尼河——想到这儿我不寒而栗。刚出生一周大的小象，怎么可能知道水有多危险呢？

汤姆和我必须把小象带到屋子里，并确保她的安全，直到我们能让她回到妈妈身边。我们发现小象蜷缩在房子侧面的桑树丛后面，正用她那惊恐的眼神透过树叶盯着我们看。我把手放在汤姆的胳膊上，示意她等待，然后慢慢走向小象。她看着我，浑身僵硬，但是当我的手正要触及她时，她嘶鸣起来，转身就跑向屋后。汤姆和我在后面紧紧追赶，终于在汽车旁边堵住了她的去路。汤姆向左走，我向右走，但是小象却从我们中间漏过去了，小小的象鼻子发出惊恐的嘶声。

其他工作人员听到了动静，赶紧过来帮忙。小象根本不让我们靠近她，我很害怕她会钻到篱笆外面去——要是她跑进了保护区，那我们将永远也找不到她了。她若迷了路，根本无法活下来。

我扫视着房子周边的灌木丛。象群在哪里？小象一直高声嘶鸣，他们按说应该听见了她的声音呀。但象群没有任何回应，我开始怀疑，难道是象群抛弃了她？ 10 年前，象群就抛弃了幼象苏拉。这是一个十分可怕的想法，我们的康复中心距离完工还非常遥远，现在还处于不能接纳小象的状态。要是小象生病了，那我该怎么办呢?

已经是深夜 10 点钟过了,我们还没有抓到她。我打电话给乌西寻求帮助,然而他没有接。我又尝试给布洛西打电话,电话也始终无人接听。我突然想起,他们两个人休了两天假,最快也要到第三天才能回来。这可怎么办呢?没有他们,汤姆和我也许能将小象带到我家,但我不愿冒险,让她直到次日清早还不能与可可团聚。我们今晚必须找到象群,并将小象交还给他们。但是现在没有乌西和布洛西,我该怎么办呢?

每当这时,我就会深感孤单。劳伦斯若还在世,他一定知道此事该如何处理。我站在草坪中间,凝视着黑夜,希望象群能快点过来,把他们的小家伙带走。

我的手机响了。感谢上帝,是乌西。他们现在在一个小时车程外的恩潘吉尼市。我向他解释了情况,他毫不犹豫就同意往回赶了。

"我现在明白了,为什么当我们开车从他们旁边走过时,他们会发出如此躁动不安的声音。"他喊道,"我们已经在路上了。你们保证她的安全。"

谢天谢地,他和布洛西离我这儿足够近,可以开车回来。没有他们的跟踪技能,我们永远都找不到象群。我们仍然不知道他们为什么会将小象丢下,但我知道的是,如果真是象群抛弃了小象,他们就不会回来把他带走。但我把这个想法抛在一边。因为,如果真是那样的话,那我就会接手。

汤姆把艾莉森也喊了过来。两个人设法将小象堵在了位于我的房子和员工室之间的停车场拐角里。小象终于安静下来，一动不动低着头，耳朵紧紧抿起。无论是眼睛看到什么动作，或者耳朵听到什么声音，她都会焦急到浑身发抖。我试着再次靠近她。这一次她没有抵抗，让汤姆和我轻轻地赶着她进了我的房子里。进屋后她再次惊惧失控，在我那曲里拐弯的厨房里四处冲撞，惊恐地嘶鸣着。谢天谢地，我的狗狗们都保持了安静，似乎他们知道，要是他们现在发出任何声音，都会让小象的反应变得更糟。

我一直跟她说着话，告诉她这里很安全，晚上我们就会让她回到妈妈身边。给小家伙喂点吃的能帮她安定下来，可是我的厨房里根本没有能给她吃的东西：既没有配方奶，也没有奶瓶。艾莉森给迈克·托夫特医生打了电话，他同意当务之急是让她喝到奶。

"如果你们没有豆奶，那就先喂点儿牛奶，然后你们想办法搞豆奶。牛奶可能会让她腹泻，但总比什么也不给她吃要好。"

下一个挑战是如何在没有奶瓶的情况下喂她喝奶。丛林中并没有夜间急诊药房，但艾莉森想到了一个办法，她可以用乳胶手套做一个奶嘴。她用针在手套的大拇指上扎了一个小孔，我们终于可以给她喂奶了。

汤姆给牛奶加热，我把手套撑开，她把温热的牛奶倒进去。然后我把手套系好，艾莉森开始喂小象了。

我们通常不会将手指放进小动物的嘴里，因为担心细菌传播的风险太高。但是小象的吮吸反射力很强，我们担心乳胶会破裂，因

我厨房里的大象

此艾莉森小心地将两个手指放到她的嘴里，并将"临时"奶嘴放在上面。她马上就开始喝了。我们非常激动，悬着的心终于放了下来。她喝光了满满一手套的牛奶，然后轻轻推了推艾莉森的手。小象喝奶的愿望十分急切，因此她把牛奶洒得到处都是——地板上，脸上，艾莉森身上。到后来艾莉森的衣服都被牛奶浸透了，我不得不给艾莉森换一件衬衫穿。

我的脑袋里满是小苏拉的身影。象群是真的拒绝了这只小象吗？这只小象看起来很健康！她的腿很结实，这一点在我们一直追着她跑却总也追不上时已经证明了。现在她正在大口大口地喝奶，用感激而又信任的眼神看着我们。难道她生了什么我们肉眼看不见的疾病吗？正如我从小苏拉那里所学到的那样，大自然是知晓的，但我真不忍心再让一头小象死在我的家里。

她喝光了四手套的牛奶。

吃饱喝足后她开始饶有兴趣地观察我们，用她的小鼻子开始探索，嗅我们的脸和身体，又把小鼻子伸进了我们的头发里和腋下。我们试图避免与她有过多的身体接触，因为我担心如果她在我们身上沾染到我们的气味，可可能能会抛弃她，但是我的小房客一直努力用小鼻子向我们示爱，用她柔软的小额头蹭着我们，就像对待妈妈一样。我怎么能拒绝她呢？我轻柔地后退，向她保证护林员正在帮她找到妈妈。

她睡着了，就像人类婴儿吃饱后充满安全感的时候一样。我坐在她旁边的厨房地板上，双腿紧紧贴着她，以防她醒来时会感到害怕。

我们一直用对讲机与乌西保持着联系，为了寻找象群，乌西将每个护林员从床上拖了起来，一起帮忙寻找。我很困惑为什么大象们不在附近。我们知道，象群之间一直保持交流，但是他们似乎都没有在寻找小象，甚至也不知道小象是和我在一起，但是乌西表示，那天早上象群明显感受到了压力。

到底是怎么一回事呢？

我检查了她身体的每个部位，没有发现任何问题。无开放性伤口，无肿胀，无明显畸形，这是一只完美的小象。如果象群没有因为健康原因而抛弃她，那么象群在哪里呢？他们为什么不在围栏那里，大声地叫她回去？这没有道理！

午夜过后很久，对讲机里发出了咝咝啦啦的声音。

"找到象群了！"是乌西，他说，"他们离得不算太远，在管道附近。"

象群距离我们只有半小时的路程，我们的保护区有着好几英里见方的旷野，所以 30 分钟已经不算远了。这真是个好消息。

现在到了真正关键的时刻。如果是可可不要她了怎么办？或者更糟糕的是，可可变得暴力了？如果感受到威胁，我们的可可就会大发脾气——我听说过有被象群抛弃的小象被踩死的案例。

"我们正在回来的路上。我会把卡车开到你家门口，然后我们把她装上车，然后把她带回去。"乌西说。

艾莉森和汤姆准备好一只新的手套奶瓶，以防我们的小睡美人被惊醒时变得惊慌失措。我们根本不用担这份心：小家伙在我的厨房里一点儿也不认生，甚至对我的棕色绒面皮革沙发比对她那焦虑不安的妈妈还感兴趣。我想她可能是觉得柔软的面料很舒适，因此她便将细长的小鼻子放在了扶手的顶部，小眼睛睡意蒙眬，半开半闭，小嘴巴紧紧拱住沙发边缘。我蹲在她旁边拥抱了她。

"很快你就会和妈妈在一起了。"我向她承诺道。

我们听见土路上传来了面包车的吱吱嘎嘎声，接着是两声急促的鸣笛。乌西已经到了。艾莉森喂饱了小家伙，汤姆和我在卡车上铺了毯子，好让她的旅途尽可能舒适一些，护林员西亚跳下来帮助我们。我向乌西点点头表示赞赏。西亚有着一双鹰一样的眼睛，追踪象群的能力十分高强。2017年他成为我们的护林员，即便在他承受巨大的压力时，他也会以无可挑剔的绅士举止来保持镇定和认真。

"你的计划是怎样的？"我问乌西。

"我们会把她放在靠近象群的地方，在确保她加入象群之前会一直看护她。"

他的话听起来很简单，然而事实上即使是白天跟象群的一个幼崽近距离接触都是一个十分危险的行为，在暗夜中这么做便近乎疯狂了。

我问道："象群看起来还好吗？"

"紧张到不行，雌象的颞腺中开始分泌液体出来了。"西亚回答说。

象群把我给迷惑住了。他们显然受到了某种压力，但却没来找小象——所有迹象都表明他们抛弃了她。

汤姆任命自己为小象的临时妈妈，并坚持与艾莉森一起加入了护林员队伍。我不想将她们二人置于危险境地，但她们坚持如此。这些勇敢的年轻女性是丛林的真正守护者——她们心心念念只想着帮助幼崽。我又怎能阻止她们呢？

大家一起把小象搬到卡车上，她开始用她的小鼻子狂嗅各种有趣的新鲜气味。乌西发动了车子，其他人则跟小象一起坐在后备厢里。他们尽力劝说她躺下，但是她坚决不肯：小憩时间已经结束，她正经历一场激动人心的大冒险呢！她甚至用她的小鼻子快活地鸣叫起来——看起来她心情蛮愉快的。她才只有一周大，要是她能幸存下来，假以时日她必将大放异彩。

我看着他们，心生恐惧。可可，请把她带回家吧！我不是迷信的人，但我双手合十，向老天献上一个吻。我还是不肯相信，这个小家伙是像小象苏拉那样被抛弃的。

护林员们分成了两组，一个小组与西亚一起密切监视大象的动态，另一个小组则跟乌西一起将小象从卡车上放下来——这样做可以尽最大可能安全靠近象群，放下幼崽并驾驶卡车以最快速度离开，然后从安全距离之外观察他们接纳幼仔的情形。

这是原定的计划，但是却有两个严重的问题。

第一，象群已经很躁动了：要是象群认为是护林员偷走了小象，他们毫无疑问会攻击他们。象群信任我们，但是丛林中的第一条规则是绝对不能忘记象群是野生动物。

第二，我们不知道象群对小象会是什么反应。要是他们不希望她回来，那我们就无法保护她了。

这是祖鲁兰的一个典型的夏夜——又湿又闷，酷热难当。我本想安静地坐一会儿，却发现根本是不可能的，于是我开始努力收拾厨房。打扫本来就是很孤独的工作，加上由于狗闻到家里闯入者的气味而变得十分狂躁，让这项工作更是难上加难。我一直在思念劳伦斯——我感觉他不过就是跟乌西和护林员们一起离开几个小时，很快他就会回来告诉我事情的经过的。

大杰夫、小金和小吉普赛跑来跑去，气呼呼地冲着我厨房的每个角落狂吠。他们忽闪着大眼睛盯着我，好像在问我，这里发生了什么？我给了他们每人一根骨头，他们立刻原谅了我。他们开始大啃特啃，同时还咆哮着互相窥探。我真希望自己能这么容易分心。

在此期间，象群开始向南去了，而乌西则把车子开到一片他们可能要穿越的空地。西亚追踪着象群，并向乌西他们时刻更新象群的方位。

"他们仍然在往南走。做好准备。"

护林员们以及艾莉森和汤姆都处于一级警戒状态。他们很清楚危险的存在，但没有人退缩。小象感知到了压力，趴了下来，开始吮吸包裹她的毛毯以寻求安慰。

西亚用对讲机宣布说："象群进入5分钟视野圈了。"

"小象该下车了。开干吧，伙计们！"乌西说。

他们将她从后备厢里放了下来，并在她周围围成了一圈，以阻止她逃走——他们最怕的事情是她跑进反方向的灌木丛中。踩踏树枝的喊里咔嚓声更大了。象群走过来了。

大家纷纷跳上卡车，头都撞上了驾驶室的顶棚。

"快开车！"他们对乌西大喊道。

看到她的好救星们驱车离去，小象十分困惑。她嘶鸣了几声，竟然摇摇晃晃地在后面开始追赶他们。这可糟了！太糟了！

乌西停下车子，挥手示意第二辆卡车将艾莉森和汤姆放到安全地带，然后他和布洛西又退到了小象身边。布洛西从车上跳下来，蹲在她身旁，眼睛在黑暗中搜寻着象群。乌云遮住了月光，夜空漆黑一团。

他们听得到象群的声音，却看不到他们。

小象一直紧紧偎依着布洛西。谁能责怪她呢？她只有一周大，周围漆黑一团，而且她并不知道妈妈就要来接她了。又或许她是知道然而却担心自己不会被象群接纳？

象群闻到了幼崽的气味，踩踏声越发近了。乌西和布洛西不知道他们将会如何反应，他们只能等待，并时刻做好逃离准备。

象群冲破掩体，弗朗吉、可可和马布拉带头向他们猛冲过来。乌西把手挡挂上一挡，布洛西咬紧牙关，然而并没有离开小象。

小象看到了妈妈，却仍是不肯离开布洛西。

象群的踩踏声更近了，乌西和布洛西死死撑住不动。可可一个滑步，在距离他们仅有一个车长的地方站住了脚，她的耳朵紧紧抿住，大喘着粗气。布洛西后退了一步，可可瞪了他一眼。他又退了一步，站住不动。他们互相凝视着对方。一群大象紧紧挤在她身后，鸦雀无声。

他的目光落在小象身上：她是你的。

可可用长鼻子卷住了女儿的小身子，并将她拉到了肚子下面。

布洛西等待着，他想亲眼看到小象开始吃奶的样子。小象一动不动地站着，看着他。

"该走了。"乌西低声说。

布洛西拖着脚步缓缓后退，十分担心小象会继续追车。

乌西发动了车子。可可高声嘶鸣，并将女儿推到了象群中间。所有的大象都伸出鼻子欢迎她回家。布洛西腾身跃过车门，跌进了车厢里。两人加速驶离了现场。

多亏了他们的技术和顽强的精神，我们的小象和她的家人最终团聚了。

到现在为止，情况一直都不错。他们没有拒绝她，但我们的心却没能完全放下。怎么可能呢：在亲眼看到她吃到奶之前，我们无法真正放心。

天刚亮，布洛西和艾莉森就去检查小象的状况。他们在姆可胡鲁大坝附近的一块空地上发现了象群，但车子一靠近，他们就散开了。

"有小象的迹象吗？"我打开了对讲机。

"看不到，"布洛西回答，"象群不欢迎我们待在这里。我们最好给他们一些空间，过几个小时再试一次。"

我绝望地叹了一口气。如果他们没有在象群清晰可见时发现小象宝宝，那么她究竟在哪里呢？他们把她杀死了吗？小吉普赛轻轻推了推我的腿，她那双黑色的大眼睛里充满了柔情。我把她抱到腿上，紧紧搂在怀里。

"让我们祈祷她一切都好吧。"我低声说。

早上 8 点 30 分，我把所有的车子都派到保护区去寻找小象宝宝。乌西决定和西亚一起回到大坝那里。他的直觉非常准确，因为整个象群都在那里，好像在等他似的。

"象群在这儿。没看到小家伙。"乌西用对讲机说。

"你注意安全。"我敦促他说。

他把车子开近了一点，把对讲机靠在嘴上，用望远镜对准了象群。

"看到了！看到了！"他用尽全力高喊。

"嗨呀，她在吃奶！"我听见西亚说。

我给小象取名汤姆，是为了奖赏我那温柔的厨师。她在听到奇怪的噪声时表现出的镇定，救了小象的命。我们密切观察了小汤姆好几个星期，以确保她没有再次走失，但可可显然已经给她那胆大包天的女儿禁足了，因为每次巡逻看到可可时，小汤姆就待在她妈妈的身边。

我们的心终于能放下来了。

我在苏拉苏拉的这些年里，目睹过许多十分惊人的事情。而对于小汤姆是如何找到我身边的，我却没有一个答案。她才一周大，怎么会出现在我的房子周边呢？她是怎么知道和我在一起会安全的？

我的厨师汤姆和我的祖鲁员工们都深信，劳伦斯的灵魂仍然与我们同在，像他活着时那样守护着他的动物和人类的家庭。他们相信是他把小象宝宝带到了我身边。

我相信这是多种因素的结果。我也感觉得到劳伦斯在苏拉苏拉的存在，他的精神仍然每天影响着我们。我也感觉到我们的大象跟我彼此分享着信息：多年来，我和他们住在这么近距离的地方，我观察他们的行为并看到了他们超乎寻常的沟通能力。

或许可可在她生命的最初几天里带着她的宝宝来过我家，或许她跟她的女儿讲过我和劳伦斯 14 年前救了她的故事。或许，只是或许，小汤姆记得并知道我的家是她最安全的去处。

第十七章

梦想引领我前行

2014年年底，我们在收到"四爪"的资金大约一年后在保护区内部开放了育孤园。我很想大张旗鼓地宣扬此事，但我们尚未得到当局的正式批准。没有适当的许可证，我们也不允许接纳保护区以外的动物。

圣诞节前一天的早晨，我开车去检查新房舍。这一年的工作差不多都完成了，大家都去度假了。小吉普赛蜷缩在我的副驾驶座位上，热得吐着舌头。才刚刚上午8点就已经39摄氏度了，尽管如此高温，空气中的湿度却非常之大。这是热带地区的典型天气，一场大风暴正在酝酿之中。天空蔚蓝，可是天际却有闪电划过厚重的乌云。开始掉雨点了，雨滴噼里啪啦地砸在我落满尘土的前挡风玻璃上，好吧，我期待这会是一场倾盆大雨。

最初我们购买保护区并建造木屋时，我一点也不理解为什么劳伦斯对下雨有如此的痴念。我一直认为下雨是一件令人讨厌的事情，因为对住客们来说，冒着倾盆大雨在保护区里观光一点也不好玩，但是当我第一次真正经历了干旱之后，我彻底改变了自己这种欧洲人心态。

夏季通常是夸祖鲁-纳塔尔省的雨季，但那年一整年都很热，连续好几个月滴雨未下。水坝干涸了，阳光烤焦了草原。到处都是一片焦干，我们的动物连一点可吃的青草都找不到，当地村民的牲畜也饿到皮包骨头。邻近的保护区开始考虑淘汰掉一些动物，这是他们为拯救保护区所做的最后努力。土地非常干旱，到处都是播土扬尘。

偏远乡村里是没有自来水的，我们完全依赖井水或者市政供水。当地负责协调供水工作的政府官员外出度假了，但是却并未将供水事务交代给其他人，灾难爆发了。一天又一天，我们大多数员工居住的小村庄——布坎纳纳村——每天都是滴水不见。而当地人是如此贫穷，根本买不起奢侈的瓶装水。我们在苏拉苏拉有一口水井和应急储水罐，然而他们却什么都没有。来自巴黎的我亲眼看到我所认识的那些人对水这么一个基本生活所需却是如此恐慌，感到十分震惊。

我和乌西一起去见了村里的长老。孩子们在会议室的砖房子外面的泥地上玩耍，阳光毒辣辣地在铁皮屋顶上肆虐，屋子里比外面还热。

霍马洛村长警告说："如果我们不能很快弄到水，我们将无法遏制人们的愤怒。"

我问："你们还有多少存水？"

他把拇指和食指捏合在一起，组成一个圆形。我瞥了一眼乌西——这个手势是灾难性的。

我承诺说："我把我能匀出来的水都给你们。"

乌西说："我用卡车给你们载过来。"

"我打电话给市政当局。他们不能让全体人员都休假。"我说。

我花了整整一个下午的时间去找那位负责为村民供水的官员，然而根本没有人接我的电话，我发出的短信也石沉大海。谁都联系不上。

一旦村民暴乱，那么他们将烧毁车辆，封锁道路，那样我们的住客就无法出入了。我们把我们所有的水都匀给了他们，绝望至极的我给好几家报社打了电话。村民的困境被广泛报道，终于引起了某些人的注意。不到两个小时，一支由七辆卡车组成的运水车队就来到了村子。虽说只够几天用，但毕竟开始供水了。

我再也不像以前那样看待下雨了。没有水，生命就会终结。

我把手臂伸出车窗，大颗大颗的雨滴落到了我的手掌上，溅起了水花。干旱之后的第一场降雨，雨滴似乎总是更加厚重圆润。雨滴下落的速度看起来好慢，仿佛它们经过了漫长的等待之后又花了一些时间才落到地面上。雷声隆隆，狂风卷起尘土，好似要掀翻我的车子，一切迹象都表明更多的积雨云将滚滚而来。我再次发动了我的车子。我可不想一大早就被困在暴风雨中。

育孤园里没有人在，我刚一进门，大雨就倾盆而下。如注的雨水击打着瓦楞的铁皮屋顶，嘭嗵嘭嗵声在空荡荡的房间里回响。以前每当我们取得一项新的成就时，劳伦斯总是像个小孩子一样欢呼雀跃。他一定也会为此感到骄傲的；我试图通过他的眼睛审视着我们的新建筑，看看有没有问题——在这一方面，他可比我强得多了。

"务必摘下你那玫瑰色的眼镜。"我仿佛听见他说。我凝视着红外线灯，心想谁会是第一个躺进温暖的救生舱里的小家伙。我们最多可以容纳二十个孤儿，但我希望永远不会有这一天——二十个孤儿意味着将有二十个母亲死去，这太可怕了。

砖块和灰泥只是我们应急设施的一部分，这个项目的核心和灵魂是那些为了照顾动物而甘愿献身的人——不可能再有一个比我们的人更敬业的团队了。

艾莉森多年来一直是苏拉苏拉大家庭中的一员，这让我感到十分放心，因为我在这儿有一个我非常信任和喜欢的人。看到她，你首先注意到的是她的微笑，其次是她的开怀大笑。请相信我，动物护理人员必须要能大声地笑出来，因为照顾受惊和受伤的动物需要胆量和勇气。艾莉森不仅是一位能干的兽医，而且她有安抚动物心理的本能，正是由于她的帮助，塔博才走出了遭受枪击的创伤。一旦我们开始接纳孤儿，那么她照顾塔博的经历将是无价之宝。解读动物行为并理解他们通常需要很多年的经验，当然也有人天生就有这样的天赋。当小动物情绪低落或者受到惊吓时，艾莉森会感知到并始终明确地知道该怎么做才能让小家伙重新振作起来。

艾莉森说："塔博很喜欢人抚摸他的脸。直到我开始照顾他们时，我才知道犀牛有多深情。从外表上看他们可强大了，可是内心深处却是非常脆弱和缺爱。"

加入育孤园团队的第二个人是艾克赛尔。他是一位来自法国的头发蓬乱、个性随和的年轻人，拥有动物行为学学士学位和一颗大爱的心。动物们都爱戴他，跟他一起工作的每个人亦是如此。任何时候他都镇定自若——这对于法国人来说很不寻常！即使是最易受惊的动物，他也有抚慰它的绝招。

第三位团队成员梅根是一位青春阳光的年轻英国女孩，多年以来她一直坚信，关爱动物是她一生都要做的事情。

她拿到了英国动物管理学的文凭，并在另一家犀牛机构获得了护理犀牛宝宝的经验。

艾莉森、艾克赛尔和梅根三个人相处得非常愉快，人们一走进去，"家"的温暖就扑面而来，这对动物来说真是太好了。从医疗的角度来说，顶级野生动物兽医是必不可少的，但是让孤儿宝宝们感到安全无虞的温暖，也同等重要。

接下来的几个月颇为奇特。育孤园已经一切就位，文书工作均已完成，许可证也拿到手了。队员们都在待命，我们就好像是在一个陌生的无人区里"等待"着悲剧的发生。我们的护理员一直处于痛苦的备战状态，既为可以随时上岗而感到兴奋，但也十分清醒地意识到，他们的第一头犀牛宝宝在来到这儿之前必定已经遭受到巨大的苦痛折磨。他们花费时间为育孤园进行最后的修饰——建造阴凉的水池，种植草坪，甚至做了一些模具爪印来装饰他们的"托儿所"。

第一通电话是在 2015 年 4 月的一个清晨打进来的。在祖鲁兰的犀牛保护区里，反偷猎小组发现了一具被偷猎者杀害的雌性犀牛尸体，但没有发现她的幼崽。"如果他们能找到幼崽，你们能接纳他吗？"迈克·托夫特问。

"那当然，请尽快带他来吧。他多大了？"

"大约6个月吧，护林员们正在找他。"

"没有人知道他现在是否还存活。母犀牛尸体从被发现到现在大约有两天了，所以幼崽已经独自在那里待了一段时间了。一有消息我就联系你。"

幼崽只有6个月大，还非常年幼，但从年龄上来说，他还是可以独自生存几天的——当然护林员们必须赶在狮子之前找到他。临时妈妈们开始整装待命，将ICU病房做好一切准备：用消毒剂擦洗了地板和墙壁，铺设了干净的床垫和毛毯，对奶瓶和奶嘴进行了严格消毒，检查了食物和医疗用品……

第二天我们一无所获。接下来的一天里亦是如此。警钟开始为这个小家伙敲响。最后在第四天，亦即耶稣受难日那天，小犀牛被发现和另一头母犀牛和她的宝宝待在一起。

该保护区的经理贾克说，"这就是我们找不到他的原因了。我们没有意识到，那头母犀牛身边其实有两个小家伙。他俩年龄差不多，看上去非常相像。"

我们大喜过望。一头犀牛妈妈竟然照顾一个不是她所生的小宝宝，这是非比寻常的行为。我们真心希望这是命运之神对他的特别眷顾。要是这个犀牛妈妈能允许我们的小犀牛宝宝和她待在一起，那他就有幸存的机会。虽然育孤园已是严阵以待，但更重要的是，那样小犀牛就根本不需要我们了。

"当偷猎者攻击他的妈妈时，小犀牛一定是跟着另一头母犀牛跑开了。"经理解释说。

年龄对小犀牛如何应对失去母亲的打击起着至关重要的作用。新生的小牛宝宝总是寸步不离开他妈妈的尸体，那样的话她就十分碍事，偷猎者会毫不犹豫地将他射杀。年长的小犀牛则有较为发达的生存本能，如果觉察到威胁，就会逃开。

逃开救了这头小犀牛的命，因为他已经长出了一只小小的角。要知道犀牛角的价格是每公斤九万美元，偷猎者会为了得到哪怕区区一克而杀掉他。

他被起名为伊图巴，祖鲁语的意思是"机会"，因为他成功逃开了偷猎者和掠食者一个多星期。现在只需要运气再次眷顾他，给他第二次获得幸福的机会——要么跟这头犀牛妈妈一起待在野外，要么跟我们一起安全地生活在育孤园里。

我问经理："这头犀牛妈妈有自己的犀牛宝宝，你觉得她还会照顾他吗？"

"这是一个很大的问题。我们不知道情况会怎样，但是护林员们将日夜陪伴着他。"

"他的年龄已经足够大了，可以不靠喝母乳生存下来吗？"

"可以是可以的，但是在他这个年纪，离自主生存还差得很远。不过坦率地说，母乳不是小犀牛的最大问题，和他待在一起的成年

我厨房里的大象

母犀牛才是最大的威胁。要是她不想让他和她待在一起，她就会把他赶走，或者甚至杀死他。"

犀牛没有大象那么慷慨大方。在象群中，除非有特别严重的问题，否则弃绝孤儿是不可想象的事情，即使不得不离弃小象，每个成年雌象在离去之前也会尽力帮他存活下来。

那天晚些时分，贾克打电话过来了。母犀牛开始变得好斗，小伊图巴闻到了她的乳汁气味，也看到另一头小犀牛吃他妈妈的奶，但他们母子俩都不许他靠近。他是多么渴望妈妈的满满都是爱的乳头！但这头犀牛妈妈的眼里却只有自己的小宝贝。

一整个晚上我都辗转反侧，难以安枕。第二天早上 6 点钟贾克又打过来了。

"小家伙的处境十分危险。我们得去营救他。"

"好，务必把他带过来——我们都准备好了。你们什么时候能到？"

"不知道。情况特别危急。两头小犀牛从外表看起来完全一样，我们正努力把他们两个区分开来。如果我们弄错了，母犀牛会把小孤儿杀死的。我们将从地面上处理这个事情，免得直升机惊扰到母犀牛。"

情况急转直下。卡车一开到伊图巴附近，三头犀牛便迅速散开并消失在茂密的灌木丛中。一整天护林员们都没能抓到他，第二天仍未能成功。伊图巴身体状况开始恶化，十分费力地追赶着母犀牛和小犀牛的步伐。要是那天晚上他跟他们走散了，那他是撑不到第二天早上的。

"母犀牛攻击了小家伙！"护林员在对讲机中喊道，"她把小家伙顶飞了。他受了伤，母犀牛和小犀牛都跑开了。"

愤怒的犀牛母子走远了，护林员们终于抓住了那头吓坏了的小犀牛。失去母亲8天以后，伊图巴来到了育孤园。

护林员驾驶着卡车和拖车，想把他放到尽可能靠近新门诊楼的地方。说来容易做起来难。由于我们提前没有设计一个可以进入高级护理室的通道，因此卡车需要足够的空间来拖动大型拖车。这完全是在浪费时间！可我们根本没有时间可以浪费。

"我需要他进去！"一直陪着他的兽医大叫道。

护林员大声喊道："我开不到那么近的地方！"

"把拖车后挂板放下来，"乌西指示说，"我们人数够多，可以安全地把他赶出去。"

"我去放板子，这样我们就可以把他引到门那里去。"艾克赛尔说。

当时的情形乱成了一团糟，这让我回想起了象群到来的那个混乱不堪的晚上，我们也是没有足够的时间把他们从卡车上卸下来。一头小犀牛当然是比七头大象容易控制，但是这是一头受伤的小犀牛，我们应该尽可能安全高效地将他安置下来。还有什么比这更重要的吗？我们怎么能把这么重要的事情都搞砸了？

终于伊图巴进到了房子里，我们用一块布盖住他的眼睛好让他保持镇静。他躺在急诊室的毯子上，看上去好小好小。我真担心他能不能活下来。兽医找到了他的静脉并输上了液给他补水。

"他的情况不大妙。"他喃喃地说道。

他的腹股沟上有一个已经溃烂的伤口，是那头母犀牛用角刺伤了他。他全身的皮肤都被蚊虫叮咬得没一块好地儿了。兽医给他做了清创，并使用了大量的抗生素。每个人都屏声静气地耳语者。

第一个晚上，伊图巴安静地睡着了，毫无疑问这是因为他疲惫至极，而且镇静剂也起了作用。第二天晚上这里对他来说则成了人间地狱，好像他过去一周所经历的所有创伤记忆都复活了：妈妈被杀害，他被一个他认为自己可以信任的母犀牛刺伤，然后他又被装进一个摇摇晃晃的拖车里走了不知道多久，最后发现自己竟然和一些看起来跟枪杀了他妈妈一样的人类共同待在一个陌生的房间里……他那恐惧已极的尖叫声响彻了育孤园的每个角落。

给他喂奶是不可能的。他太大了，而且遭受的打击太大，看护者无法安全地进入他的房间把奶瓶递给他，而且他又太过恐惧，根本不敢靠近那个人类从重重障碍物的后边伸过来的奶瓶。这是一个可怕的僵局：他得吃东西，可是他必须首先克服对人类的恐惧。

团队成员轮流尝试劝说他去喝奶瓶，但是恐惧压倒了饥饿，他畏惧地躲开了。

在这方面，新生的小犀牛仍然很容易信任人类，因此更易于照顾。虽然伊图巴只有 6 个月大，但是他亲眼见到了人类的危险性。只要看到他的临时妈妈们的身影，他就慌乱地在他的房间乱窜。一头重达 200 公斤的犀牛跑动起来能对人类的双腿造成很大的伤害，因此他根本无法获得他最需要的东西——拥抱和食物。

兽医建议说："不要放弃，他会习惯你们的。首先要坐在他身边的遮挡物旁边，这样他就会意识到你们不会伤害他。不要做突然的动作，不要发出大的声音，慢慢就会好的。"

没有人会放弃他。艾克赛尔在隔开他们的栏杆之间晃动着一瓶牛奶。

"过来，好孩子。你需要吃点东西。"他低语道。

伊图巴看着他，眼里满满的恐惧。

艾克赛尔按压了下奶瓶的奶嘴，滴了一些牛奶到地面上。伊图巴没有动，但他的鼻子开始猛烈抽动了。艾克赛尔又滴了几滴诱惑他。伊图巴向前迈出了一步，艾克赛尔让瓶子保持静止，把奶嘴朝向他。

伊图巴发出了饥饿已极的吱吱声，然后拖着脚往前走了几步，准备去叼奶嘴。可是他还是够不到奶瓶。

"好孩子，再走几步。"艾克赛尔轻轻地鼓励他。

伊图巴紧紧盯着他，小心翼翼地靠近。艾克赛尔向前探出身子，将被牛奶浸透的奶嘴紧紧贴住了伊图巴的嘴巴。他的嘴张开了，他叼住了奶嘴。他颤抖着闭上了眼睛，咕嘟咕嘟地喝了起来。

这是多么大的一个里程碑！他喝光了那瓶奶，一个小时后，他又喝光了第二瓶。一旦小家伙知道了那是食物的来源，信任就会迅速产生。我看着他吮吸着奶嘴，看着牛奶在一点一点减少，就知道他生存下来的概率是很高的。

然后他就开始腹痛，噩梦也开始了。

"他开始发抖，因为恐惧而高声尖叫。这真是太可怕了，我想他应该是梦见了他妈妈所遭遇的一切痛苦。我不知道该怎样安慰他，"艾克赛尔叹息着说，"我不想把他叫醒，我怕情况会变得更糟，所以我只好坐在围栏上跟他说话。他最终醒过来了，非常害怕和困惑，以至于开始在房间里慌乱地打转。他到处撒尿，好似要爬上墙似的往墙壁上猛扑。"

"跟他比起来，塔博和恩托比要算是两个健康的好孩子啦。"艾莉森难过地叹着气。

兽医让我们放心。他说："鉴于他遭受的创伤，伊图巴的所作所为并不罕见。人们总认为，创伤后应激障碍只有人类才有，但我们也见过被偷猎的大象受害者会有，军犬也会有。我知道这并不能解决你们所遇到的难题，但确实可以为我们提供更好的治疗思路。有一件可以肯定的事情是，他的情绪恢复将比他的身体复原要复杂得多。"

其实我们真的很难安慰遭受创伤的动物，尤其是当他们刚刚抵达这里时。那时他们还不了解发生了什么，对一切都感到恐惧，因此我们需要永不放弃的勇气和爱心来帮助他们。我们的护理员给了伊图巴非常之多的关爱，从没有退缩过。我钦佩他们的无所畏惧。在失去了小苏拉和劳伦斯之后，我的心好像被冻结了。我仍然麻木不仁，无法像他们一样毫无保留地去爱。

"我们还能做些什么来帮助他？"

我厨房里的大象

"给他一个稳定的家和爱。他的护理员将成为他的家人，一旦他开始感到安全，他就会康复。"兽医回答说。

"我跟塔博和恩托比在一起时，至少我能抚摸他们的脸，我知道这样子可以让他们镇定下来，但伊图巴甚至不会让我们靠近他。"艾莉森说。

一位犀牛顾问建议说："让我们看看能否让他离开房间进入围栏，那样应该会有所帮助。如果天气温暖，请打开围栏，让他去探索。这可能会分散他的注意力，做一些户外活动对他很有好处。"

伊图巴的房间通向一个封闭的区域，那里有树木遮阴，也有许多玩具，可以帮助他兴奋起来。在丛林中，他将通过与其他犀牛的互动来学习新技能，因此我们必须布置一些他所缺少的东西，这不仅是为了防止他变得无聊而去大搞破坏，而且也是为了他的健康成长。

第二天早晨，秋日的阳光把围栏晒得暖暖的。伊图巴一喝完奶，艾克赛尔就打开了门。他小跑到门口，鼻子翘得高高的，想去闻闻新的气味。他甩动着耳朵，倾听来自灌木丛的新鲜声音，但他没有去探险。我们的小家伙可不是一个急于求成的人！经过两天的谨慎检查之后，他突然直奔一个放在房门附近的轮胎。显然，他已经盯着它看了好几天了，探求它的冲动终于让他克服了恐惧！

他怀着极大的兴趣嗅了起来，然后自信地一头顶了上去，把它甩上了天。他大吃一惊！轮胎重重地落在地上，吓得他一溜烟跑回了房间。这真是好事多磨呀！

动物总是被温和的灵魂所吸引，伊图巴第一个信任的人是艾克赛尔。无论伊图巴是多么紧张或多么激动，艾克赛尔都从不慌张。他永远都镇定自若，低声跟伊图巴说着话，并给他满满的爱。我不知道他是怎么做到的——当动物生病或苦恼时，我就会坐卧不安。慢慢地伊图巴明白了艾克赛尔永远都不会伤害他：是别的人杀害了他的妈妈。

我永远不会忘记那一天，我和艾莉森看到他在艾克赛尔身边快乐地小跑着。他不断把屁股撞向艾克赛尔的腿，似乎在向自己保证，他从此不会再孤单。在照顾这些小孤儿时，信任是多么珍贵呀！

几天后，艾莉森和他们一起进入了围栏里，想教给他去信任新的护理员。一开始，她在栅栏旁边，不挡住他的路，这样好给他时间，让他逐渐感受到她的存在。他躲在用艾克赛尔的两条腿搭成的庇护所里紧紧盯着她，好奇心大增。他向她走过来，开始嗅探。他不停地抬头去看艾克赛尔，确保他就在附近。这又是一个新台阶——好奇心在他这个年龄至关重要，我们都很高兴看到他表现出正常的小犀牛行为。

大多数情况下，我们永远无法说出人类的孩子会喜欢哪些玩具。犀牛宝宝也是一样。伊图巴总是把轮胎制成的东西放在房间里，他吃饭的碗都是用轮胎配件自制的。他把它打翻在地，食物洒得到处都是。他把他的碗抛来掷去，直到它开始滚动起来。然后他便追着它跑，直到把它稳稳地顶在了头上，然后他就像一匹跳起盛装舞步的马一样昂首阔步地走来走去了。

艾克赛尔回了法国，去办理签证。他回来后便偷偷溜进伊图巴的围栏里，在他还没露面之前开始滚动起轮胎。伊图巴听到了熟悉的声音，从临近的围栏里朝他飞奔而来。当他看到艾克赛尔时，就来了个令人目眩的大滑步，一下子站住了脚。跟他最喜爱的人团聚，伊图巴高兴得都要飞起来了。

当我们与犀牛犊近距离接触时，我们就会知道他们的快乐、悲伤或愤怒。这从他们走路或奔跑的方式上就能看得出来，他们是心不在焉还是全心全意。

伊图巴的护理员完全了解他的感受，因此总会有一个人在他身边安抚他或与他玩耍。

如果一声巨响吓到了他，他就朝着妈妈艾莉森一路狂奔。

另一方面，艾克赛尔对他来说更像是一位大哥哥——他有着一个哥哥的所有调侃、指导和保护。他们都担心他仍有创伤后遗症。

"他睡着后真的很痛苦。"艾克赛尔担心不已。

艾莉森也说："他白天也会时常惊恐。"

"他会开心地玩耍，在我身边爬来爬去，然后他突然就会惊恐地尖叫起来，躲在我的袖子后面，像婴儿吮吸拇指一样吮吸我的袖子的某一处。我不知道那是什么原因造成他那样，我们一直在一起玩，他似乎还挺高兴的。"

"他的进展很棒，"兽医让他们放心，"他的体重在增加，粪便很正常，并且他很喜欢玩耍。创伤后应激障碍的恢复需要时间，但他会很快恢复的。"

幸运的是，我们有充足的时间。每一天，伊图巴身边绝对会有人，不是艾莉森就是艾克赛尔。渐渐地，他的噩梦变得不那么频繁了，他的不安全感也在逐渐减弱。他食欲大增，在他满9个月的时候，他的体重增加了一倍。现在他变成了一个快乐的小犀牛巨无霸！

他也开始变得很有信心，经常化身为质量控制检查员，并以极大的热情指出了育孤园中每一处建筑上的缺陷。通常他是通过打碎一切来阐述他的观点的：现在每扇门、每把锁、每个障碍物都通过了伊图巴的质量控制测试，新来的小犀牛们是绝无机会破门而出、上演一出大逃亡的闹剧的。

这也就意味着，他作为育孤园里唯一的小犀牛称王称霸的日子很快就要结束了。

第十八章 / 小象艾力

"我这里有一头病得很严重的两周大的小象。你们能带走他吗？"

"你是说小象？"

"是的。"

我们没有大象幼崽的许可证，但我们一定要把小象接过来。小象生死攸关，而我们离得最近。艾莉森和艾克赛尔直一路疾驰到博纳曼奇保护区，5个小时后带回了一头病得相当严重的小象。看到他，我的心狂跳不已。他的外表看着跟我们的小苏拉一样，十分虚弱，粉红色的皮肤上覆着一层细密柔软的绒毛。

"血压低，呼吸不稳定，"迈克·托夫特简洁地说，"他的象群抛弃了他——这不是一个好信号。"

迈克继续说道："他患有脐疝伴脓肿，而且身体上有致命的感染。此外，他的体重严重不足。"

"我们能救活他吗？"我问道，满心恐惧。

"我说不准。一般来说这种情况是不会有救的。"

我盯着他。"你的意思是？"

"安乐死，"他坦诚地回答道，"或者进行全天候强化护理，然而存活率只有百分之一。他患有致命的细菌感染，这直接感染了他的供血系统。情况真的不乐观，要是给予他治疗，那么接下来的几天将会非常糟糕，他可能随时死去。"

梅根说："我愿意试试。"

"我们也愿意，"艾克赛尔和艾莉森也说道，"我们必须试一试。"

尝试是一个十分轻描淡写的说法。那个夜晚，来自全国各地的野生动物专家、我们的兽医，还有一群天使，都陪在那头小象身边。他有了新名字，很简单，叫作艾力。

艾莉森、梅根和艾克赛尔制定了严格的喂食时间表，每3个小时轮换值班，并不断监测他的血压、体温、呼吸和心率。人类族群围在他的身边，把爱倾注在了他的身上。小象体征的一丝变化，都会让他们兴奋不已或恐慌万分；他们为小象的每一次呼吸庆祝，一丁点儿体温改变都会引起他们的警觉——清洁、喂食、护理是极度单调的工作，然而他们的心里充满了爱。

团队的负荷已经到了极限。塔博和恩托比仍然需要艾莉森，而小伊图巴也不能没有哥哥艾克赛尔，因此我们开始招募更多的志愿者。梅根的母亲从英格兰飞过来帮助我们。

24小时过去了，艾力仍然活着。然后是第二个24小时。第三天，他仍然在我们身边，体温稳定了下来，但还是不能正常进食。每个人都试图教他用奶瓶喝奶，但小象还做不到，因此他们感到有点儿沮丧。

梅根信心满满地说道："他能行的。"她的两只眼睛都挂着大大的黑眼圈。

而且并不是只有团队在 24 小时关照着他，我们的象群也拜访了他。

育孤园在保护区的西北角，一般来说象群不会靠近这座房子，然而在把艾力接过来的第二天，他们就到访了。当时没有人注意到他们，但是第二天他们又来了。然后第三天也是如此。

"他们已经连续 3 天来这里了。"梅根皱着眉头说，"我想他们已经知道了我们这儿来了一头新的小象。"

他们一定是知道的，因为接下来的每一天他们都来这里，在房子周边安静地吃草和走动。娜娜和弗朗吉肩并肩站在一起，凝视着育孤园，两个温柔的大家长在外面守护着她们的家人。伊图巴来我们这儿的时候，他们并没有表现出任何兴趣，但在艾力入园后不久，他们就来了。他们一直在关注他吗？他们是否感知到他生病了？他们向他发送他的心灵可以感应到的爱的支持了吗？这些我们永远不会知道，但是他们的在场令人心安。我们以此为标志，认为我们解救他是一件正确的事情。

小家伙开始腹泻和肠绞痛，奶喝得越来越少。我们无法找出原因。洗衣机日夜开动，以保持被弄脏的毯子的清洁卫生。他的房间不间断地进行擦拭和消毒。他痛苦地蠕动着，呻吟着，他的护理员们给他揉肚子，躺在他旁边。可是他的体温一直飘升，而且开始有脱水的症状。

腹泻是会致命的。我们非常担心会失去他。他又开始打点滴了。我们给他试过津巴布韦的特制牛奶，也试过谢尔德里克育孤园的牛奶配方，给他静脉注射电解质和类固醇。

最后是一种混合了煮熟的米饭、椰子奶、干燥的椰子和特殊的蛋白质和矿物质的食物挽救了他的生命。后来我们发现他对牛奶有严重的不耐受性。我不知道是谁为了他的生命付出了更大的努力，是小艾力自己还是团队。他开始做出反应——他的腹泻减轻了。

夜晚是最艰难的。艾力很难入睡。他过度疲劳，几乎无法站立，他连眼也不闭，只有当梅根和他在一起的时候才睡一小会儿，所以她便接管了他上床前的时间。她蜷缩在他的床垫上，紧紧贴着他最喜欢的唐老鸭羊毛毯子，直到他睡着为止。她静静地躺着，听着他稳定的呼吸声和安静的小呼噜声。她的胳膊和腿都被压麻了，但是一动也不敢动。等到夜里 11 点左右，她小心翼翼地起身，溜进自己的房间，而其他人则开始接替她值夜班。早晨 6 点，当他醒来时，她又回到了他的房间。

团队将爱都倾注在他身上，他则以爱和快乐的喧嚷声回馈他们。他不会说"人类"，但他的眼睛说出了所有他想说的话。

"他与我进行了如此深入的眼神交流，我知道他是在说，谢谢您的帮助。"梅根开心地叹着气说，"他知道我们正在拯救他的生命，他爱我们，不比我们爱他少。"

他的病情开始好转，他的状态从"危在旦夕"变成了"仍有危险"，不久，兽医宣称，他"稳定下来"了。小象和我们一样兴奋，他恢复得越来越好。看到他在梅根旁边跑来跳去，这是多么大的一个安慰呀！他那闲不住的小鼻子到处卷来卷去，当他那迷人的小牙从脸上刚刚长出的时候，他根本遏制不住自己的好奇心，不停地想用小鼻子去卷弄它。

第四周到了，我们简直不敢相信，他已经熬过来了。

"他爱上梅根了，"艾莉森对我说，"快看呐……"

梅根一走进他的房间，迎接她的是一顿欢快的扑腾声。艾力蹒跚地走到她身边，抬起头来，无限信任地看向她手里的奶瓶。她扶住他的额头，把奶嘴塞进他的口里。他一口叼住，然后他把小鼻子蜷起来，紧紧依偎在她的脸上。梅根给我们带来了纯粹的喜悦。

"她的呼吸让他感到舒适，"艾莉森小声说道，"这是他喝奶的唯一方式。"

人与动物之间的交流无关语言，而是关乎双方对彼此的理解和接纳。梅根无论走到哪里，艾力那饱含无限深情的眼睛都紧紧追随着她——他在她的身边时更为安静。他喝了更多牛奶，用更大的扑腾声表达他的喜悦。后来，当他发现自己能发出声音时，他万分兴奋地用小鼻子发出唧唧的嘶鸣。他感觉到自己在她身边很安全，一旦建立起至为宝贵的最初的信任，她和团队便可以大大发挥作用了。

正如伊图巴需要艾克赛尔一样，艾力也需要梅根。

当艾力长到足够健壮之后，他比什么都热爱在早餐前来一场摔跤比赛。梅根假装自己也是一只小象，在艾力追逐她时，她假装自己手脚忙乱，乱跤乱撞。获胜者是一头象将自己的腿率先搭到另一头"象"的背上。一旦他适应了"规则"，他的竞争优势就浮出水面了。梅根是一个身材纤瘦的女孩子，她的体重还没有艾力的一半大。他会推挤着她，直到她"摔倒"，然后他就奋力地往她身上攀爬，将自己的小鼻子吊在她的脖子上，两条前腿搭到她的背上宣布，我赢了！我赢了！他很是有点小脾气，比赛只许胜不许输。要是梅根假装先把上身和手臂搭在他的背上而宣布获胜，他就会生气，直到他赢得另一场比赛才会好。

体能锻炼和晒太阳对幼崽们来说至关重要，因此去户外走走对他们来说是一个大美事。我们会尽力复原他们的野外生活，因此每个房间都有自己的户外围栏，我们既可以将其关起来用于接纳新来的幼崽，也可以将其与别的围栏互相联通，让较小的幼崽可以像在自然栖息地中那样混在一起成长。

一开始，我们是把艾力和伊图巴分开的，但我们在同一个围栏中给他们预留了不同的转角，这样他们就可以适应彼此的气味，而彼此之间却不会碰面，因为我们尚不知晓小象和小犀牛将如何生活在一起。

在艾力身体恢复的相当一段时间后，他的护理员们觉得他该跟伊图巴见面了。他们打开了他的门，但将一个金属屏障固定在了适当的位置，这样他们两个就可以看到对方并且可以互相嗅探了，但是他们还不会真正在一起——时机还不成熟：我们没有任何机会去试错。小象是非常脆弱的，我们绝对不能拿艾力的健康冒哪怕是极小的风险。

门一打开，艾力就冲向了障碍，他无比期待能跑出围栏。他将头抵住铁栏杆，对自己无法进入围栏感到十分困惑。

伊图巴似乎毫不理会艾力，但是他的小耳朵却立刻转向开门的声音。犀牛的听力非常好，嗅觉也很敏锐，这可以弥补他们视力低下的问题，因此伊图巴非常清楚，一定是发生了什么有趣的事情。好奇心最后占了上风，他开始耸起肩膀观察艾力。他的视力不是很好，所以他看不清楚艾力是何等人物，但是他可以闻得到艾力的气味。即使那气味他十分熟悉，他依然紧紧贴着艾克赛尔，不肯做进一步探索。

另一端的艾力却十分感兴趣，他看得到伊图巴的样子，也闻得到伊图巴的气味，他的小鼻子因为十分努力地捕捉伊图巴的气味都累坏了。

我们屏住了呼吸。

有艾克赛尔的护卫，伊图巴觉得他能打跑任何吓唬犀牛的家伙，因此他紧张地走到艾力的房间近旁。

艾力晃晃他的小鼻子打招呼。

伊图巴一声尖叫，立刻藏到艾克赛尔身后。

"很好，我的大宝贝，"艾克赛尔哈哈大笑，"他才几周大呢。拿出点男子汉的样儿来，小家伙。"

伊图巴尝试过了，他确实也尽力了，但他还是感到恐惧。

艾力不知道伊图巴为何如此大惊小怪，他把小额头抵着金属栅栏，小鼻子冲着伊图巴一顿猛嗅。

第二天，我们又打开了栅栏。这一次，当艾力从他的围栏里跑出来朝他嗅探的时候，伊图巴并没有立即跑开。但是当艾力的小鼻子快要伸到他脸上时，伊图巴顿时就失去了勇气，一溜烟跑进了旁边的围栏。哎，如此一来我们就不能给这头小犀牛宝宝颁发勇气勋章了！

伊图巴的体形要比艾力大，但他就是对艾力这种奇特的生物及其过分热情的长鼻子感到恐惧，因此我们只好继续让他们各自待在自己的围栏里。这很令人惋惜，因为艾力很想有个犀牛小伙伴。

艾力对伊图巴做出的温和的反应非常令人鼓舞，但这是否意味着他真的已经转危为安了呢？梅根还不太敢确定。

她无奈地说："他仍然有些体力不支，而且有时候他还很胆小。这真的让人很沮丧。"

恩特杜马是一条德国牧羊犬，它从7周大的幼龄期就开始接受训练，帮助寻找母亲被偷猎者杀害后失踪的犀牛幼崽。然后他又作为机场嗅探犬进行过短暂的职业训练，但是他的饲养员很快意识到他对在城市的混凝土环境中工作感到很痛苦，并且他很渴望回到丛林中继续进行以前的搜救工作。因为他是跟犀牛幼崽们一起长大的，所以我们的育孤园对他来说是再理想不过了。

在艾力来到我们这儿6周以后，杜马也加入了拯救艾力的团队。小吉普赛和我一样激动——他们两条狗第一次见面时，她跳得高高的，伸出小脖子，对着他的鼻子一顿狂嗅，然后两条狗像闪电一样划过了草坪——我的小黑绒球在她那雄狮一般的好朋友面前变得十分娇小了。

艾力对伊图巴表现出的浓厚兴趣，让我们十分期待将他介绍给杜马。他们在栅栏前第一次见面的场面才叫一个失控：一条好奇心大发卷来舒去的小鼻子，一条兴奋得快要摇上天的尾巴，还有两个互相狂嗅的鼻子。杜马也就矜持了两秒钟，然后一个箭步跳上了栅栏。艾力平静地向后退了两步，他的小鼻子一刻不停地卷卷舒舒。这是多么令人着迷的景象啊！他的小鼻子终于弄清楚了，栏杆另一侧的那个长着一条柔软的长舌头和一双深情的大眼睛的生物真的好迷人呀，他被他深深吸引住了，没有丝毫恐惧。

梅根自豪地说："这是一头从未见过狗狗的小象，他表现真不赖。"

"他是一个多么勇敢的小家伙！他们两个什么时候可以进到同一个围栏里？"我问。

"我们要先做一遍之前对伊图巴做过的准备工作，"兽医说道，"让他们先隔着障碍物适应彼此，然后再让他们见面。"

在接下来的几天里，杜马每天都在障碍处跟他的新朋友在一起，他们两个热切畅谈了小象宝宝和德国牧羊犬所能够想到的所有话题。梅根妈妈第一次带他们一起玩耍的日子很快就来临了。

"杜马太热情了。要是他对艾力太粗鲁，把他吓到怎么办？"

"如果是伊图巴和杜马第一次见面，我会和你一样担心的，但是咱们的小艾力可是个小勇士呢！"一位志愿者跟我开玩笑说，"你可是我们之中最小胆儿的人了。"

当梅根带着艾力走向杜马时，他简直不要太激动：他的后腿疯狂地刨地，沙土四溅。艾力很警觉，但是兴趣满满。杜马的头高高扬起。

"哎哟。"梅根说，但值得称赞的是，她和艾力一直向杜马走过去。

杜马一眼就看到了他的好友，他顿地发力，一跃而起。他瞥见了他的小黄球，一把把它甩到了艾力的脚边——我们一起玩呀！

艾力的两只耳朵忽扇着，小身子扭成一段麻花，他把小鼻子高高甩起，好像一条套索一样。

梅根笑了起来，说道："他要发起冲锋了！"

对杜马来说，这绝对是一场老鹰捉小鸡的游戏。他们从不同的方向跑到沙堆上，一根长鼻子和一条大尾巴疯狂舞动。杜马一头钻到艾力的肚子下面逃开了。艾力转过身，跌跌撞撞地在他身后追赶。

他们奔跑，追逐，在沙堆上上去下来，乐此不疲。

就算不是专门研究大象的专家，我们都可以看出，温柔的杜马帮助艾力解开了他的快乐魔咒。

第十九章

一下子七个

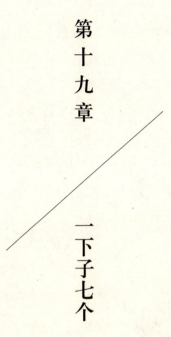

梅根用毯子裹住那头瘦骨嶙峋的犀牛宝宝，将他紧紧地抱在怀里，温暖着他的小身子。他浑身上下都是血和黏液，但她没有去理会那令人作呕的腐臭味。他听到声音，眼睛缓缓睁开了。正值冬天最冷的时候，他是走了好长一段路才到我们这里的。

　　在长达6天的时间里，他一直待在母亲被偷猎者杀害的身体旁，拼命地吮吸着她已经腐烂的奶头，而秃鹰则在一旁撕扯着她的肉。他太饿了，以至于开始在附近的一个水坑里吞下了大量烂泥。

　　我们该从何起头去安抚像这样的一个小动物呢？迈克·托夫特医生跨越整个夸祖鲁-纳塔尔省飞驰到他身边进行援助。他用戴着手套的手指按摩小犀牛的耳朵，寻找着他的静脉，将静脉注射针头扎进去给他输液。电解质、营养液、葡萄糖和抗生素源源不断地进入到他的体内，迈克揉了揉小犀牛胀鼓鼓的肚子开始检查。

　　"这里有硬块，我们必须把他肚子里的泥土清除。要快。"梅根整夜都陪护着他。他不停地绕着圈奔跑，尖叫，恐惧到无法睡觉，十分急切地想找到他的母亲。

　　"我一直在和他说话，"她说，"我告诉他发生了什么事，他和我们在一起很安全。我们这里还有一头跟他一样的小犀牛，叫伊图巴，我相信他们会成为朋友的。"她不自觉地耸了耸肩，"我总是跟他们说话，我觉得他们明白我。"

"他们当然明白你，劳伦斯也是这么做的。"我温和地说道。

"小犀牛终于意识到我不会伤害他，走到我跟前，默默地站在我的膝盖旁边，好像在思考下一步该如何做。他看起来好迷茫，我好想把他抱在怀里安慰他，但我不敢动，我怕吓到他。然后他就倒在我脚边睡着了。我非常非常激动，因为他觉得我是安全的。我把毯子给他盖上，和他一起躺在地上，我怕他醒来后不知道自己在哪里。"

一直到第二天中午，他都没有排便。他无精打采，对任何食物都不感兴趣。

迈克警告说："如果不能尽快除去他的肠梗阻，我们就得给他动手术。但这是万不得已的方法，因为他太虚弱了，可能撑不过手术，而且我更担心他身上被蜱虫叮咬而造成的脓肿。还是给他继续尝试喂食少量配方奶吧，还有就是你看看能否说服他走动走动。运动可能有助于他排便。"

经过了艰难的3天，他才开始排便，将他吃进去的所有泥浆排了出来。仿佛是一转眼的事情，他一下子就食欲大增，而且喝奶喝到停不下来。要是他饿了，而奶瓶还没准备好，他就愤愤不平，用头去顶他的护理员。这真是一个突破性的改变——再没有比看到小犀牛病好了之后大量进食更有意义的事情了。

我们给我们的三号小孤儿取名英佩，在祖鲁语中意思是"勇士"，因为他为了生存下来是如此努力。他有着最甜美的天性，和我的小吉普赛一样，用温柔和安静俘获了人们的心。一天早上，梅根跪在地上，想要好好打扫他的房间。她感受到有两只小眼睛在她身上探来探去，便抬起头来。他盯着她看了好久好久，然后走近她，把下巴抵在她的肩上。

"一开始他并没有太用力，所以我就继续打扫，他便跟在我身后亦步亦趋。我越是不理会他，他那颗小脑袋就越用力！"梅根笑起来了。

有些小犀牛十分吵闹和好战，但英佩不会这样。他是一个十分温柔的小家伙，什么都害怕。他和伊图巴一样都患有创伤后应激障碍，并且任何陌生的声音，甚至是鸟叫声，都会让他奔跑躲避，惊恐到尖叫。夜晚对他来说是一场可怕的噩梦，无论他是多么疲惫，他都没有感受到让他足以躺下的安全，直到一名志愿者开始向他读她的书。他安静地依偎在她身边的干草上，将头埋进她的腿弯里，陷入了深睡。

伊图巴对失去育孤园犀牛一哥的地位很是不满，尤其是他意识到英佩居然住在他的旧房间里。他大为嫉妒，左冲右撞，冲破障碍进入了房间。他的力道是如此之大，把滑动门都从轨道上撞落了。幸好艾克赛尔在他身后滚动起他最喜欢的轮胎，才把他从坏脾气中拉了回来。

到目前为止团队一直是满负荷运转，因为团队成员们每次都忙于照料伊图巴、艾力和英佩。然而此时，我们又要迎接一头新犀牛宝宝的到来，这让我们简直不敢相信。

小桑多被发现困在附近一个保护区的泥浆中。他已经身陷很深的地方，泥浆都没到了脖子。他动弹不得，更糟的是，他的母亲失踪了。幸好他在被泥浆完全淹没并被淹死之前就被发现了，真是幸运。

严重的干旱使水坑里的水量减少，并且变成危险的淤泥。小动物一旦陷进去，就会被困在老虎钳一般的泥泞中。我目睹过的最悲惨的事情之一便是一只长得十分瘦弱的长颈鹿幼崽一直在挣扎着摆脱泥泞，而其焦躁担心的母亲只能在附近走动。长颈鹿幼仔奋力挣扎着，但是淤泥太过于黏稠，以至于长颈鹿幼崽根本无法挣脱。救援是不可能的了，护林员被迫对其实施安乐死，他那惊恐的叫声和那声枪响从电话中传到我的耳朵里，我一辈子都不会忘记。

我很高兴及时发现小桑多。护林员们分成两组，一组去寻找他的妈妈，而另一组则试图将他从泥泞中解救出来。小组的五个成员费了九牛二虎之力才将小犀牛从淤泥中拽出来。当他们看到他能站住脚时，他们都欢呼雀跃了。

在这种情况下，最为理想的方式是将小犀牛放回到母亲身边。那时天色还早，所以我们就决定先将小犀牛放开，但同时又派警卫监视着他并保护他免受掠食者的袭击，希望他能找到妈妈。同时，我们也在不遗余力地寻找她——我们派遣了直升机，护林员们也徒步进行搜索，每一辆越野车都为寻找犀牛妈妈而做好了准备。

回到育孤园后，怕小犀牛万一不能与母亲团聚，护理员们也马上开始采取行动，清理房间并消毒，准备好奶瓶和奶嘴，兑好点滴，并预先煮沸了几桶水，好在他到达时随时准备好无菌水。

与此同时，夜幕降临，小桑多仍独自待在保护区内。大家都觉得这样把他独自留在外面太过冒险，于是就将他带到了我们这里。

守护天使们立刻检查了这头小犀牛宝宝。好在他未在淤泥中待太久，因此他状况良好，刚到育孤园的时候也不像伊图巴那么恐惧。我们无从知晓他母亲到底发生了什么事情。也许她意识到自己无法挽救他？又或是有大型食肉动物乘夜攻击了她，才使得她放弃了自己的幼崽？这一切我们永远都不会知道了。

一言以蔽之，桑多和其他两只犀牛幼崽在创伤行为上的差异是惊人的。桑多既没有目睹他的母亲被杀害，也没有连续多日独自在旷野中度过漫漫长夜。当他在一个被人类环绕的陌生房间里醒来时，他显然很不高兴，但他只是变得暴躁，而非恐惧。

跟英佩一样，桑多也吃了很多淤泥，他的肚子又胀又痛。应急志愿者莎娜试图喂他喝奶。

"他不肯喝奶。"她绝望地说。

原来桑多讨厌任何靠近他脸的东西，即使真的很饿，他也会从奶瓶旁逃开。针对桑多这种情况，人们找到了一个富有创造性的解决方案，并很快在丛林中灵活应用。很快，他就从一个红色的猫砂托盘里高高兴兴地大口喝起他的配方奶了。他的体重增加了，很快就长成一头育孤园里最无忧无虑的小犀牛。

他第一次走进自己的围栏里时，一溜小跑到了栅栏前，跟隔壁的伊图巴打招呼。他们熟悉地穿过栏杆互嗅，好像彼此认识似的。虽说他们来自同一个保护区，但桑多出生时伊图巴已经来了苏拉苏拉，所以他们之前是不可能见过面的，然而从"快去"这个指令开始，他们之间就建立了非常紧密的联系。

他们有共同的家庭成员吗？他们是不是在谈论他们都认识的犀牛？天知道犀牛之间是怎么交流的，但是从他们两个第一次见面时的表现，似乎他们是久别重逢一样。

两头尚未有领土意识的犀牛幼崽都对和另一头雄犀牛待在一起丝毫也不害怕。看来我们对动物之间惊人的交流能力还知之甚少呢！

短短 5 个月，我们就有了四头小孤儿宝宝，每个小家伙都有自己的个性和癖好。

伊图巴健壮，自信，喜欢被关注，并始终渴望与任何跟得上他的节奏的人进行一场追逐轮胎的比赛。桑多安顿下来后，逐渐克服了对陌生人的厌恶，变成了一头非常好奇的小犀牛。他常常抬起头，一脸困惑地看着新来的人，似乎在说，你好呀，我以前从未在这里见过你呀！而英佩则害羞可爱，很容易受到惊吓，非常害怕自个儿待着。小象艾力是最顽皮的一只小可爱，调皮又聪明。

但他们的护理员们腰都要累断了。他们经常被从睡梦中叫起来，吃饭也是狼吞虎咽，每天都精疲力竭。为了均衡分配工作量，确保不会发生任何错误，我们制作了一个人员名单，成立了两个小组——犀牛小组和艾力小组，每个孤儿至少有三个人看护。

定期更换护理员不仅能确保他们有时间休息，而且也意味着幼崽不会过分依赖某一个人。

但这却很难实施。孤儿们需要很多很多爱，因此他们经常会跟他们的护理员建立起十分亲密的关系。尽管我们一直努力阻止此类情况的发生，可是艾力没有梅根就会很难入睡；伊图巴和艾克赛尔待在一起就格外开心。此外，由于四个小家伙每天都吵吵嚷嚷着索爱，只靠一个团队是很难坚持下来的。每个人只要时间和地点允许就争分夺秒地睡上一会儿。可是没有人抱怨——人们打着哈欠，交换自己掌握的信息，而且常常不去床上睡觉，直接就睡倒在某一个孤儿的身边。

一天，团队被告知：是时候该让英佩和桑多见面了。

"他们两个都不会再传染对方了，对他们来说，互相陪伴是一件好事。"

"可是可怜的伊图巴怎么办呢？"艾克赛尔抗议说，"他已经独自一个人待着好长时间了。"

"伊图巴比他们年龄大很多，而且他有点太大了，不适合跟他们一起玩。他不会知道自己有多强壮，也不能保证他不会误伤他们。他必须等他们都长大，或者有别的跟他体形差不多的犀牛幼崽来这里。"

英佩和桑多都经常独自探险，而且一直待在外面。一个阴云密布的夏日午后，他们进食时，房间的门和围栏都保持打开的状态。护理员待在他们看不见的地方，但是离他们很近。虽然两头小犀牛都没有攻击性，但父母总是会过分担忧孩子，护理员在他们开始接触新玩伴时心里也有点儿七上八下的。

桑多根本没理会他那大敞四开的门，一口气把牛奶喝了个精光。

而英佩却立即走出自己的房间，鼻孔大张，耳朵摇动，然后便溜到他的泥坑旁边，一头扎了进去。

桑多听到了动静，便跑了出去，大嘴岔子上沾满了牛奶，好像长了一嘴牛奶胡子。

英佩一向怯懦，不过这次却放了一个不同寻常的大招。他突然跳起来，朝桑多跑过去，仿佛在向他发起冲锋。他奔跑的时候，泥泞从他身上飞溅起来。桑多眼也不眨，也没做出任何举动。英佩感到困惑，顿足站住。他们互相盯着对方，桑多心平气和地把他嘴巴上的牛奶都舔光了，然后缓缓走到英佩面前打了个招呼，可是英佩却怒气冲冲地跑开了。

黄昏的时候，英佩和桑多经过数小时犀牛式试探和攻防之后，研究小组打开了通往高级护理室的门。桑多和英佩相互挨挨挤挤着进入室内，开始争抢红外灯下最舒适的位置，竟然忘记了领土之争。经过一轮又一轮地碰撞和尖叫之后，他们一起跌倒在床垫上，两双弯曲的小脚脚交叉在一起，成了最好的朋友。

犀牛幼崽通常会有一个体形巨大的温和的母亲来安抚他们，因此我们很高兴看到这两个小家伙能彼此安慰，拥抱在一起。他们在泥潭中一起玩耍，在围栏里相互追逐，练习他们的攻击技术。桑多的身材较为敦实，可能会稍占上风，但我们的佛系小犀牛英佩一点也不会对新朋友感到困扰和烦恼。

现在在我们的保护区里，我们的保安，两个榭舍和我的五十名员工挤占了我的每一分钟。即使我将我每一天的工作时间增加一倍，我仍然无法满足所有人的需求。育孤园的增长速度远远超出了我的预想，因此，2015年起我便将所有业务移交给了外部管理团队。劳伦斯创建的动物福利组织的德班分部仍然进行与行政管理相关的一切事务，包括从物资供应到资金捐赠事宜，而所有健康和医疗相关事务则由总部位于约翰内斯堡的动物康复顾问公司负责。这真是一个大大的解脱，目前看起来是一个极好的解决方案，可以确保育孤园由比我有着更充裕的时间和更丰富知识的专职人员进行监督。我完全信任他们，从未怀疑过我们的伙伴关系能否奏效，尤其是因为该园地的日常运营模式根本不会做出改变——我们精心挑选的那些护理员仍然继续进行最为艰苦的看护小孤儿的工作。他们都是全天候待命，总是奉献、奉献，直到付出自己的全部。

我仍继续担任董事一职，仍肩负着筹集资金的责任，因为如果没有捐款，育孤园的资金将无以为继。我因为常常必须直面偷猎的残酷行为，很难不对人类失去信心，但是我也遇到了非常之多的美好善良的人和组织。是他们提醒我不要放弃希望，而且也因为他们对动物给予了如此深切的关心，并尽其所能提供帮助，才像让我们这样的机构支撑了下来。

一天早上，我接到了总部位于法国的"三千万朋友"动物保护基金会主席蕾雅·于坦的紧急电话。

她说："我们想向您提供帮助。我们有一万五千欧元捐款，但必须用于特定项目。现在您最需要的是什么？"

时机真是再好不过了。我们已经意识到，育孤园需要为新生儿和极度脆弱的小孤儿提供更专业的病房。它必须是一栋独立的小楼，在冬季和夏季都可以严格控制温度。那里可以给小孤儿提供食物和医疗用品，并且护理人员可以睡在里面。我们有太多请求，可是最重要的是能让那些病重的动物活下来。

"一个新生儿病房。"我毫不犹豫地说，"我们现在的育孤园旁边有一个旧蓄水池，可以进行改建。"

她回答我说："你们发我一份提案，我们来建造它。"

我真是太高兴了！我们遇到大救星了！当月我们就开始工作，到11月的时候，我们的第一头黑犀牛宝宝南迪到来时，建造工程基本上已经完工了。

黑犀牛和白犀牛的区别与皮毛的颜色无关。他们的外表都是灰色的，皮肤厚实，头上长着两只角，身材健壮敦实，四条腿短粗有力。从后面看他们是一模一样的，只有从正面看他们时，才能做出区分。他们的口唇形状完全不同：白犀牛嘴巴扁平，口唇呈方形，而黑犀牛的上唇长长的尖尖的，并且突出来，这使他们看起来一直在嘟嘟着嘴。他们靠这种肌肉发达的嘴来包住并扭断灌木和树木的叶子和嫩枝。

黑犀牛和白犀牛的性格也非常不同。白犀牛通常脾气暴躁，不容易受到惊吓；而黑犀牛则比较害羞，因此比较内向。大家都知道，如果人在徒步的时候遇到一头黑犀牛，可以躲到最近的树后。当然你要是足够勇敢，你也可以原地站着不动——反正我是绝对不会那么干的！

我最早从劳伦斯那里学到的一个词语就是，一群犀牛被称为"犀牛撞"。当我第一次听到这个词时，我感到十分紧张，但是从那时起，我就意识到这个词非常传神地形容出了他们的坚实肌肉。有趣的是，白犀牛很喜欢大家庭的陪伴，而黑犀牛往往会孤身一人。

营救南迪是一个极其重要的行动，因为黑犀牛比白犀牛更为濒危。实际上，他们是所有物种中最为严重的濒危物种，根据国际动物保护组织的统计，世界上只剩下五千五百头黑犀牛，而白犀牛有两万头。

我们能找到小犀牛南迪简直是一个奇迹。当地一家保护区的反偷猎小队遇到了一头雌性黑犀牛的尸体，该黑犀牛的尸体的左半边和头部均遭到了枪击。她的角不见踪影，尸体四围遍布小小的足印和小小的犀牛粪块。他们立即打过来紧急求救电话。

九名护林员和守卫紧紧追踪小犀牛的脚印，可是到了下午 4 点钟，仍然没能找到她。小犀牛仅有两个月大，如此在户外她的生存机会为零。黑犀牛幼崽比白犀牛幼崽体形更小，因此更容易受到伤害；而该保护区又以拥有大狮子而闻名在外。而且因为小犀牛的体形很小，鬣狗也有可能攻击她。

保护区经理说："偷猎已经过去两天了，所以即便小犀牛还活着，她也不会撑过这一夜的。我们需要一架直升机。"

我们以创纪录的速度派出了直升机。当太阳落到地平线以下时，天空闪耀着橙色，我们在树下发现了小家伙。

这头异常虚弱而且脱水严重的小犀牛成为新生儿病房的第一位患儿。南迪体形非常小，但是她那争强好胜的性格为她加了分——在她看来，目之所及，皆可顶牛。她的护理员轮班跟她待在一起，彼此之间常常交流如何避免遭受南迪的顶撞。

当这些小动物表现出攻击性行为时，通常是因为他们受到了惊吓，一旦形成了饮食习惯并学会了信任护理员，他们就会迅速安静下来并表露出他们的天性。艾莉森很快赢得了南迪的信任，而南迪也证明了自己是一头喜欢抱抱的小犀牛。她们两个躺在舒适的毛毯下一起入睡。

但是我们没有足够的毯子！我们该怎么办呢？我们需要好几百条毯子，因为它们能使小孤儿感到温暖，而且还有许多其他的好处。

体重不足的小犀牛很难控制自己的体温，而低体温会让小犀牛更易患病，因此毛毯是一种简单有效的保暖方式。更重要的不仅仅是保暖——睡在柔软的毛毯上对小犀牛来说是一种安慰，而且有助于防止干草或泥土污染任何开放的伤口。在毛毯上检查动物的粪便和尿液排出量也比在稻草上要容易得多——这是监测动物健康的一个重要部分。不用说，育孤园的洗衣机昼夜不停地开动着，就是要保持毛毯的清洁卫生！

南迪爱她的毯子。那是一条明亮的彩虹色钩编毛毯，她无论走到哪里，都拖着她的毛毯，尤其是在黄昏时候。黑暗使她感到恐惧，而让她感到安全的最好方法是将毯子紧紧包裹在她身上。如果毯子滑掉了，她就会尖叫个不停，直到护理人员醒过来，然后将毯子再次盖在她身上。南迪是个真正的小公主呀！

犀牛小孤儿的数量一直增加，并没有随着南迪的到来而终止。几周之内又发生了两起紧急事件，如果那两头小犀牛不来我们这里，那么他们都将必死无疑。

第一个小孤儿叫作暴风，是一头患病的黑犀牛宝宝。他被发现时，是孤身一人，可能是被他的母亲所抛弃。他独自忍受着兽医所见过的最严重的蠕虫感染，没有人知晓他是如何在遍体都长满致命寄生虫的状态下幸存下来的。这真是太糟糕了，他不停地呕吐，并且在抵达的几天之内，因呕吐而患上了肺炎，最终感染了双肺。他体重急速下降，肚子胀得鼓鼓的。团队最终发现他无法正常进食：他没有胃口，几乎掉了三倍体重。那真是一个疯狂的阶段，尤其因为他是黑犀牛，这让他的生存之战倍加艰难。

第二个小孤儿古古是一头健康的白犀牛，状况良好。事实上，她的情况是如此之好，以至于她不想跟护理员打交道。她并不想寻求安抚，反而讨厌给她喝牛奶。她更喜欢从桶里喝水，只是这意味着没有人能够靠近她。

她并不热衷于人类，但却立即意识到了自己的善良天性。当她第一次见到英佩和桑多时，她爆发出一声高亢的欢呼。不久，护理员打开了障碍物，三小只兴奋地尖叫着互嗅。看到他们是如此自然地形成自己的"犀牛撞"，真是太好了。从情感上讲，小孤儿们在一起玩耍，互相安抚，将会大大影响他们的"牛生"。

　　可怜的伊图巴十分沮丧，因为他不能加入他们的小圈子。但这对他来说也有一个好消息，因为当古古的眼睛看向他的那一刻，她的心就离开了我们——她爱上了那个身材魁伟的邻居男孩。他们两个常常花好几个小时在栅栏的两侧一起并肩而行。

　　到了圣诞节，虽然我们的育孤园成立才一年，但我们已经收留了六只犀牛幼崽，一头小象和一条德国牧羊犬。除了年轻的暴风之外——他仍在努力地吃下并消化健康的食物，他们都在茁壮成长。甚至我们的小象艾力都十分喜欢跟杜马做玩伴——众所周知，大象是非常难救活的。

　　2015 的新年夜午夜时分，我简直不敢相信，我们的救援已经进行了整整一年了。我们取得了很多成就，但从情感上讲，一切确实是很艰难。于我而言，最大的打击是育孤园与外部管理团队的伙伴关系不可持续了。一开始，我试图去解决问题，我想这是源于团队中的个人意志过分强大而致使的性格冲突，但是在这个新年伊始的第一天，我坐在游廊上，我的小吉普赛、小金和大杰夫在我脚边嬉戏打闹，我不得不面对一个令我心碎的现实：我必须放手我一手创建的育孤园。

起初我时不时收到一些奇怪的投诉，例如，我接到育孤园管理部门打过来的电话，经理抱怨说我的反偷猎警卫车开得离育孤园太近了，四轮摩托的噪声打扰到了小犀牛。可是本周晚些时候我的护林员告诉我，小孤儿的房间近旁其实都安装上了柴油动力的消音器。

关于捐赠和安全的分歧也开始加剧。当我感到沮丧或太过疲劳时，我会大发雷霆——毕竟我是法国人，但我十分讨厌冲突，通常我会尽我所能来维持和平，所以我耸了耸肩，告诉自己，最重要的是，在跟我仍然保持着良好关系的一线团队的全力照拂下，这些动物正在茁壮成长。

在此种状况下，我坚持用积极的态度看问题，而且育孤园确确实实取得了很大的成就。我敢说我们的成功定然会让劳伦斯激动万分。

"我们不仅保住了六头小犀牛幼崽，"我仿佛听见他说，"而且他们会生孩子的，他们的孩子也会生孩子的。我们会有好几十个的，弗朗吉。"

他真心喜欢这样的统计数据。

我一直担心的另一件事情是，我们的大部分偷猎受害者都来自苏拉苏拉近旁的保护区——离得太近了，近到让我一直非常恐惧塔博和恩托比会成为下一个目标，尤其是在圣诞节和新年期间。我不知道为什么，但是这是一个特别危险的偷猎时段。

而且在那个时候，曾经被视为预防偷猎的有效防御方法，即犀

275

牛角被注毒这一方法，因遭到媒体许多自相矛盾的曝光，竟至于对我们的犀牛来说完全没有意义了。

关于此方式一直有许多不同的说法。首先，没有科学证据可以证明"毒药"确实能让终端买家致病，因而一些无良媒体在报道这种方式时故弄玄虚，大玩文字游戏。

其次，如果有人使用了一只被注过毒的角却并未导致致命的疾病，那么就很有可能会引发一种"该毒药不但不会致死，反而使人变得更强壮"的诱人传言。另外也有传言说，毒药并未渗入犀牛角的其余部分，而只是滞留在注入的地方，因此犀牛角的绝大部分实际上并未被污染。

许多人认为这种恐惧因素会被利用，但是越来越多的人相信，将犀牛的安全性建立在虚张声势的宣传上则会产生一种虚假的安全感，而且更为重要的是，它并没有打消买家对犀牛角的渴求。

这种方式一度是十分冒险而且不同寻常的创意，但是当偷猎者盯上了克鲁比国家公园近旁的萨比萨比私人保护区的被注毒的犀牛角时，我意识到他们是毫不在意犀牛角是否有毒的，那么塔博和恩托比今天所面临的危险比之我们采取措施使得他们的角无法出售之前并未降低。

2016 年年初，我对育孤园产生了疑虑，同时我亦得知我必须找到一种新方法来确保塔博和恩托比的安全。

但是究竟如何做呢？他们现在已经是全天候武装护卫，但是这种护卫模式在其他保护区内却并不是很奏效。难道我必须砍掉他们的角吗？我无法接受这种做法。于我而言犀牛无角还会是真正的犀牛吗？但是我也知道，如果去角能拯救他们的生命，我也会毫不犹豫去做的。

目前我决定暂时信任我们的安保系统，先观察邻近的保护区会发生些什么状况。如果他们给犀牛去角，我也给他们去角。我绝不会冒险让我们的犀牛成为本地唯一有角的犀牛。

我希望这种情况永远不会发生，但是我内心深处知道，这一定会发生。

我厨房里的大象

第二十章 / 无声的杀戮

午饭后，紧急呼叫在对讲机中响起。

"红色警报！小象遇到麻烦了！"

乌西一路飞奔到办公室，拿起听筒。

"喂！我是乌西！什么情况？"

"玛露拉儿子的脸被套索缠住了。"

"收到。具体位置？"

"最后一次看见他们是在姆可胡鲁大坝。我们试图靠近他们了解情况的严重性，但是象群不会让我们靠近。他们十分焦躁，而且正在迁移。"

"在原地等我们。完毕。"

红色警报意味着放下所有手头的工作，立即赶到主楼。不论出于什么原因发出的警报，都属于十万火急。几分钟之内，第一批护林员便赶到了集结点待命。乌西迅速向他们通报了情况。

"伙计们，情况十分严重。西亚报告小象被套索套住了。他不能够靠近小象，所以我们需要紧盯地面情况。现在分成两队，开上越野车，争取在夜幕降临前找到小家伙。还有，带上望远镜！我现在带着拖车去找西亚和尚杜。快！快！快！"

所有人都飞跑出去，开上车在保护区纵横交错的车道上疾驰。虽然最后一次见到象群的地点在北边，但是象群受到了惊吓，因此他们现在可能出现在任何地方。小象需要每隔几个小时就喂食一次才能生存下来，而这个小家伙生下来还不足 10 天。这是一场生死攸关的抢救，但是我对我的护林员们有信心。他们熟悉灌木丛的每一个角落，任何情况下都能追踪到动物的踪迹。

套索是丛林的无声杀手，它所需要的只是一些电线和一个活动绳结。偷猎者在动物可能通过的地方布下一个活扣，通常是悬挂在树顶上。一旦毫不知情的动物将脖子或者象鼻触碰到它，活扣就会收紧。动物越是挣扎，活扣就收得越紧。死亡是缓慢而残酷的，被套住的动物基本上没有可能挣脱。他们也许可以将绳结从套索上挣断，但这只会使情况变得更糟，因为这样一来动物就会躲藏起来，我们发现它的机会就大大降低。谢天谢地，这头小象成功地留在了象群中。

套索的价格十分低廉，易于设置且十分奏效，我们的反偷猎部队每天早晨要做的第一件事就是在全区搜寻套索。我们有过一天拆除多达十条套索的经历。劳伦斯经常对我说，你不能干预大自然，但是有些时候你却必须得做，尤其是当动物是因为人为原因而被伤害时，比如套索。

我们的犀牛恩托比的耳朵曾经被套索撕扯掉很大一块，可可的女儿和孙女都曾经被套索困住——她女儿的一只脚被套索牢牢钳住，差点因感染而截肢。她的孙女苏珊娜耳朵被套索缠住了，不过幸运的是，一个眼神相当好的护林员注意到了她的耳朵以一个十分不自然的角度向后弯着，因此我们才能将其拔除。以上两个案例都需要人类的积极干预，兽医和护林员们动用了直升机、麻醉飞镖和肾上腺素泵，才将受伤的大象与象群分开。第一头小象的脚救治得还算及时，但苏珊娜的部分耳朵被切除了。

不久前一头年老的雄长颈鹿腿被套索套住了。这真是一个噩梦：除去小象的套索已经足够困难了，而从长颈鹿的腿上除去套索则是难上加难，因为将他们进行麻醉有着非比寻常的复杂过程。你不能简单地将长颈鹿麻醉，因为如果长颈鹿不慎摔倒，他的长腿、长脖子和沉重的头颅都可能会危及生命。

该过程分为三个阶段。

首先，将长颈鹿轻度麻醉，使其变得温顺而笨拙，允许护林员安全靠近。

其次，用绳子套住其脖子和腿。

最后，将其进行深度麻醉，小心地将其放倒，使他倒地时不会受伤。

即使长颈鹿倒下了，这个过程也与大象不同，因为长颈鹿需要更多的人手。我们需要两组强壮的男子来确保兽医和动物的安全：一组负责将他头部和颈部平放在地面上，而另一组则负责他的四条腿。长颈鹿的脖子非常强壮有力，正如我第一次去看劳伦斯时所学到的，一旦动物能够抬起头，他很快就会获得站立起来的动力，并且可以在几秒钟之内重新站起身来——这是套索移除过程中最为致命的地方。

万恶的偷猎者及其套索对动物造成了如此之多的惨剧。

我理解有些深陷绝境的人需要食物，但是即使他们得杀死动物，为什么不选择一种更人性化的方式呢？以猎食动物为生的偷猎者通常在夜晚闯入我们的外层围栏，布下大量套索，然后偷偷溜走，几天后他们再回来取走被困住的动物。一旦偷猎者获取了足够多的猎物，他们会直接走掉，根本不会费力拆除剩下的套索。而他们留下的任何套索，都会让那些不幸被困住的动物缓慢而痛苦地死去。他们的良心在哪里？他们的残酷对我是致命的打击。

偷猎者有两类：一类人是为填饱肚子去杀害动物，另一类人是为了牟利。

后者是可以卖命求利的，毫不在乎动物是否濒临灭绝。他甚至会毫不犹豫地朝那些冒着生命危险保护动物的人开枪。他的重点是获利，而且他知道他几乎可以高价卖掉动物的每个部位——皮肤，角，象牙，肉，等等。如果某些身体部位是用于更为邪恶的传统草药，或者传统医学的某些暗黑功能，他甚至可以卖到更高的价格。

木蒂这个词在祖鲁语中，既指树木又指药物，在非洲用于传统的植物疗愈方式。会说英语的南非人则因其发音更接近而经常写成木提。

与许多古代文化一样，传统的疗愈方式可能有好的一面，但是必定也有坏的一面。真正的草药是由经验丰富的治疗师炮制的，而依赖骗术为生的巫医则使用一种暗黑魔法来利用人们的迷信和无知。

木蒂通常在偏远的地区广为使用，但是也有相当多的城市居民虽然根本不相信它的药效却又不敢完全将其摈弃，还指望它兴许能起点什么作用。

从历史上看，只有草药郎中使用过这些草药，而巫师更倾向于通过掷骨问卜的方式求得他们先祖的灵示。但是时代变了，两者的身份模糊了，如今两种传统的疗愈师经常将两种方法混用，而巫师一词也便成了两者的通用指代词了。

不过人们也不是一觉醒来就决定要当一个巫师的，这只是一个称呼而已，通常需要有祖上的背景和一个经验丰富的年长巫师的引领。在祖鲁兰的乡村，先祖在人们的思想、身体和灵魂中起着重要作用，而巫师则是生者与亡者之间的灵媒。真正的巫师忠实于他们灵魂深处的使命，绝不会使用坏木蒂，因为他们知道这将大大冒犯他们的先祖。

南非的传统方式正在融入当今南非的生活，而我也很喜欢这一点。像其他替代医学从业人员一样，巫师的职业得到了法律的认可，其功效则是将古代智慧和现代生活完美糅合在了一起。

几年前，我曾经向一个巫师求助帮我解决榭舍的问题。

我们的榭舍开业后不久，小偷小摸就成了一个问题。虽然不是很严重，但是这令我们非常沮丧和烦恼。我请求巫师来我们的榭舍，进行祝福祷告，并尽其所能阻止盗窃的发生。我那些受过良好教育的祖鲁员工都嘲笑我，但我不听他们，并且深信这样会奏效。我们生活在祖鲁兰的农村腹地，用这种方式来寻求帮助对我来说很有意义。

巫师在夜晚时分到达了榭舍。她是一位七十多岁的老女人，赤脚穿着传统的红色和黑色长袍，戴着吓人的串珠头饰，大大的黑眼睛深深地凝视着我的灵魂。我感受到了她的仁慈，觉得我好像上辈子就认识她了。

她在榭舍四周走来走去，从一个房间走到另一个房间，轻轻地念诵着神秘的祈祷词，温柔地向宇宙间的善力祈祷。当她做完这一切后，我也请她祷佑我自己的房子。

"当然会的。"她笑了，好像她知道我会问似的。

在她离开之前，嘲笑过我的那些怀疑论者居然都去问她是否也可以祷佑他们的房间！此后，她的神力在我们这里存留了很长一段时间，她所到之处均是一派祥和。

最重要的是，我们的小偷小摸问题在当天就解决了。

不幸的是，有一个诚实善良的巫师，就会有一个骗子。那些骗子根本就不在乎他的药水到底作何而用，毕竟总会有人愿意为他的服务付出大笔的钱财。这种恶意的木蒂的力量是如此深入人心，以至于有些人认为自己只要收到死亡诅咒就必将会死去。

这种有害的木蒂给人们造成了非常可怕的影响，因为它经常需要动物的身体组织，在极端情况下甚至还需要人类的某些部位。偷猎者根本不在乎他们杀死的动物会发生什么。

金钱是万能的。

在我等待着乌西发回来小象下落的这段时间里，这些事情在我的脑海里一直翻滚。幼崽好奇心很大，喜欢用他们的小鼻子去探索和触摸他们所看到的一切，而一根在阳光下闪闪发光的金属丝是多么诱人！一旦小象幼仔踏入套索，活扣就会收紧，只有用非常锋利的剪刀才能将他解救出来。

一想到他的痛苦和他母亲的痛苦，我就感到作呕。玛露拉一定是尽全力帮助她的儿子，但电线却是越来越紧地勒住儿子的脸，情况只会变得更糟。

弗朗吉就在他们身边，守护着她的女儿和孙子，然而却无能为力。她的本能会促使她把受伤的婴儿藏起来，并使他免受掠食者的伤害。那么我们的兽医究竟如何做才能离他足够近去解救他？她是永远不会允许他靠近的。

随着时间的流逝，护林员向我通报情况：象群毫无踪影。5 点钟，我的电话响了。

"到处都找不到他们。"乌西说。

"那就继续找。我们不能放弃。"

留给我们的时间不多了。我们不知道套索勒住小象的脸有多久了，如果这个晚上还喝不到母乳，他可能会丧命。

夜幕降临之前，西亚和尚杜用对讲机呼叫乌西，说他们找到了象群。

"他们在栅栏附近，但不允许我们靠近。"

"原地待命。我马上到。"乌西回答道。

他驾驶着他的丰田拖车在保护区内一路狂奔，当他转过弯时，他看到了象群。他尽可能开到他们近旁，向空地另一侧的护林员发出信号，让他们待在原地，然后他关闭了引擎，并拿出双筒望远镜对准象群。

弗朗吉举起她的长鼻子，冲着他的方向挥动。乌西呼叫护林员：

"都别动。让我们看看她要做什么。"

他等着看弗朗吉会对自己的出现有何反应，同时他把手放在点火开关上以防万一。只要弗朗吉向他猛冲过来，他就迅速开车逃离。她有一个受伤的孙子要保护，这使得她变得无法预测。她静静地看着他，象群紧紧地聚集在她身后。她站着一动也不动，神情看上去很放松。她的耳朵没有狂扇，尾巴下垂。但是没看到玛露拉和幼崽。

弗朗吉开始慢慢走向乌西。象群紧跟其后。

他用望远镜看着他们，但仍然没有看到小象的踪影。他将拖车挂上挡，准备发动。象群神经高度紧张，对他保持着戒心。象群自打劳伦斯拜访时就认识乌西，但他们毕竟是野生动物，而且处于保护受伤幼崽的状态，他们的攻击对于人类来说可能是致命的。如果弗朗吉率先发起攻击，乌西很可能被踩踏成一团肉酱。

他权衡了一下自己的处境，目光一刻也没有离开那群即将走到身边的庞然大物。他的拖车停在了车道上，车道两旁是开阔的草原，要想快速驶离相对比较容易。他决定等等看。

他放下望远镜，困惑地皱着眉头。象群为什么朝他走过来？

他用对讲机向西亚和尚杜传达了第二条指令：原地待命。这是一通十分冒险的通话，但是如果他看不到幼崽，他无从下手。

弗朗吉在离他几米远的地方站住了脚，其他象也同时停了下来。乌西没有感知到他们的怒气，也没有感受到攻击的威胁。弗朗吉用她那满含忧郁的琥珀色眼睛凝视着他，这时玛露拉从象群中显身了，她的幼崽正躲在她庞大的身躯下面。

乌西惊呆了，他拿起手机拍下照片发给了兽医。要是迈克准备充分，那他们就会有很大的机会成功救助小象。

玛露拉把长鼻子卷在幼崽的身体上，将他轻轻地从身子下方拉出来，推向乌西。弗朗吉是一位机智勇敢的女族长，她权衡利弊，明白让小象生存下去的唯一机会是人类的干预。她选择了劳伦斯的得力助手。

乌西放下手机，拿起了双筒望远镜，以便正确评估伤口。情况很不妙，套索牢牢勒在小象的脸和鼻子上，只剩下一只眼睛在外面，小象的嘴根本无法张开。玛露拉定定地站着，没有一丝恐惧，用长鼻子的尖端轻抚着儿子的额头。小象对她的抚触没有任何反应，这是一个很不好的兆头，饥饿和脱水已经造成小象体力严重不支。弗朗吉在他们可以信赖的伙伴附近慢慢晃动着身躯。

乌西发动了车子。情况他已了然。

唯一的解决办法是进行一次冒险的驱散行动，将小象跟母亲和象群分开。仅此行动就需要一架直升机和几辆越野车。一旦被分开，小象将不得不被注射麻醉剂，接受治疗，然后再将他放开。然而他的母亲和每一个成年雌象都会不顾一切地冲过来保护他。是的，弗朗吉知道人类能帮忙，但是丛林的本能法则和她的天性会让她驱赶人类远离垂死的小象。

夕阳渐渐坠下，红黑相间的火烧云层层叠叠地铺满了地平线，象群的身影逐渐暗淡了下来。当时已经是下午6点40分了，半个小时之内周围就会变成一片漆黑。乌西打电话通知了我最新情况。

"弗朗索瓦丝，情况很糟，套索勒在了小象的鼻子和嘴巴上。他吃不到奶。"

"迈克·托夫特已经准备好了。他安排了一架直升机，黎明前就能到达。"我停了下来，几乎不敢问他我的问题："小象能坚持到那个时候吗？"

"我不知道。"

我的心脏因为恐惧而收紧了。套索勒在小象脸上，每分每秒都在阻止小象喝奶，每分每秒都让他离死亡更近一步。那天晚上我坐在阳台上，凝望着头顶的满月。我希望这是个好兆头。我们已经做过好几次这样的救援了，我自信我们可以再一次救援成功。我向小象倾诉着我的爱意。

"你要一直活到早上呀，我的好宝宝。"我低声说。夜里我听到了象群的嘶鸣，他们的声音听起来又躁动又痛苦，但我反而放心了——这意味着他们待在附近，不会躲藏起来。

我厨房里的大象

迈克·托夫特医生言出必行。黎明时分，直升机的噪声划破了寂静。天气预报显示今天有暴雨，但是谢天谢地预报不准。天空万里无云，一丝云彩也没有。飞机轰鸣着降落在房屋附近，扬起龙卷风一般的灰尘。

"他们仍然在同一地带。"乌西报告说。

"小象也跟他们一起吗？"迈克问道。

"我们只见到象群，没有看到小象。请前往简易机场。西亚和尚杜在栅栏那里给你们带路。我开着我的卡车跟在后面。"

直升机起飞了。乌西和他的团队在地面上紧紧跟随，每一个可用人员和车辆都到达了现场，帮助隔开小象和他的母亲。劳伦斯应该也在那里吧——没有什么能吓得倒他，尤其是当他心爱的大象需要帮助时。

我没有他那种强悍无畏的勇气，所以没去现场。说实在的，我觉得我很难控制自己的感情，我非常害怕，万一小象没能熬过那个晚上，可怎么办呢？如果救援步骤出了问题怎么办？我多么希望我能有钢铁般坚强的意志！

越野车行驶在丛林的土路上，直升机压低到一个十分危险的高度，小心翼翼地盘旋在象群附近。飞行员真是一个大无畏的天才。弗朗吉站在象群的最前面，发出雷鸣般的怒吼。她的头一刻不停转来转去，紧紧盯着头顶上的直升机和身旁的车辆。

乌西用对讲机呼叫了我。

"小家伙还活着！但他十分虚弱，无法跟上象群了。"

"那可太好了！是不是？"

"再好不过了。这样我们会更容易向他投射麻醉飞镖了。完事后我会打电话给你。"用直升机驱散象群是十分可怕的，但这是安全接触到需要治疗的动物的唯一方法。兽医瞄准了小象，朝他投射了麻醉飞镖。没几秒钟药物就起了作用，小象倒在了地上。

直升机将迈克放到倒下的小象宝宝附近，然后向上爬升，迫使象群保持一个安全距离。越野车也保持高度警惕，以防万一玛露拉不顾一切冲过来救她的孩子。

小家伙体形非常之小，而且严重营养不良，全身都覆盖着一层细密的绒毛。他完美地用肚子着地，这样拔除他脸上生锈的电线就容易多了。

乌西剪断了勒住小象头部的好几根套索，然后和迈克一起把每一块零件都清理掉了。随后迈克把伤口清理干净，涂上了一层厚厚的消毒药膏。他检查了小象的生命体征，并对着等候在旁的每辆越野车上的人微微一笑，竖起了大拇指。

"他能挺过来的！"他喊道。

乌西用对讲机呼叫直升机的飞行员。

"我们完事了，可以离开了。来接我们吧。"迈克将恢复剂注射到小象身上，和乌西一起冲向车子。他们疾驰而去，与100米开外的西亚和尚杜会合。没有人会在象群回来时还待在小象身边。他们用双筒望远镜看着小象，他已经挣扎着站起身来，寻找着他的母亲。

恰在此时，玛露拉冲破了灌木丛，她的颞腺体里流出了黑色液体，将她的脸颊都染黑了。小象摇摇晃晃地向她走过去，她用鼻子温柔地抚摸着他的脸。小象终于从套索中死里逃生，他把鼻子蜷缩在她的肚子上，小嘴急慌慌地寻找她的乳头。

四人眼看着小象开始吮吸妈妈的奶汁，都沉默了。

一直以来我们给幼象取名的时候，通常都会使用拯救过他的人的名字，因此那天我给小象取名为乌西。我深深为这个团队感到自豪，于是我把几瓶香槟放到冰桶里，邀请所有人在那天晚上的六点半来参加我们的庆功酒会。

这场救援行动本应会是一场艰巨非常的救援活动，但是我们却进行得异常顺利，全程只用了不到半个小时。

在一定程度上我要感谢迈克·托夫特和我勇敢的护林员们，但我也要感谢象群对我们的良好信任。他们主动把受伤的孩子托付给我们，这让我感到非常荣幸。小象乌西得以被拯救，是人类和象群共同努力的成果。

我在苏拉苏拉的家离我们举行香槟庆功酒会的地方只有两公里的路程，所以那天下午我6点25分才从家里出发。会有哪些小可爱在榭舍门口来迎接我呢？

当然是我们的象群啦！

我简直不敢相信自己的眼睛。当大象遭受过像直升机、恐慌踩踏、被迫放弃幼崽等痛苦经历时，他们可能会消失数周之久。但这次他们却没有消失，象群的每头成员都来了，他们和我们在一起待了好几个小时。他们是如此安静，沿着榭舍四周的栅栏默默地来回走动。谁能确定他们在想些什么呢？但是他们看着我们，温柔的大眼睛里满满地写着暖暖的爱。在我的心里，毫无疑问，他们是想说一声谢谢。

我厨房里的大象

第二十一章

井涸方知水珍

艾力学会了开门，不是他房间里的那个有障碍物固定的门，而是另一个通到厨房的房门。我们的聪明小象通过事实进行推理，弄清楚了他的食物从何而来，以及如何用小鼻子将门把手拧开。我不知道我们的小象宝宝和厨房之间有什么天然默契，但他们似乎总是对厨房情有独钟！

他的创造力表明他的身体状况恢复得十分良好。小象在生病时会一直昏睡，小肚子里只装得下爱和食物，但是当他们身心愉悦又精力满满之时，他们就会像人类幼儿一样超爱恶作剧。

15 年前，当劳伦斯最钟爱的小象努姆赞还是一个大宝宝时，他看见劳伦斯把袋子放到我们的储藏室里，便意识到里面装满了食物。等劳伦斯一开车离开，他便用他的长鼻子将窗子打碎，并破坏了一部分墙体。

那简直是小菜一碟——以他的体重在墙上弄开一个洞丝毫难不住他。下一个招数便是打开袋子——这也不成问题，他一次能卷起一个重达 50 公斤的袋子。他将袋子放在他的脚下，踩了上去。好家伙，面粉爆炸了，他变成了一个巨大的吓人的幽灵。

艾力和努姆赞一样聪明，小嘴巴也很馋，所以他居然琢磨出了闯进厨房的办法，我一点都不惊讶。既要让这个小淘气包得到娱乐，还要确保他不制造麻烦，这工作量可真是不小。谢天谢地，他有杜马能帮助他消耗掉好多精力！

他们两个最喜欢的一个玩具是一个大大的普拉提银色球。艾力会追球、运球和从杜马脚下断球，而且拥有让大卫·贝克汉姆都自叹不如的控球能力。

艾力刚来这里时，病得那么重，又是那么的小只，所以我现在仍然不敢相信他已经长成了一头健康活泼的小象。他做每件事情都十分投入：当他奔跑时，他的小鼻子和尾巴以及他的小小身子，都甩到飞起。就如法国人所说，他尽尝生活之悦。有时，他会在花园里快乐地发出宛转清扬的长鸣，以至于艾克赛尔和梅根会赶紧追着他跑，害怕象群听到后会来调查他。但是象群没有再来过。我觉得他们知道，即使他好起来以后，育孤园对他来说也会是最安全的所在。

艾力超级喜爱水。一接通洒水器，他就会立马冲向喷水口，小鼻子高高扬起来接水。我们给他买了他自己专用的天蓝色的戏水池。一开始他搞不懂它是何方神圣，惊讶地注视着水一点点将它充满，然后他小心翼翼地接近它，并把小鼻子四处乱触，甚至将小鼻子尽可能深地伸到池子下面。水注满到一半时，他把他的小鼻子伸了进去。

他恍然大悟：哎呀，这是水呀！

我厨房里的大象

他歪着身子爬了进去，一头撞在了侧面的池壁上。

塑料池壁高高鼓起，寸步不让。他抬起腿，但是无法抬到足够高。他沮丧地低下头，放下腰身，屁股高高耸起，然后一个俯冲——他完成了他一生第一次潜水！

他站起身，爬上去，跑开一点然后一个猛回头，俯冲，他潜入了水中，脚还在空中乱蹬——他爬上去的唯一理由是再次跳下来。

当他探索他的戏水池时，我不在那儿，但是我们的孤儿们达到的每个里程碑总是如此激动人心，以至于几分钟之内我就在丛林的对讲机中听到了。我们的象群也喜欢嬉水，而艾力表现出的滑稽动作也非常棒。当受过创伤的动物幼崽从未见过自己的种类却表现出自己应有的方式时，这意味着他很有可能能长成正常的野生动物。我从不把如此重要的步骤当成想当然的事情，可是这种行为无论何时发生，我都会感到同样的喜悦、欣慰，心里充满成就感。

我最振奋人心的经历就是一场倾盆大雨结束了为时已久的严重干旱。天气变得如此难以预料，以至于我们不能再单纯依靠夏天的雨水了。我最大的担心是，严重缺水的时日会像偷猎一样给我们造成大问题。

育孤园特别依赖水。我们需要水来保持孤儿的房间卫生和无菌化环境。我们需要水来清洗毛毯，加满饮水槽和泥浆池，天气炎热的时候给动物幼崽们降温。在干旱期护理员都不洗澡或淋浴，保证小孤儿们有足够的水。

真到了无水可用的时候，我们才能意识到自己对水的依赖

我厨房里的大象

程度。

在 2016 年那个特殊的夏天，恩塞勒尼河完全干涸了。我们水坝的蓄水位已经降到如此之低，以至于我们将河马一家——罗密欧、朱丽叶和小坎普——从他们最喜爱的姆可胡鲁大坝转移到矿山水坝。这是唯一还有足够蓄水的水坝，有足够的水来浸没他们。我非常担心这个水坝也会干掉。

在希腊语中河马被称为水马，这是一个十分完美的描述，因为除了吃东西以外，他们的其他任何行为都是在水中进行的。他们每天最多可以在水中待 16 个小时，因此，一点也不奇怪他们是非常优秀的游泳健将，而且动作十分优美。尽管他们无法在水下呼吸，但他们可以长达 5 分钟屏住呼吸，而且由于他们身躯沉重，因此他们在水中可以像在陆地上行走一样轻松地沿着湖底漫步。

水是河马的天然栖息地，以至于河马幼崽一出生就会游泳。他游到水面上，呼吸几口空气，然后再次下潜，耳朵和鼻孔紧紧贴住水面。

那天晚上，我带着对水坝的深深恐惧睡着了。半夜醒来的时候，我听到了美妙的雨声。我拥抱着小吉普赛，听到雨声敲击着茅草屋顶，拍打着露台。我好喜欢新雨的声音和气味呀！

倾盆大雨足足下了两天两夜。

灰尘变成了泥浆，空气闻起来又干净又清新。恩塞勒尼河恢复了水流，我们的水坝和水坑又是汪洋一片了。

世界变得十分柔和。大自然一如既往地开始为自己补充能量。

到了第三天早晨，强阵雨变成了毛毛细雨，我走到户外，去享受饱含着水珠的浓浓雾气。

就在我的前面，篱笆的另一侧，站着我们的象群。

弗朗吉站在最前面，紧挨着她的是娜娜和她的女儿南迪，然后是青年象和象宝宝们，戈比萨和大男孩曼德拉则紧随其后。象群中的每个成员都朝着一个暴风雨期间在房屋周围形成的雨水池塘走去。马布拉用他强有力的象牙掘起泥土，将沙子搅成泥浆。纳塔尔和泰姆巴两个小家伙想跟着他有样学样，但却没有意识到他们还没长出跟他们的叔叔那样坚硬的象牙，最后他们两个得到了一大堆美容院用来售卖的那种厚厚的面膜一样的泥浆。

整个象群都彻底放飞了自我，他们在泥塘里翻滚着，扑腾着，将泥浆重重地甩出巨大的弧线，一层又一层地喷射到自己的身上。他们一次又一次地与我进行眼神交流，好像要我知道他们现在有多幸福。他们有多达4500公顷的泥浆池可以选择呀，可是他们却来到了我家外面的这个泥浆池。

我裹紧我的紫色睡衣，被他们的喜悦深深打动，并感谢他们与我分享这一刻。

娜娜坐在她巨大的臀部上，长鼻子高高扬起，往身上喷射着泥浆。我注意到她的乳房仍然胀鼓鼓的——很显然今天早上她还没给她的儿子洛洛喂奶。尽管他已经四岁了，已经开始吃了一段时间的青草和树叶了，但他仍然还是每天都吃奶。娜娜会继续给他喂奶，直到他断奶为止，或者直到娜娜将他推开为止。但是在那一刻，他吃奶的念头早已飞到九霄云外了，他跟在纳塔尔和泰姆巴屁股后头猛跑，在泥浆中快快乐乐地跟他们挤作一团。

每次我看到艾力在他的戏水池嬉戏时，我都对他和象群幼崽之间的相似性大为惊叹。我十分为他感到难过，因为他没有自己的小象玩伴。感谢老天爷送来了杜马，让他成为小象的替代朋友。他在艾力的戏水池旁奔跑，爪子扒住池子边沿，激动得狂吠不已。

一天早上，艾力没喝光他的奶。起初我们以为是炎热影响了他的食欲，但是下一瓶奶他喝得更少了。当他拒绝喝第三瓶奶时，我们给兽医打了电话。

"他的体温38.4摄氏度。太高了。"他严肃地说。

大象的体温跟人类相近，如果像艾力这样脆弱的幼崽体温升高，情况是很严重的。更糟糕的是，艾力的血红蛋白含量低得可怕，兽医给他输液补充营养和水分。我们把他关在室内，保护他免受阳光的照射。杜马感知到他的伙伴生病了，就待在他身边不停地巡逻，舔他的脸，试图劝说他起床。当杜马把自己喜欢的恐龙玩具丢在他的伙伴面前时，小艾力几乎没有任何反应。他昏昏欲睡，抽动了一下他的小鼻子。他的眼睛失去了光芒，温度很不稳定。他痛苦地左右转侧。

我简直不敢相信，我们又一次遭遇抚育小象宝宝苏拉的噩梦。跟小苏拉一样，艾力的状况一直都非常好，每个人都对他能转危为安充满信心。兽医认为他体内有严重的感染，但是却找不到原因。

这些小动物是如此脆弱，虽然我们为了挽救他们尽了全力，但是他们总是突然就发病了，我们真的不知道怎样才能帮助到他们。

兽医推测说："可能是他体内的某个陈旧感染的创口仍未痊愈，而且又爆发了。我要给他注射抗生素和营养液。"

梅根恳求他说："请说他会好起来的。"

他看着她，不愿回答。

"让我们关注一个事实，那就是他比刚来这里时更强壮了，也更健康了。"他安静地说道。

第四天了，艾力仍没有好转，甚至都没能稳定下来。我们仍然抱有希望：他曾经成功逃出生天一次，他也会第二次成功的。梅根一直待在他的身边抚摸着他的小脸，一分钟都没离开过他。

"你不会死的，我的小艾力。你有很多事要做呀，你要好好生活。你将长出跟马布拉一样雄伟的象牙，你也会拥有自己的象群。"

他用凹陷下去的眼睛回望着她。他的腹泻发作了。兽医竭力给他补水，但是却毫无帮助。艾力一动就浑身疼痛难忍，梅根用毯子包住他，跟他一起躺在他的床垫上，杜马趴在他的头附近。

我们的小艾力在深爱着他的人类家人和小狗的陪伴下咽下了最后一口气。

他曾奋力抗争以求得康复，但感染太严重了，他温和地向命运投降了。他只差几天就可以庆祝他的 6 个月生日了。

每个人都很沮丧，但是我们还有几只嗷嗷待哺的犀牛幼崽，我们没有时间悲伤，护理员只能继续前行。艾力留下的空白是我们难以忍受的。每当打开软管时，我们是多么期望他会转过身来！他的戏水池被拖走了，有好几天杜马都躺在他的灰色朋友的床上。

艾力跟他最喜欢的毯子、他的绿色恐龙和他跟杜马一起玩耍的银色普拉提球一起在一个温暖的夏日里长眠了。棉絮般的云朵从头顶上飘过，树叶在微风中低语。他在古老的河床上安息了，秃鹫和野蛮人都不会打扰到他。他的灵魂与埋葬在苏拉苏拉的其他勇敢的小生灵们会合了。

第二十二章

愿犀牛无角而安生

"西亚呼叫基地，收到请回复。"

"收到，请讲。"我们的帐篷营地经理克里斯蒂安回答道。

"我在姆可胡鲁大坝上看到了无人机。"

"什么？继续监视无人机。我在路上了。完毕。我马上出发。"

克里斯蒂安抓住了他的步枪，叫上乌西，两人急忙跳上吉普车。途中，他们给我打电话过来。

"弗朗索瓦丝，保护区上空有一架无人机。"

我僵住了。无人机飞过苏拉苏拉的唯一原因就是来定位我们的犀牛。

"我们知道塔博和恩托比在哪儿吗？"我轻声问道。

"理查德一直跟着他们。他已经全副武装，做好了战斗准备。我已经呼叫支援。"

"好的。那无人机呢？"

"我们会将那个该死的东西击落。"

经过 20 分钟的疾驰，克里斯蒂安、乌西还有西亚一起站在山顶俯瞰着姆可胡鲁大坝。

西亚简短地报告说："那个无人机在我报告的那一刻就飞走了。"

克里斯蒂安沮丧地将拳头砸在车上。他是一个彻头彻尾的丛林人，即使他换一个新工作，他也会将他的飞行员制服换成迷彩服。他有一个侦查器，性能比我之前用的侦察器都要好。在讯问偷猎者时，他是一个永远站在你这边的大好人。

"他妈的！他们掌握了我们的对讲机波长。这不是第一次发生这种该死的事了。"

长期以来，我们一直怀疑可能有一个心怀不满的前雇员截获了我们的对讲机频率，但是定期在丛林中更改频率很复杂，而且我们没有具体的证据，我们对此无计可施。

我因恐惧而感到想吐。之前类似这样高科技的无人机从来没有闯入过我们的保护区。可是偷猎者资金充裕，组织有序且行动迅速，以至于我对我们能否保护塔博和恩托比的安全感到绝望。

克里斯蒂安说："我们最好在地面上增加人手。"

我失魂落魄地点了点头。当天下午，八名新的后援人员从我们在紧急情况下才会使用的私人保安公司出发，抵达了这里。

克里斯蒂安报告说："他们在夜幕降临之前进行了外围检查。然后他们将与我们的人一起分散在保护区里，追寻偷猎者的踪迹。"

他们一无所获。篱笆没有被破坏，也没有留下用以躲藏的帐篷。这是个好消息，但这并不意味着塔博和恩托比是安全的。今天的缓刑对明天来说即意味着损失。我们永远都不可能放下悬着的心。

两天后，克里斯蒂安将一张《祖鲁兰观察者报》放在了我的桌子上。

偷猎者在枪战中受了伤。我快速浏览了第一段：三头犀牛在附近的保护区内被杀。

他说："警察收到了密报，但是他们到达的时候偷猎者正在撤离。警察追上了他们，抓到了一个家伙，但是另一个家伙逃脱了。"

警方在直达德班的 22 号公路上截获了偷猎者的五十铃卡车。我做了个鬼脸。这条路的路况一直非常糟糕，高速驾车去追捕那些亡命之徒一般的偷猎者来说是毫无意义的，更不用说路上还有其他的车辆。最终很可能导致连环车祸，致使无辜者死亡。我把报纸拿在手上继续看下去。警方朝卡车开了火，打穿了轮胎，车子失控跑出了主路，掉进了沟里。一个人跑掉了，另一个人被枪杀。在卡车的后车厢里发现了一支 9 毫米手枪和一挺没有序列号的 303 式来复猎枪，以及一些弹药和两个沾满鲜血的斧头。

"角呢？"我眉头紧皱。

"警察认为他们在第二辆车里。"

"离我们太近了，克里斯蒂安。离我们太近了。"

"派出无人机的必定是同一个团伙。继续读下去，情况更糟糕，他们杀死的其中一头犀牛几个月前就已经去角了。"

我木木地盯着他。犀牛角需要 3 年的时间才能重新长成，可是这头犀牛被屠杀不过是瞬息之间。

"他们冒着生命危险却几乎一无所获，"我说道，"可是他们却认为这很值。"

我们默默咽下了我们对这次袭击的憎恨。

我说："我马上打电话给迈克·托夫特，我们要给塔博和恩托比去角。"

就这样，我飞快做出了我一生中最最艰难的决定。

我还有什么选择吗？这是一场战争，我不知道该怎么办。犀牛角是大自然的荣耀，当我看着犀牛时，我看到的是源于远古的文明、力量和尊严，而偷猎者的眼睛里只能看到大把的美元。

我原本对注毒抱有很高的希望，但是失败了。不过我还是很高兴至少我尝试过了，但是我不得不继续向前看，接受注毒无效的事实，并为塔博和恩托比找到了更安全的解决方案。

在这个世界上，只剩下两万五千五百头犀牛了，他们很快就要被灭绝了。除了人类以外，犀牛是没有其他天敌的。他们除了会将犀牛角用于自己的地盘之争，或者用来保护他们的幼崽，别无他途。因此犀牛只有没了角，才可能幸免于难。

白犀牛有一只小角和一只非常长的角，用来挖开泥土以便打滚。他们会挖泥，然后躺下，然后继续挖更多泥，多到可以在烂泥里滚来滚去；烂泥晒干以后，他们会再挖。这对他们的日常很有用，但对他们的生存来讲并非至关重要。

黑犀牛则有两只长长的角，他们也用来搅动泥浆，但是我已经看到我们的两个小孤儿南迪和暴风操纵着他们的两个角扭断树枝获得树叶了。同样，角是有用的，但并不是生死攸关的必需品。

我强忍着满腹的愤怒，给迈克·托夫特打了电话。

"你这样做是对的，弗朗索瓦丝。"他向我保证说。

"最近几个月我已经去除了两百多头犀牛的角，这是确保他们安全的唯一方法。"

"但是你听说这周发生了什么吗？不久前，一头犀牛的角被偷猎者给砍掉了。"

"我看到了这条新闻。不过奇怪的是，保护区已经安排我下个月对另外两头犀牛进行去角。"

我花了好一会儿才接受这个事实："你认为偷猎者有内幕消息吗？"

"我不知道，弗朗索瓦丝。谁知道呢？"

我们所有人都在努力保护我们的犀牛，但是我们却无法保密他们的信息。在保护区内部，从管家到护林员，任何人都可能是泄密的源头。而在保护区外，从文员到政府官员，任何人都可能被"说服"——犀牛的信息链可以说是千疮百孔。

迈克继续说道："你看，虽说去角也未必能百分百安全，但总比让塔博和恩托比头上举着几百万兰特走来走去要好吧。如果我们对他们进行去角，我们知道他们在第二天还活着。如果我们不这样做，他们就有可能没有第二天了。"

"你多久才能过来？"

"我要花几个星期才能完成所有文件。7月底怎么样？"

我厨房里的大象

我在日程中写下了塔博和恩托比的名字，却无法写出"去角"一词。

我问："需要我们提供些什么？"

"你需要安排好人。一旦我将两头犀牛麻醉，他们倒下的位置可能不是很适合，我需要你的人将他们的身体挪动成正确的位置。"他停顿了一下，"而且最好为犀牛角安排额外的安全保护。"

我放下电话，心中悲伤。已经没有回头路了。

去角有着十分严格的程序，给犀牛进行去角前必须通知野生动物管理机构，并由他们颁发许可证。去角时必须有一个伊兹姆维罗野生动物保护局的督导员在场监督。除下来的角将进行称重和标记，用微型芯片进行身份登记，然后将每一只角的哪怕是最细小的刮片都收集起来。我立即为我们的犀牛角安排了最高级别的安全运输。我不希望苏拉苏拉的价值一千万兰特的犀牛角在我们这儿多停留哪怕一秒钟。它们最好的归宿是离我们不远的拥有高级安保的保险库。

两个星期过去了，去角之日终于到来。正值严冬，寒气袭人，天空满布冰冷的卷积云。在此期间，塔博和恩托比的警卫队全天候看守着他们。

他们的一名武装警卫理查德报告说："他们降落到简易机场了。"

简易机场是一个狭义的词，指的是一条狭窄而平坦的青草丛生的灌木丛，非常适合降落小型飞机，并向两头犀牛发射麻醉飞镖。

在那里我们可以很容易接近他们，这意味着我们可以从地面上将他们麻醉。用直升机发射飞镖的压力非常大，对被麻醉的动物来说恐惧是压倒性的，而且螺旋桨转动的扇叶对于附近的其他动物来说亦是如此。

给塔博和恩托比去角的每一个步骤，我都一直在场，但是麻醉是所有步骤中最困难的。我仍然不敢相信我们已经走到了这一步。

我们的越野车开上了飞机跑道，扬起漫天的尘土。恩托比抬起了头，但塔博仍继续吃草——他对驶近的车辆的发动机轰鸣声仍是如此信任。当我给他们的角进行注毒时，我已饱尝背叛他们的痛楚，但是这一次更糟糕，糟糕极了。他们将失去那个使他们成为犀牛荣耀的特殊部位。我是多么希望我能阻止迈克动手！

他把枪架在肩上，迅速连射了两支飞镖。没几分钟塔博和恩托比就开始摇晃了。乌西、克里斯蒂安、布洛西、西亚和安德鲁从越野车上跳下来，向他们奔去，好辅助他们倒在地上。我坐在车上，动弹不得，对我亲眼所见的一切痛心疾首。

"他们倒下来了。"乌西大喊道。

"看起来不错，伙计们，"迈克说，"我把车子再开近一些。"他把车停在了塔博身旁，和他的助手们迅速行动起来。塔博和恩托比的眼睛被蒙住了，耳朵也被塞住，严密监测着心率。

"珍妮，你看住恩托比。马丁，你看住塔博。一分钟六次呼吸，如果低于这个频率，就告诉我。"

他们的信心减轻了我的痛苦。迈克用一个面罩遮住了眼睛，戴上了专业耳罩和手套，然后打开了亮橙色的富世华电锯。电锯的刺耳声音让我浑身战栗，锯片割进了塔博的角。我知道这不会伤害他，但是在我的眼里，锯片却深深刺进了塔博的身体。锯片割得更深了，白色的牛角碎屑四处飞溅，掉落在下方的一块黑色篷布上。一丝碎屑都不会掉在地上：犀牛角是如此昂贵，以至于那些恶贼哪怕是为了一些碎屑都会铤而走险。

电锯声停了。塔博的角掉落在地上。我咬紧牙关，眼泪掉了下来。迈克注意到了我，向我点点头表示同情。他知道这对我来说有多难。我们的一名反偷猎者也擦了擦他的眼睛，对这头他已经保护了很久的犀牛来说，用电锯残忍切割犀牛角令他大为震惊。

迈克用一把较小的链锯和一个角磨机修整了牛角的残余部分。他的描述很简短：盖式型。这很形象：去角后的根部后侧和两侧都尽可能地短。这是他研发出来的一种新技术，尽可能少留根。旧方法进行去角手术后还会有差不多 1 公斤重的残留，那实在是太多了，太冒险了。

迈克将设备带到了恩托比身边，他的助手给塔博的角的根部涂上紫药水进行消毒，然后又涂了一种特殊的油防止根部破裂。

我鼓起勇气走向前去，亲眼看着迈克给恩托比去角。刺耳的声音响起，角被切割的速度让我十分震惊，尽管我不应该这样。犀牛角的成分只是角蛋白，看起来像岩石一般坚硬，实际上还没有树干结实。

犀牛角先被放到从切克尔超市买来的包装盒中，然后将盒子放到越野车的后座上。迈克给他们注射了逆转剂，几分钟后，两头头昏脑涨的犀牛沿着飞机跑道东摇西晃地走远了，似乎去角对他们毫无影响，反倒是我们对此十分难以接受。一旦我们确信犀牛已从麻醉中恢复过来，我们就称重并标记了牛角，然后前往楲舍，将价值一千万兰特的犀牛角移交给负责运输的安保公司。

五辆越野车，十个人和他们的警犬正在楲舍里等着我们。他们站在车辆旁边，全副武装，面容冷峻，身着防弹背心和迷彩服。他们知道风险有多高。我把我的超市包装盒递给了安保公司的负责人拉里·伊拉斯姆斯。犀牛角被放在车队中间的一辆加固越野车中，在这支军事护卫队的安全护送下离开了。

整个移交过程只花了 3 分钟不到，但是这让我意识到，我的后方护卫力量有多薄弱。我第一次接触到真正的安全警卫队，我想我的苏拉苏拉需要的正是他们。4U 安保公司拥有十分精干的专业人员，这意味着正规。相比之下，我的警卫们都太业余了。这就难怪我们每天在看到被偷猎者杀死的动物时都会在对讲机中疯狂呼叫。即使我有二十三名全职警卫，我也无法保全我们的动物。

听起来我已经有一支很强大的队伍，但若是考虑到年假、公共假日、病假、轮休，以及管理一群不愿向我这个女老板汇报的耍酷的兰博，甚至间接汇报都不肯，这样一来，动物的安全是得不到保证的。

是时候给安保升级了。

不到 6 个周，我跟拉里·伊拉斯姆斯就达成了聘用 4U 安保公司的协议，请他们接管苏拉苏拉的安保事宜。我所聘请的只是一个由四名警卫组成的小型反偷猎小队，直接向克里斯蒂安报告，以确保塔博和恩托比得到全天候护卫。与安全相关的所有事宜均由拉里负责，如此沉重的负担终于从我的肩上卸下，唯一令我遗憾的是我没有早点这样去做。

下一个挑战是让我们的警卫了解这个变更。在此期间其中一位经理辞职了，所以我和他们每个人都谈了谈。我以前从没有直接跟他们联系过，所以他们明白有什么大事发生了。我们在总办公室大楼外面摆好了椅子。

我站在他们面前，试图掩盖我的紧张。他们悠闲地坐在椅子上，衬衣的纽扣都没扣上，靴子上的鞋带也没系，还用树枝剔着牙，跟站在我身后的4U安保公司的七个人形成了鲜明对比。

"萨尼伯尼。"我用祖鲁语向他们打招呼，意思是"大家好"。

"你好。"只有几个人小声回答。

大多数人都不会说英语，这是另一个缺点。但是幸好有乌西替我翻译。我说道："今天我打算在这里谈论一下即将发生的变化。"

气氛一下子紧张起来了。我深吸了一口气，说道："劳伦斯去世已经4年了，我已经意识到我无法独自管理安保工作。我对此知之甚少，无法为大家和大家所保护的动物尽心尽力。我的计划是将所有安全事务外包给一家正规的安保公司。"我回头瞥了一眼拉里跟他的同事们。"伊拉斯姆斯先生和马塔贝拉先生从事安保工作已经20多年了，他们比我能更好地培训大家和武装大家，能更好地保护我们的野生动物。"

这些人转过身，开始彼此交谈。我不知道他们在说些什么，但很明显他们非常不高兴。有几个人跟着我们已经很久了，我试图让他们理解，他们没有被解雇。

"只要达到他们的标准，4U安保公司就会雇用大家。"

后排有人喊道："没有他们，我们照样做得很好。"

"我们可以做得更好，"我平静地说，"我们因为偷猎而失去了太多的动物，我们必须遏制偷猎。但我单枪匹马是不行的，尤其是现在更不可能，因为你们的老板已经离开了。"

"您就是我们的老板。"第二排的一个男人大声说道。

"我不行的。我熟悉营销、招待和财务，但对安保工作一无所知，我需要帮助。你们看看我，我甚至无法说祖鲁语。"我对乌西点了点头。"我不能要求每次我们沟通时，乌西都在场。这不是团队合作的正确方式。你们有二十三个人，而我却与你们中的大多数人今天才第一次见面。我认为，你们的老板至少是一个认识你们的、可以用自己的语言跟你们沟通的人，而且他必须给你们所需要的帮助和培训。"

"我们的工作能得到保证吗？"恩加布罗问。他是我认识的为数不多的几个警卫之一。

"伊拉斯姆斯先生和马塔贝拉先生向我保证过，他们将招募所有达到条件的人。"

有好几个人在那里摇着头喃喃自语。我们的警卫们从对拉里和穆萨的人员的了解中一定已经意识到，他们不向任何人负责的时日已经一去不复返了。然而我没有放弃他们，一直试图努力说服他们，这是他们最好的归宿。

"我们是一家致力于保护野生动物的保护区，因此提高安保的专业性将有助于确保动物的安全。请考虑我刚才说的话，几天后我们会再次见面谈一下大家可能遇到的任何问题。"

第二次会议简直是剑拔弩张。不论我如何费尽口舌，他们都认为毫无必要进行改变。加入 4U 安保公司的期限定于 8 月底，因此我召集了最后一次与警卫人员的会晤，看看我是否可以说服他们，改变是对所有人——包括他们在内——都有好处的。

我们在工作室前面碰面了，乌西再次担任我的翻译。我花了一晚上准备好我想说的话，并给他们写了一封信，总结了即将发生的事情，并书面确认他们都可以到 4U 安保公司求职。我非常天真地以为，这次不会像上次那么焦虑，仍然相信他们会看到我所做事情的价值。就像在每次会议上所做的那样，拉里和他的手下都站在我的身后。我回顾了我在之前的会议上所说的内容。

"请记住，我的初衷是让大家到 4U 安保公司工作，"我强调说，"我们今天会议结束后，伊拉斯姆斯先生会尽快安排面试流程。"

我盯着我面前的这群木呆呆的面孔，感到十分无助和沮丧，因为他们根本没有认真听我的解释。他们对一位金发碧眼的法国女人不感兴趣，他们认为这个法国女人只是想摆脱他们。

无论我在哪里，我的狗总是跟着我。这一次他们也像往常一样

我厨房里的大象

四处乱跑。小吉普赛沿着前排一溜小跑，突然停下来开始嗅一双靴子。那人踢了她一脚。她痛苦地大叫，躲在我身后瑟瑟发抖，尾巴紧紧垂在两腿之间。我僵住了，盯着那个男人看。他回瞪了我一眼，怒气冲冲地看着我。拉里和穆萨的手下握紧枪，围在我身边。气氛一下子变得紧张起来，敌意一触即发。如果没有拉里和他的手下，我真不知道会发生什么。虽然不是每个人都反对我，但我们离情势失控只有一步之遥。我用力咽下一口唾液。

"我雇用你来保护动物安全，这就是你对待一条毫无防御能力的狗的方式吗？"我的声音很坚定，但是我的心情十分沉重。"你已经暴露了你的本相，因此在苏拉苏拉就没有你的容身之处。我现在将其他人移交给你们的新老板。"

我不是因为小吉普赛被踢了一脚才如此沮丧的——我在那个男人的眼中看到了暴力。从来没有人如此心怀仇恨地看着我。我知道并不是所有人都像他一样，因为有一些人脸上明显挂着非常震惊的表情，但这对我来说是一个转折点。对于苏拉苏拉，我能做的最好的事情就是将任何与安全有关的事情交给专业人员。

强制接管立即生效。

大部分人申请了 4U 安保公司的工作，每个人都必须遵循严格的面试流程，首先要进行指纹识别，测谎仪测试，并检查其资质、枪支使用技能和警方记录等。

让人大跌眼镜的事情还没有完结，因为当我们在深入调查我们的持枪许可证时，我发现他们的证件要么是错误的，要么是过时的，因此，我们的某些警卫不仅仅是非法使用枪支，而且他们的枪很多都是不合法的。那真是一场噩梦，尤其是对我来说，因为我非常讨厌和枪打交道。

在苏拉苏拉初创时期，劳伦斯十分忧虑安全问题，因此决定要给我配一支枪。

我抗议说："洛洛，我不要。"

"犯罪率一直上升，而我们现在是在荒野之中。你需要一支枪。"他坚持说。

为了获得持枪许可证，我十分不情愿地和一个朋友一起去参加了枪击培训。我认为教我们的那个人比我们更胆小，特别是在我们必须要用大型火箭筒式样武器在一分钟内射出数百发子弹的那一天。

"我们不想这样开枪。"我拒绝说，几乎没有力气举起那该死的东西。

"如果你想要许可证，就必须这样做。"

我不知道我们是如何做到的，但我们拿到了枪支许可证，因此我成为官方许可的危险持枪人士。我对此可是一点都高兴不起来。

劳伦斯给了我一把小小的枪，随身放在我的手包里。这真令我讨厌，我时常去拿手机的时候却拿起了它。这东西简直重得要命，我忘记了在射击场上学到的所有东西，甚至都不记得如何拆装它。但是劳伦斯很喜欢它，当他去保护区时，他经常在衣服口袋抚弄着它。我不知道他是否觉得他可以用这么小的枪射击，但是无论如何

我厨房里的大象

他总是随身携带。当他不带着它时，他就来烦我，让我务必随身携带。

我说道："这太荒唐了，没有人想伤害我。"

但劳伦斯警告说："这很难说。"

"太无聊了，"我大声说道，"别给我，我不要。"

一天早上，我们去德班机场赶赴一场在约翰内斯堡举办的活动。我们是活动的主宾，因为劳伦斯远赴巴格达动物园拯救动物而获了奖。我现在虽说是一个丛林人了，但我仍然喜欢偶尔去城市狂欢。这一回我盛装打扮，准备去南非首都的花花世界好好游览一番。

劳伦斯的手提箱通过了 X 射线检查，由于我的手包已经放在了传送带上，安保人员要求我将它打开。

我的枪在里面。我惊恐地看向劳伦斯，他吃惊地睁大了眼睛。

"妈的，我忘记把它锁在保险箱里了。"

"需要支援！快！"警卫在对讲机中大喊。

"没那必要吧。"我笑着伸手去拿枪。

"离包远点！"他大喊道。

劳伦斯把我拉住了。"按照他说的做。"

"他们在想些什么？"我对他小声嘀咕道。

两名机场的武装警察向我们跑过来，并护送我们离开。

我恳求说："我们不能错过我们的航班。"

"女士，今天的航班是您最不需要担心的事情。"

我厨房里的大象

我忍住没去反驳，从容地微笑。

"这是谁的包？"他厉声说。

"是我的，"劳伦斯回答说，"但这是一个无意的失误。我不是故意带枪的。"

警察往桌子上扔给他一张表格。"你填一下。"

我看了看我的手表，问道："我们还能赶上下一个航班吗？"

男人们都不理会我。

他们问劳伦斯："持枪许可证呢？"

"我没有。枪不是我的，是她的。"他回答道。

警察转向我，好像他是第一次看到我。

"这是他的枪。我从不使用它。"我笑着说。

他们又转向劳伦斯。"到底是谁的？"他停顿了一下。我看得出他很想说谎，但现在我终于意识到我们遇到了麻烦。我们需要赶飞机参加活动，所以我不想让情况变得更糟。我们必须尽快解决眼前的问题。

"枪是我的，但归他使用。我真的不喜欢枪支。"我说。

"许可证在哪里？"

"在家。我们真不是故意带枪来的。"

其中一位站了起来。

"我们需要拘留你。"

"我们可以打电话给律师寻求建议吗？"劳伦斯有礼貌地问道。

"随你们便。"他们耸了耸肩。

我厨房里的大象

劳伦斯给律师打了电话，而且是一位刑事律师。现在我的身份从贵宾转成了被拘留者，律师劝我在接受审讯时不要说任何话。

效果可不怎么好。

"无可奉告。"我重复说。

他们看着我，互相点了点头，然后其中一个向劳伦斯打了个响指。

"你可以去赶飞机了。"他指了一下我，"我们会拘留她。"

"我也留下来。"他立即说道。

他们把我塞进警车，把我关在拘留室。他们拿走了我的围巾，天知道是什么鬼理由。在那间肮脏的小牢房中，我得有天大的想象力才能找到自杀的方法。毕竟天花板上没有挂钩，窗户上也没有。

我问："请问可以给我一杯水吗？"

他们以一通嘲笑作答。那天是星期五，他们毫不在意。我开始感到非常恐惧，白天即将结束，那我们被关到晚上的风险就会变高。3个小时后，我的律师到了。他是一个身材高大的秃头男人，看上去更像黑手党。

他建议说："什么都不要讲，让我来说。"到目前为止，对我来说这个建议根本没什么用，我想说话。

10分钟后，他回来了，告诉我我得在监狱里待一个周末。我惊慌失措，哭了起来，恳求警察放我走。监狱可不是我所期待的欢度周末之地。

律师走了以后，劳伦斯竭尽全力说服拘留所所长释放我。我也

我厨房里的大象

恳求他，一次又一次地向他说着道歉的话。我很难过，劳伦斯也是如此。真的很难过。

警察一定对我很是同情，或者他们理解了整个事件，对劳伦斯很同情。所以一等弄好文字手续，他们就让我走了。就这样在极尽欺凌和恐吓之后，他们什么也没说，释放了我们。

那天晚上，我们甚至设法赶上了飞往约翰内斯堡的最后一个航班。

几周后，我因被指控涉嫌航空恐怖主义罪行以及涉嫌未妥善收藏枪支弹药而出庭。我们聘请了一名新律师。我收到了法官的警告，劳伦斯也承诺不再发生类似涉枪问题。

多年前在机场发生了这件事情之后，现在又不得不面对我的警卫们对我的敌意。当我发现他们的大多数枪支都不合法的时候，我再也不想跟枪支或安保打任何交道了。

自从劳伦斯去世以后，我第一次感到我的所有大麻烦都解决了。现在我可以集中精力关注我们的象群、塔博和恩托比还有育孤园，以及实现劳伦斯的梦想了。

第
二
十
三
章

怕
水
的
河
马

我和劳伦斯最早打算在苏拉苏拉建立野生动物保护区，是因为偷猎逐渐成为一个日益严重的问题。我们想提供帮助，但是我却并未准备好收容接连到来的令人心碎的小孤儿们。

　　查理是一只生病的小河马，他在距离苏拉苏拉约50公里的理查兹湾附近的姆津济济湖边被发现独自待着。

　　一位当地人恩格玛说："我要去曼德拉齐尼的诊所，我就想抄一条近路，沿着湖边的人行道走。突然我听到芦苇丛中有扑腾扑腾的声音。我还以为有人要抢劫我，但是我看到了河马幼崽。我简直不敢相信自己的眼睛。"

　　每个人都知道人类是不能出现在河马妈妈和她的幼崽旁边的，因此恩格玛狂乱地环顾四周，想找到一个逃生路线，并打算在小河马跑到他身边并用鼻子嗅他的腿的时候，爬到最近的一棵树上躲起来。

　　"可能他以为我是他的妈妈，因为他就像一只小鸭子一样跟着我。我怎么都甩不掉他，我不知道该怎么办了。但是我手机上有这个地区野生动物保护局官员的紧急电话号码，我知道他会管小河

我厨房里的大象

马的。"

"不到半小时我就赶到了那里。谢天谢地他把电话打给了我，因为小家伙可能活不过那个晚上。"野生动物保护官员弗兰斯说。

人们到处搜寻他的母亲，十分警惕她有可能从灌木丛中猛冲过来，但是到处都没有雌河马和她遗留下的痕迹。他们将搜索范围扩大到了湖的另一边，并问询了附近的村庄。没有人见到过河马妈妈，太阳逐渐没入祖鲁兰的地平线，人们争论着该如何处置小河马。

弗兰斯说："湖边是偷猎动物的热门地区，所以我们绝对不会让小河马留在这里。我们将越野车停在附近，以便监视他。但请相信我，我们都十分担心发生流血事件。要是他的妈妈看见我们待在他的近旁，她绝对会撞击我们，然后把整辆车都推入湖中。但是，见鬼，这个小家伙把我们当成他妈妈了，我们必须要对他负责任。"

"嗯，你好像爱上他了。"恩格玛咧嘴一笑。一支警卫队赶来接管夜班，但是即便如此，弗兰斯和恩格玛都不愿离开河马幼崽。这只小河马一直黏在他们的腿上，要是小河马看不见他们，就会惊恐地尖叫。护林员坚持让他们接管。

"我们全副武装，而你们没有任何装备。我们和他在一起会更安全。"

西南风整夜呼啸着，小河马躲在越野车的车轮之间。天气太冷了，护林员们担心小家伙熬不过去这个晚上。他们考虑了一下，决定呼叫支援。

"没有母亲的踪迹，我们得把他带回去。完毕，出发。"

尽管对他的母亲进行了非常大面积的搜索，但依旧未能找到她。

弗兰斯紧皱着眉头说："母河马最开始会将他们的新生宝宝藏起来，保护他们免受领地上的公河马的伤害。但她们总是待在附近，是出色的母亲。我在保护区这么多年了，从未遇到过被丢弃的河马幼崽。"

几个小时后，查理到达了育孤园。他不想跟救援人员分开，并试图通过背转身的方法让我们看不见他。他背过身去，把屁股冲着我们。我看不见你了，所以你也看不见我了。

理查兹湾的一位代理兽医给他做了检查，当我听到诊断后，我的心就沉了下去。脐尿管瘘。我不清楚那是什么疾病，只知道那意味着死刑。他长得如此圆滚滚胖墩墩，我很难相信他有病。

"他的肚脐中有尿液漏出，他可能需要手术。但是如果他够幸运，这也可能只是成长过程中的一个小问题。"

我认为这是个好消息。当动物幼小又脆弱时，我就会抱住所有的希望。

"他最大的风险是肚脐感染，"兽医解释说，"该部位与他的血管直接相连，因此任何感染都会迅速扩散，他会变得虚弱无力。"

"希望抗生素能有效，其余的则听天由命吧。"

查理被喂了一种特殊的配方奶，保证他能获得从母乳里得到的全部营养：一种全脂牛奶，蛋黄，矿物质和维生素的混合液体。

我厨房里的大象

第一次把奶瓶递给他时，他舔了舔奶嘴，却不知道怎么能喝到牛奶。他沮丧地尖叫着，半啃半啜着奶嘴，但是没有意识到他应该吮吸。他的护理员戴上了无菌手套，在牛奶里浸湿了手指，然后将手指塞到他的嘴里。他饥肠辘辘地开始吸吮。护理员兴奋地跷起了大拇指。

她笑着说："他的吮吸反射有点儿弱，但他才刚开始。"

兽医催促她说："你再试试。"

她再次用牛奶浸湿了手指，将奶嘴夹在两个手指之间，然后一起放进查理的嘴里。经过了一个多小时艰苦努力，他总算喝光了他的第一瓶奶。3个小时后，他还不想喝第二瓶奶。轮到了艾克赛尔的班，他耐心地坐在他身边，往他嘴里一滴一滴地滴着热牛奶，直到他决定用舌头含住奶嘴，合上嘴唇，开始吮吸。他高兴地咕噜着，把瓶子喝光了。

查理很容易受到惊吓，而且非常机灵，但最终他安静下来了，因为时时刻刻都有拥抱和牛奶。他开始信任自己的新家。

经过两个星期的热奶、关爱和药物治疗之后，查理的状况大大改善，他的肚脐未曾手术就闭合了。很快他的食量几乎就跟伊图巴一般大了，并迅速成为育孤园的一枚小开心果。

他的小身子圆滚滚的，皮肤光溜溜的，看上去就像个胖乎乎的米其林娃娃。令人惊讶的是，他能用极快的速度划动他那弯弯的小腿，他那巨型的嘴巴大张着，想找个什么东西或者人类来啃上一嘴。他可以张开比他的头大上两倍的嘴巴，并用它来丈量自己的地

我厨房里的大象

盘、房间、玩具和人类。他的软软的牙龈咬东西不会造成任何伤害，但是一旦他的牙齿长出来，他的大嘴就会成为他的武器。河马是非洲最危险的生物，致使人类死亡的数量远超其他任何大型动物，这是有一定道理的。看着我们笨笨的小河马，很难想象他将来也可能会是一个致命的杀手。

当一头刚出生的无法进食的小白犀牛的警报传到我们这里时，护理员们倒吸了一口冷气。她的母亲在怀孕的时候无法给她提供足够的营养，导致这个小家伙在出生时体型过小，以至于她够不到母亲的乳头。如果我们不干预，她一定会饿死。

团队立刻抓起他们的急救箱，在十分恶劣难行的道路上一路狂奔220公里，赶去帮助那头白犀牛宝宝。回来的路上他们在一个停车区检查她的情况。她呼吸困难，心律下降到危险的地步。

"我可一点儿都不喜欢这个样子，"兽医喃喃道，"到育孤园还要多久？"

"还有整整一个小时。"

"她可能撑不了那么久。我现在要再给她打上点滴。"

没有时间可以浪费了，越野车的后厢变成了临时 ICU，为小家伙提供了挽救生命的营养和液体。队员们并不知道，祖鲁王室成员目睹了他们为挽救小白犀牛的生命而进行的卓绝努力。当他们收拾行装准备离开时，一名身穿黑色服装的保镖向他们走了过来，他询问了他们后便将信息传进了皇宫。5分钟后，他回来了。

他庄严地宣布："祖维利西尼皇后想祝福小宝宝。"

这就是这只患病的小白犀牛荣获王室的祝福并得到祖鲁皇后亲自命名马可霍西的经过。我们的犀牛公主在日落之际到达了育孤园，与查理一起被安置在同一个新生儿室，只有一道屏障将他们两个隔开。他们俩都还不到一周大，是我们迄今为止最年幼的孤儿。他们的身世都十分悲惨，我们真心希望他们两个能够相互取暖，一起振作起来。查理之前从未见过犀牛，他一直隔着栏杆紧紧盯着隔壁房间里那个惊慌失措到处乱窜的奇怪生物。

凌晨3点，马可霍西快要崩溃了，但她又太害怕睡觉。可怜的查理也没有合眼，所以团队决定拆除他们两个之间的障碍物。

令人惊讶的是，马克霍西直奔查理。他跟她打了个招呼，大脑袋左摇右晃，朝着她打了个响鼻。他们兴致盎然地乱哄哄地互嗅着，马克霍西低下了头，查理张开了嘴，轻轻地啃了一下她的耳朵。她站着一动也不动，好像在接受爱抚。查理让她平静了下来，让她感受到了安全。

他们的护理员将马可霍西的床垫移到了他的旁边，但她一刻也不想跟他分开！她爬到了他的床垫上，搂住他睡着了。我们惊恐的小犀牛和孤独的小河马竟然如此亲密，如此温柔。他们互相安慰，一起四处走动，在寒冷的冬天里拥抱在一起。如果一个醒来了并尖叫着要喝奶，另一个也要来上一瓶。

从他们对彼此的甜蜜接纳中我们可以学到很多东西，那就是不同物种的动物彼此之间有着共鸣。他们都是孤儿，之前从未见到过其他动物，但是没有关系，他们很高兴成为室友，并互相帮助适应一个可怕而陌生的环境。

马可霍西是两个中较弱的那一个。因为她从没有喝过她妈妈的初乳——对幼崽至关重要的食物，因此她刚喝牛奶的时候，会发生严重的胃肠痉挛。但是因为有查理的安抚，护理人员也更容易给她喂食，治疗她的胃肠痉挛。她虽然还只是个小小孩儿，却有着大犀牛的暴脾气，要是不立刻给她喂食的话，她就能把盘子掀个底朝天。

在这个阶段，桑多、古古和英佩的年龄都在 10 到 12 个月之间，而且足够健壮，年长的伊图巴终于可以安全地加入他们的行列了！他不用再隔着篱笆眼巴巴地注视着他们在一起玩了！现在他们这帮小家伙组建了一个快快乐乐的犀牛撞，伊图巴喜欢当老大，而其他人则高高兴兴地尊他为老大哥。

他们的围栏离查理和马可霍西很近，小马可霍西每天都趴在将两个围栏隔开的栏杆上，将她的小鼻子挤进两根柱子之间，跟另一侧的犀牛撞们"聊天"。查理很崇拜马克霍西，但是当她与隔壁的朋友们亲亲热热地进行社交时，他却从未加入过他们，好像他的犀牛邻居们都不存在似的。

也许他认为马可霍西是跟他一样的河马？谁又知道呢？

查理开始换牙了。他牙龈肿痛，食欲不振，带着满嘴的口水狂啃着他能接触到的一切东西，包括他的床垫、人类和马可霍西。他的小看护马可霍西不在意他的暴躁脾气，用她的温柔抚触安慰他。晚上的时候，她靠在他身边，小鼻子轻触着他的鼻子，一起打着小呼噜度过漫漫长夜。

他的切牙完全长出以后，他从一个没有牙齿的小婴儿变成了一个拥有一整套完美乳牙的小河马。他好像知道他应该为他的乳牙们感到骄傲似的，因为他张着大嘴四处跑来跑去炫耀。我多么希望我们能教他把嘴巴闭上！虽然河马还未到大象那样濒临灭绝的境地，但是这一天已经为时不远，因为越来越多的象牙偷猎者开始盯上了河马的牙齿——他们比象牙更小，更容易隐藏。在现今这个疯狂的世界中，不长象牙的大象才是安全的，然而在不远的未来，我们的河马男孩也将处于危险之中。

我无时无刻不在担心我们的动物会遭遇偷猎的危险，而且我也一直对我们设法救助成功的动物深怀感激。没有什么比看到新来的小孤儿开始开开心心地玩耍更有意义的了。

我们的九个小孤儿具有非常不同的性格和爱好，但所有小孤儿都有一个共性，那就是对水的热爱。

艾力超爱在他的戏水池里兴高采烈地嬉戏，而犀牛幼崽们简直不要太喜欢来一个泥浆浴。查理喜欢待在花园洒水器的下面，他总是在它喷水时第一个跑到外面，所以我很期待看到他成为一头像模像样的水下小河马。如果他还是生活在野外，那么他待在水里的时间会远比在陆地上的时间多，因此让他学会游泳非常重要。他的肚脐治愈后，我们给了他一个大大的绿色戏水池，水池的深度足以让他将自己的身体部分被浸没。

查理十分好奇而警觉地看着艾克赛尔往水池里注水，我们还以为是水声吓到了他。

马克霍西则非常着迷。她跑到水池旁边，伸头喝了一口。查理看到了她的动作，但没有跟着她一起做。

"他明天就会进去的。"在育孤园里工作的志愿者德国野生动物摄影师米雷耶说。

第二天，马克霍西和查理一整个下午都在你追我赶，绕着一根从围栏的树上悬挂下来的粗绳子玩耍。马克霍西浑身充满了与她这么个小不点不相符的热情，查理则咬住绳结，试图将其拽下来。他们可以玩上好几个小时，马克霍西用她的头撞击它让它晃动，查理则试图用他的大嘴巴含住它。

他们两个都完全忽略了新的戏水池。

"真是一只小傻瓜河马！他怎么就不去游泳呢？"艾克赛尔嘀咕着说。

另外一位年轻的美国志愿者桑迪开玩笑说："可能他不知道怎么游泳吧。"

艾克赛尔不等别人提议就跳入了游泳池，模仿着河马喜闻乐见的姿势在水中跳来跳去。他几乎成功了一半：查理开始四处张望，但他只盯着他最喜爱的人类的眼睛，甚至都没去闻闻水。

"也许他觉得水池太深了？"米雷耶建议说，于是他们将水抽干，直到能看到池底。

查理还是不进去，于是我们就安装了一个洒水器，让水落到游泳池中，希望他可以被水流骗进去。他在漩涡状的水雾里狂奔乱跑，试图捕捉洒到他嘴边的水滴，兴奋地摔倒在地——但是他却避开了水池。

我苦恼地说："他成年后怎么在水里生存？"

兽医说："他现在只有6周大，所以还早呢。"

"要是他不喜欢水怎么办？"

"那不可能，"桑迪耸耸肩说，"他可能是讨厌绿色吧。"

这倒值得一试。艾力的旧游泳池被从仓库里拖了出来，进行了修补和充气。

"查理过来！这可是迪士尼宝宝们的蓝色池塘呀！"

还是不奏效。查理选择继续玩他的绳索玩具，并在戏水池上方轻轻咬住了马克霍西的臀部。我们给几个野生动物保护中心打过去电话，向他们寻求建议，但是谁也没遇到过不喜欢水的河马。我们想知道他是否是因为被遗弃在湖边而恐惧水，可是无论出于何种原因，我们都必须帮助他克服恐惧，因为没有水他成年后就无法生存。

"至少他喜欢下雨和洒水器，"兽医说，"再给他点时间。"

出乎意料的是，我们的小开心果突然失去了食欲，他的护理员立即发出警报。

"他少喝了两瓶奶。"桑迪报告说。

我从来都跟不上小孤儿生病的速度，但是我们学会了毫不犹豫地为他们寻求医疗帮助，而且不惜一切代价。兽医在一个公共假日的周末赶了过来。

我厨房里的大象

他报告说："他温度升高，胸部充血，呼吸微弱。"

诊断结果是细菌性肺炎，兽医给予查理大剂量抗生素治疗。马克霍西感到困惑，因为他不和她一起玩了。她绕着他转圈圈，试图说服他来追她。他无精打采地看着她，头都抬不起来。从动物与他所爱的另一个动物的互动方式中，人们可以了解到很多东西。甚至连马克霍西都没有得到他的反馈，这真让人担忧极了。

几个月前艾力的死亡还历历在目，我们所有人的心都提到了嗓子眼。

使用抗生素的第三天，查理恢复了一点儿。他仍然发烧，但至少开始喝了一点儿奶——虽然不多，但半瓶也比不喝强。艾克赛尔打开了通往围栏的门，并说服他去散个步。

"来吧，先生！马可霍西在等着你呢！"查理慢吞吞地跟着艾克赛尔走着，垂着头，看着情绪一点也不高。马克霍西和杜马像兴奋的山羊一样跳来跳去，看着他们的朋友。查理张了张嘴，勉强算是打了个招呼，然后挪动到艾力的戏水池旁，径直走了进去！

"我简直不敢相信自己的眼睛，"艾克赛尔说。"阳光已经蒸发掉了大部分的水，但是剩下的水也足够盖住他的脚了。"

查理在游泳池里站了 10 分钟。他没有躺下，也没有移动，但至少他待在了游泳池里。这真令我们太吃惊了。他是因为仍然发着烧所以去水中降温吗？是否这是他的原始本能知道这会帮助他降低体温并且消除恐惧？一切都不重要，重要的是小河马查理站在水里了。艾克赛尔打开软管，轻轻向他洒水。他高兴地晃了晃头，心满

我厨房里的大象

意足地直哼唧。

不到一周的时间他就恢复如初了。他胃口大开，体重也增加了。我们试图用更大的戏水池来吸引他，但他只想要艾力的蓝色旧水池。最终，他只有在水很浅的时候才鼓起勇气躺在里面。即使当他长到比游泳池还大了，不得不将头侧到一边才能进去时，他仍然拒绝升级到更豪华的设施。查理非常满足并沉迷于他那小小的一汪水。

多亏了马克霍西，他才迈出了下一步。她懒洋洋地躺在她的泥浆池里，他一定是意识到她那样做好快乐，而且泥浆不是很危险，因为有一天早晨，他毫不犹豫地走进去加入了她的行列！

他的行为可不太"河马"，而更"犀牛"——但谁在乎呢？这可是他的另一个迷你里程碑呀！

现在我们只需要哄着他去享受被浸没的乐趣。较大的绿色水池再次被拖出来，注入了几厘米深的水。水位仅比他的蓝色水池略深一点儿，但是要宽敞得多，不过查理对它不感兴趣。

炎热的天气提供了一个转机。他终于弄清楚了，在绿色水池中晃荡能使他更快地凉快下来，而且比马克霍西的泥浆池或他的蓝色小水池好多了。大自然太奇妙了。在他天性的某个地方，他的直觉开始苏醒。他终于懂了，在炎热的天气里，把他的身体浸没在水里更舒服。他的护理员偷偷地打开软管，向绿色水池中注入了更多的水。

查理好喜欢呀！我们害怕水的小河马终于大变身，成了一头名副其实的小河马。

第二十四章

从林爱情鸟

我从不根据人或动物的外表来评判他们，而是宁愿看他们的眼睛里面有谁。这也是劳伦斯明白娜娜接受了苏拉苏拉作为她的新家的方式。

他说："我在她的眼睛里看到了。"

"但是昨天她还是那么生气。"我皱了皱眉。

"今天她不一样。"他凝视着灌木丛，拢起思绪。"她在看着我，弗朗索瓦丝。她真的在看着我，我们之间有了某种默契。我现在可以告诉你，我的好姑娘不会再试图逃走了。"

当然，当劳伦斯一遍又一遍向娜娜解释说，她和她的象群跟我们在一起会很安全时，她是无法理解他的话的，但是我相信她感受到了他声音里的温柔。她从他的眼睛里也看出他并不危险。

当眼睛可以说话时，谁还需要言语呢？

就拿弗朗吉和我来说，她只需看我一眼，我就知道我已经激怒了她。自从多年前我们驾驶着我们的四轮摩托与她狭路相逢以来，她一直对我怒气冲冲——好像她因为我吓了她一大跳而仍然记恨着我。她怒视着我的样子好似一位女校长，让我好希望自己拥有隐身的本领。

一天早上，我的狗狗让我惹上了弗朗吉的大麻烦。

当时象群都在栅栏旁边，我在花园里看着他们，大杰夫、小金和小吉普赛都围在我脚边。他们知道我们的大象来访时该如何应对，所以我从来都不担心他们会做一些愚蠢的事情。

"栅栏"只是劳伦斯在主屋周围串联起来的几排通电的电线，有两三米高，配备有足够强大的电压，可以向大象传达"禁止进入"的强大讯息，但是狗和人则可以从下方穿行而不会遭到电击。

弗朗吉和戈比萨站在一起，跟象群的其他象稍稍拉开一点儿距离。他们的长鼻子缠绕在一起，额头抵在一起，仿佛在分享秘密。我喜欢看他们待在一起。女族长是一个很孤独的工作，她跟戈比萨成了伴侣，我打心眼里为她感到高兴。

戈比萨非常爱弗朗吉，以至于他竟然开始无视丛林的规则。其他公象进入发情期时，戈比萨应该避开，这样他们才能获得交配机会。而戈比萨不。如果这些饱受睾丸激素刺激的年轻公象离她太近，他就会跟他们爆发冲突。他坚持自己的立场，把他们统统赶走。

两头小象幼崽从这对爱情鸟中间欢欢乐乐地跑过，在高大的象群中互相追逐。我认识其中一个就是娜娜的孙子。他出生的那一天，一条蟒蛇杀死了托尼——我那爱追逐猴子的杰克拉塞尔梗犬。为了纪念他，我以他的名字命名了这只小象幼仔。

当托尼跑到娜娜身边时，他突然站住了脚，溜到她的肚子下面，开始喝他的早餐奶。她让他喝了个饱，用长鼻子的尖端抚触着他的脸。他是她的女儿英杜娜的第一个孩子，但由于英杜娜太年轻，无法自己产奶，娜娜便乐于给他喂奶。幸运的是，他的祖母还在给自己的儿子喂奶，因此托尼才有奶吃。

我们的象群互帮互助的方式给了我很多启发，多年来，我从他们身上学到了很多东西。他们以一种和谐自然的方式共处，彼此之间有着无限的尊重和深厚的爱意，并遵循简单的规则生活。在象群中，"小我"永远处于次要的地位。公象们偶尔也会互相争斗，但是没有谁是为了谋求个人利益。这应该是许多政府贪腐的根源，我多么希望我们的星球是由大象治理的呀！那样的话政治将不复存在，我们的星球本身将是一个更加安全和幸福的福地。

当我看到西亚和卡亚从与我的花园平行的一条土路上，亦即象群的另一侧，开着车过来时，小宝宝托尼仍在喝着奶。两人冲我挥了挥手，熄了火，跟我一起观赏大象。这些狗认出了越野车，并兴奋地跳上跳下，狂吠起来。

"嘿，是西亚和卡亚呀。"我大声说。

但是小金有自己的主意。他一溜烟蹿过草坪，从电围栏下像一枚微型导弹一样从象群中间掠过。

"小金，小心！"

他根本不理会我，心心念念想到西亚和卡亚那儿去，不管不顾地向前飞奔。弗朗吉看到小金如闪电般掠过的身影，愤怒地高声嘶鸣。我把手拢在嘴上，对着小金高喊，要他回来。弗朗吉开始追赶他，逐渐加快速度。西亚从越野车上跳了下来，但是他也无法跟弗朗吉硬碰硬，只能干着急。

大杰夫跑前跑后，知道小金遇到了麻烦。他们两个是爱恨交织的关系，我紧紧抱住他的脖子，以防他也冲出去。正是在今天，他意识到他爱小金，爱到可以舍身相救。

"小金，停！停！停！"西亚喊道，挥手示意他离开。

弗朗吉离小金只有1米远了。她这一脚一旦踩下去，他必死无疑。直到那一刻，他才注意到一座灰色的大山正在向他逼近。他惊恐地大叫，后腿猛然转向，从电线底下飞也似的钻了进来，肚子都几乎没有碰到地面。

弗朗吉一阵风冲到他的身后，堪堪贴着篱笆站住了脚，怒气冲冲地瞪了我一眼。

"我很抱歉，"我无奈地说道。

她剜了我一眼，回了我个"你早该知道"的表情，然后优雅招摇地回到了戈比萨身边。我把小金抱紧紧搂住，他舔了舔我的脸，和我一样高兴他死里逃生了。

我喃喃自语道："我该怎么做才能跟她做回朋友呢？"

不久之后，我去德班和一些朋友一起筹款。晚上6点结束的时候，我们都饿了，但是我们没有预订餐厅，所以有人建议去附近的一家酒吧吃晚饭。

"我可不去，"我笑着说，"我是个丛林野人，那个地方对我来说太吵了。在那里我们连话都说不成。我也很久没见到你们了，不如去我家吧，我给你们弄点吃的。"

"谁会去酒吧聊天呢？"米歇尔笑了。

"走吧，弗朗吉，"另一个朋友敦促道，"你也该看看这个世界上的人是如何休闲的呀。"

我十分不情愿地屈服了，对着酒吧门上的音箱传出的震耳欲聋的音乐做了个鬼脸。米歇尔拖着我的手臂，将我推了进去。一位满头银发的男子正坐在酒吧里，背对着我们。我们走过去的时候他转过身来。

"你好。"他微笑着说。

我看着他那双满含着善意的眼睛，感到有些慌张，想知道我们是否以前曾经见过。也许他曾是苏拉苏拉的住客？我的朋友们以为我认识他，就把我们簇拥在一起。有人叫了一瓶奥特胭脂红葡萄酒和五个玻璃杯。南非就是一个大村庄，人们可以轻松自如地结交到朋友，而且自然而然就开始跟遇到的任何人聊起天来，这跟巴黎人冷漠自持的个性相去甚远。

"我是克莱门特。"那个人自我介绍说。

"你的名字听起来好像是法语。"米歇尔说。

"对，很平常的法语名字。我是毛里求斯人，不过我是在这里出生的。"

他看着我："你绝对是法国人。"

"没错，我在这里住了很久了，不过还是改不掉自己的口音！"

我厨房里的大象

"相信我，她在这里住的时间越长，口音就会越重。"米歇尔开玩笑说。

他在德班生活和工作，但是尽管他听说过苏拉苏拉，但他很不好意思地承认自己没有读过《象语者》这本书。

我承诺我会寄一本给他。

一个小时后，我瞥了一眼手表，想知道我的朋友是否允许我逃席。

"你也讨厌这里的噪声吗？"克莱门特问我，"我帮我姐姐看房子呢，要不大家都去我那里尝尝毛里求斯咖喱吧？"

我很高兴离开酒吧，于是我们匆匆钻进车里，跟着他去了一个宁静的白色海滨别墅。我们坐在露台上，边听着海浪拍击在岩石上的声音，边闻到诱人的大蒜、小茴香和辣椒的气味从厨房飘了过来。

我坐在克莱门特旁边，一起吃了晚饭，在温暖的夕阳里我们聊了很多很多。他告诉我在德班哪里可以买到最好的小龙虾，我也知道他有一个大家庭——他有四个姐妹、一个兄弟和三个侄子。

那天风平浪静，午夜时分，我们看着月亮从地平线上升起，向海面上洒下一层琥珀色的光影。我们聊得太尽兴了，我甚至没有注意到其他人都已经离开了。当我开车回家时，我感觉我好像认识他已经很多年了。一周后，我们又见了面。他带着玫瑰和他那双温柔的眼睛来到我家，在我还没意识到之前我就已经坠入了爱河。

这是多么大的惊喜啊！我以为我已经完完全全关上了我的心

我厨房里的大象

扉，我从未想过爱神之箭还会再次射中我。失去劳伦斯后，我全身心投入了工作。一开始是为了埋葬我的悲伤，但后来却成了一个我的坏习惯。我总是有很多很多事情要做，以至于我几乎完全没有时间考虑我自己的事情，更不用说是一个新的"我们"了。

我在克莱门特和我的生活中间重新找到了平衡。我们都喜欢烹饪，喜欢丛林，喜欢大海，也喜欢宅在家里。他知道苏拉苏拉的人类和动物家庭对我是多么重要，即使动物们让我顾不上他。

在我母亲九十二岁生日之际，克莱门特和我飞往法国，他们见了面。我的父母的婚姻已经存续了 67 年，跟我的兄弟姐妹一样过着正常的生活。他们都是医生，拥有和美的家庭，安稳的生活，而我却是一个反面的例子——去往不同的国家，放弃了大好职业去了南非，五十多岁丧偶后甚至连国都不回。

我对介绍他们给彼此感到很不安，因为我的妈妈是一位非常传统的法国女人。尊重和礼仪对她来说非常重要——她属于重视自我的一代人，很少表达自己的意愿，几乎从不会对不太熟悉的人流露出自己的情感。

而克莱门特则完全相反。她是十分礼貌而正统，他则是十分随和而友善。他的祖先是毛里求斯人，但他出生在南非，他的语言也是多语言的混合体：法语中夹着英语。在我家里没有人讲英语，不过我知道他跟他们至少是可以交流的。

"妈妈，这是克莱门特，"我说，"克莱门特，这是我妈妈。"他亲吻着她的手说，"幸会"。

她被打动了。

他继续说道："弗朗索瓦丝跟我讲了很多关于你的事情。"

我僵住了。他像所有毛里求斯人一样，使用了熟人才可以说的"你"而非"您"。

她的热情略微减少了一点儿。

他没有意识到自己的失礼，自顾自继续说了下去，问她所收藏的古董茶匙的事情。说着话他又狼吞虎咽地吃了第二份法式苹果派，嘴里还啊啊哦哦地问她要配方。

之后她稍微通融了一些，第二天她通融了更多，因为她大部分时间都在做吃的，而我知道是给他做的。她像我一样，喜欢喂自己所爱的人吃东西。当她要克莱门特帮她切洋葱时，我知道我们得到了她的祝福。

他们很快就建立了真挚的温情，当我们离开时，她以罕见的爱意拥抱了我们两个。6个星期后，她在睡眠中安静地过世了，我常常想知道，她走的时候是否很安心，因为她知道我不再孤单。

在我母亲去世之前，我一直期待着苏珊娜·西蒙森和她妹妹的来访。在过去的两年中，我们一直想做一些事情来纪念她已故的公公尤金，因为他最先来到了苏拉苏拉，并将他们一家三代人都带到了丛林中，在他们面前践行了他对野生动植物保护的坚定承诺。我们认为她这次旅行将是举行一个小型仪式的理想时机，在仪式上我们将会把刻着尤金名字的一块牌子悬挂在育孤园中。他们最近的一笔捐款为防止我们的小犀牛淘气包们逃脱提供了坚固的屏障，因此这是庆祝他们的慷慨美德的十分有意义的时刻。虽然这只是给予她公公的一个小小的认可，可是对苏珊娜来说意义重大，因为他已经深刻影响了苏珊娜的生活。

当我打电话告诉她因为我母亲去世错过了仪式而感到十分沮丧时，她用她一贯的和蔼可亲的话语安慰我。

"我们会好起来的。去看看你的家人吧，"她督促我道，"布洛西和克里斯蒂安会和我一起庆祝。"

我赶赴法国参加了葬礼，努力接受了这样一个事实，即我见到我妈妈后不久就失去了她。我这一去就是 10 天。我回来时，我的助手乔乔让我坐下，告诉我这场活动简直就是一场灾难。

她表情严肃地说："克里斯蒂安和我提前去了育孤园，我们想提前准备几件事情。"

当他们到达那里时，迎接他们的是一脸窘迫的艾克赛尔。他告诉他们，育孤园不允许他们挂牌。

"你是在开玩笑吧？"克里斯蒂安笑了。

不幸的是，他没有开玩笑。育孤园的德班行政经理已打过来一个电话，明确阻止仪式举行。

我惊恐地盯着乔乔。我亲爱的朋友们居然卷进了政治旋涡，而那正是我竭尽全力保护他们免受侵扰的地方。苏珊娜想做的只是用一块匾额纪念她的公公，然后拍摄一些照片，而这将大大有助于通过他们的野生动物基金会的网络传播有关苏拉苏拉的保护项目的信息。

我厨房里的大象

"然后呢？"我问。

"布洛西和西亚跟西蒙森一家一起过来了……"她顿了一下，"这也太尴尬了。我试图通过向苏珊娜建议我们去姆可胡鲁大坝找个地方来进行庆祝，但她根本不听。"

"那里不是丛林，尤其不是苏拉苏拉最神圣的地方。"苏珊娜情绪非常激动。

如果那天我也在场，我会质疑为什么不在一开始就阻止这个挂牌庆祝的提议，为什么当我远在万里之外为我母亲下葬时竟然做出这种无情之举？这实在是令人震惊。

值得称赞的是，艾克赛尔向西蒙森一家展示了新的障碍物，并勇敢地进行了摄影。他竭尽其所能以冲淡老板给他造成的这种糟糕的境况。

然后，苏珊娜面临着一个艰巨的任务，回丹麦后她得向她的丈夫和小叔子报告，说他们的父亲并没有得到他们所期望的尊重。那个时候她尚不知道我在育孤园已经遇到管理问题，她是一个如此温柔体贴的人，她接受了冷遇，后来甚至没有跟我提及此事。从某种程度上说，她的善意让我更加沮丧，我委托别人来管理育孤园，却冷落了这个曾经帮助过我们那么多的家庭。

克莱门特建议说："如果西蒙森一家能过得去这个坎儿，那你也应该过去。"

在那段可怕的日子里，他的镇定，他的稳固的支持，对我来说是多么重要！我所能做的就是不断地提醒自己，育孤园里的动物才是第一位的。

很少有人知晓我与外部管理团队的冲突，因此我更喜欢这样处理我们的关系。谈论这件事让我非常痛苦，而且在我们的宏图大计中显得我很小气，更是违背了劳伦斯和我的初衷——我们的梦想是创造某种超越苏拉苏拉的东西，让任何热爱动物的人都可以在那里找到一种帮助和参与野生动物保护的方式。

虽然那个时候劳伦斯已经去世好几年了，但我不确定人们对我跟别人在一起会有什么反应。我不知道为什么我这么烦恼，因为每个人都为我欣喜若狂。当劳伦斯的母亲雷吉娜邀请我们到安东尼大家庭里参加她的九十岁生日庆祝活动时，我非常感动。

但克莱门特仍然必须先通过我的狗狗们的安检。我对他们各自的反应很是好奇：我的小金爱每一个人类，所以他是个很好说话的小狗狗；但是我的拉布拉多狗大杰夫已经快十岁了，并且非常希望我独宠他一个人。他们见面的那天，他趴在厨房的地板上睡着了。我踮着脚尖走过去，向克莱门特露做了一个警告的鬼脸儿。

"你小心点。他是个暴脾气，不喜欢陌生人。"

大杰夫听到我的声音抬起了头。他看了看我，然后看着克莱门特，仿佛正在录入一个他不认识的人和我在一起的信息。他的尾巴重重地拍打着地面，一下，两下，就又开始打他老人家的瞌睡了。

"两下，还差一下呢。"克莱门特笑了。

小吉普赛是我最聪敏的狗狗。她十分聪明，但也很会惹麻烦，

我厨房里的大象

所以要是她不喜欢克莱门特，那必定是一个坏兆头。克莱门特带来了一袋骨头，但她可没那么容易上当，要是他不先向她示好，她定会识破他的真面目。不过现在显然盯紧克莱门特不是她的首要任务——她叼住骨头，一溜烟就跑出去了，连头都没回。

"这个反应能力也太太太一般了！"我大笑着说。

"她待会儿就会回来道谢。"他笑了。

他说得很对，小吉普赛果然回来了，现在我们五个开始在沙发上争夺地盘了。

现在就连小吉普赛都认可了他。

一个周末，克莱门特开车来到苏拉苏拉。他陪我待了几天，并说服我放下手头的工作，跟他一起去保护区兜个风。这真是一个大无畏的壮举，因为我已经好久都不开车了。

我对象群的紧张情绪越来越严重，以至于我甚至开始去找避免进入丛林的借口——通常是与工作有关的借口，如此一来，那些想鼓动我去丛林的人就会偃旗息鼓了。我喜欢安全地待在家里与我们的象群共同生活，但是当我步行或者开车出去的时候，我总是感到忧虑和担心，劳伦斯去世后我的焦虑变得更加严重了。

我很不情愿地跟克莱门特一起上了越野车，牢牢坐在中间的座位上，他坐在我的一侧，一位住客坐在我的另一侧。我僵直地坐着，努力掩饰我的紧张。

已经有好几个星期没有下雨了，祖鲁兰的丘陵地带远远看去风景如画，蔚蓝色的天穹下，金色的大草原广袤无垠，层林尽染，再有名的画家也不能像大自然母亲这样雕绘出如此之美的景色。

护林员安德鲁在对讲机中向西亚报告了最后一次象群出没的地点。

他说："我们看到他们向南去了。"

"这次一定下雨了。"安德鲁对我们说。

天气晴朗，万里无云，丝毫没有下雨的征兆，但我们的象群从没有失误过。在丛林里根本不需要气象站，因为我们可以通过观察我们的动物来预知天气。如果有寒流来临，象群会去保护区的南部避风，因为那里有更多的树，而且也会降低在潮湿泥泞的山丘上失足滑倒的风险。

当地人常常把我们祖鲁兰福地的雨水视为福报。我对自己笑了笑：这场"福报雨"下得可真是时候啊，我们的两个小犀牛孤儿伊图巴和桑多，已经从育孤园"毕业"并回到了他们原先所在的保护区内，余下的两个，英佩和古古也快要回家了。由于育孤园的所有人员不能总是都待在那里，因此当伊图巴和桑多离开时，我都没有在场，但我从他们的保护区那边听到他们都已经安顿下来了。对于这些重要的里程碑，我本来是一定都要出席的，但是那时我没在场，也就不那么痛苦了。只是要让我完全不管不顾他们是很难的，太难太难了。我之所以能够坚持下来，是因为我们建立这个育孤园的初衷就是让这些小家伙重返野外。

当安德鲁掉头时，我们的车子在草地上猛地颠簸起来，我的思绪被拉了回来。15分钟之后，我们看到象群就在距离我们500米开外的地方，沿着泥泞的小路朝我们走过来。

安德鲁将越野车停在了一棵巨大的金合欢树附近。

他预告说："要不了几分钟他们就会开始对这棵树大快朵颐。"金合欢树是非洲荒原上的女皇。它们高大修茂，又能抵抗干旱，长长的锋利尖刺深藏在茂密的树冠当中。我们的大象十分喜爱啃食它们。

他们缓缓地稳步向我们走过来，我的心怦怦直跳。弗朗吉和娜娜走在前面，其他的妈妈们紧随其后，小家伙们用小鼻子紧紧卷住妈妈们的尾巴。后面是雄象马布拉、戈比萨和彬彬有礼的大块头曼德拉。弗朗吉突然在金合欢树下停了下来，扭断了一根树枝，用鼻子灵巧地把树枝送进嘴里。这对其他人来说是一个讯号：下午茶时间到了。南迪保护性地走到娜娜的盲区，领着妈妈来到一棵没有尖刺的树前。

趁着两位女族长略有分心，我们最小的象宝宝泰姆巴决定向我们发起冲锋。他把他的小鼻子像套索一样高高竖起，但是就像所有熊孩子一样，他完全没有意识到，母亲和姨妈的眼睛都在盯着他呢。弗朗吉转过身来，嘴里咀嚼着树叶向他发出警告，要求他表现得得体些。我一直注视着她，担心她会意识到我正坐在越野车中。

泰姆巴一下子停住了脚步，警惕地盯着她，然后像子弹一样朝着相反方向的曼德拉飞也似的冲过去了。

小象都喜欢冲锋，这头小象是个小淘气，尤其精力旺盛。

在我们看来，曼德拉可能是一头令人生畏的公象，因为他的体重高达 6 吨，但其实他那粗糙厚重的身躯里面包藏着一颗柔软的棉花糖一般的爱心，是小象们的好叔叔。他慢慢低下头，让泰姆巴撞上自己的肉墙。泰姆巴摔倒在地，曼德拉用长鼻子轻轻地把他扶了起来。

安德鲁笑了："哈，泰姆巴就是这样学习战斗技能的。"

象群慢悠悠地有一搭无一搭地啃食着树叶和青草，他们的佛系生活方式让我的心间涌起了一股暖流，同时我也为自己在他们身边变得如此焦虑而感到困惑。他们向我展示了他们每天是多么幸福，然而这些年来我却愈来愈少跟他们待在一起享受这种欢乐时光。

弗朗吉呢，她要么是故意无视我，要么甚至根本没有意识到我在车上！

突然戈比萨停了下来，朝我们猛地甩了下头。他的象鼻子高高竖起，开始朝着我们的方向挥舞，狂嗅越野车上的每个人的气味。然后他大踏步向我们走了过来。我咬紧了牙关，眼睛一眨也不敢眨地盯着弗朗吉。克莱门特紧紧握住我的手，对着我微笑。他了解丛林，因此他一点也不担心。

"他只是来打个招呼，"安德鲁低声说道，"保持冷静，保持安静，并确保关掉手机和闪光灯。"

戈比萨径直走向克莱门特，停在他面前。我们都屏住了呼吸。戈比萨俯视着他，他那巨大的身形像一堵墙一样矗立在他的身前。克莱门特抬起头，用手紧紧握住我的手。他们互相对视着，戈比萨将他的大脑门抵住越野车的机盖，长长的象牙戳到了克莱门特的身上。车辆在重压之下左右晃动，嘎吱作响。

克莱门特后来对我说："我在他那榛子般的大眼睛里只看到了平和。"

我惊奇地看着戈比萨的长鼻子在他身上轻轻游走。大象可以将一棵橡树连根拔起，但是也可以温柔地抚摸人类。他用鼻子在克莱门特的胸前轻轻拍击，然后又放到他的脸上，察看他的脸颊、鼻子和头发。

"他一直在看着我，仿佛对我有什么特别的期待。我不知道他想要的是什么，所以我一直也回看他。他很平静，眼睛也很慈祥。我可以看到他皮肤上的沟壑和他耳朵上的静脉。但是我可不想当英雄去回摸他。我不是那个象语者。"他哭笑不得地说。

安德鲁发动了越野车，戈比萨往后退了一步。我们等他起身离开，引擎低低地轰鸣着，但他仍然继续安静地探究着克莱门特，再次走到他近旁，最后一次用象鼻子轻轻碰碰他，然后慢慢走回到象群那里。

我紧紧握住克莱门特的手，一句话也说不出来，内心充满最深沉的宁静。

没有人知道戈比萨为什么会如此对待克莱门特，但是我的祖鲁护林员们说，作为象群最年长的公象，他这是在审查我的新伴侣呢。如果眼睛是心灵的窗户，那我就知道他离开的时候已经放心了。和我在一起的这个人，是一个能带给我欢乐的人，一个永远不会让我和他们分离的人。

第二十五章　何处有安土

一道闪电划过，将我的卧室照耀得如同白昼。雷声像枪弹声一样划破了夜空，暴风雨在我耳边呼啸，已经持续了好几个小时。我摸了摸小吉普赛，安抚着她，这时我的手机响了。

我摸索着找我的手机，想看看是谁会在凌晨2点钟打来电话。是一个未知号码，于是我又将手机放回了床头柜上，躺了回去。

手机又响了。号码拨错一次还情有可原，拨错两次就简直不可理喻了。

"谁呀？"我低声问道。

"育孤园遭到偷袭！他们开枪打中了两头犀牛，而且打伤了志愿者。"

是育孤园的野生动植物顾问从约翰内斯堡打来的电话。我一下子坐了起来。偷袭？枪击？打伤？我无法接受这些词语，便打电话给我的助理金。无人接听。我又打给乌西，也无人接听。毕竟现在是风狂雨骤的深夜，而且正是人们熟睡的时段，没有人会接听电话的。我穿上卡其布长裤，套上一件运动衫，跑到离我最近的榭舍，重重地砸着总经理的房门。她才来我们这里几个星期，但我已经发

我厨房里的大象

现，她是一位坚强而有能力的女性，而且在危急关头也能从容镇定，头脑清醒。

"琳达！是我！快开门！"我在雨中颤抖着，等待她开门。"偷猎者在育孤园！这个鬼天气！我一个人过不去，我们需要开上你的越野车。"

她看到我满脸的惊恐，一句话都没问。"给我5分钟时间。"

当我们冲向她的车时，大雨像冰雹一样重重地砸在我们身上。我们以蜗牛般的速度沿着泥泞的小路前行，努力看着四周，一句话也不说，心怦怦直跳。那里有四名志愿者在帮助艾克赛尔，她们是四位热爱动物的女孩，从千里之外来到我们这里照看我们的小孤儿们。我的脑子里乱糟糟的，我们到了那里会看到什么？他们受伤了吗？或者更糟糕的，有人被杀死了吗？从活犀牛的头上把角砍下来是惨无人道的，然而干得出这种行径的人对护理员们来说，其危险程度远远超出这些真诚的年轻人所能理解的范畴。即使他们完全顺从那些家伙的指令，然而可能某一个错误的举动或者某个不当的措辞，就会让那些失心疯的家伙扣动扳机。这条路好像永远走不到头，我们慢慢地，慢慢地，痛苦不堪地在瓢泼大雨中挣扎着往前开，直到驶上了育孤园的长车道。

我第一眼看到的是我们的反偷猎犀牛的警卫们，其中一个人跑出来迎接我们。

"你们是自己开车来这里的吗？"他大声说道，"偷猎者可能还在保护区里！快躲进来！"我直直地看着他。我完全没意识到，没有警卫的保护直接来这里是十分危险的事情。

我问他："有人受伤吗？"

他点了点头，面无表情地把我们带了进去。警察已经来了，搜寻着育孤园里偷猎者可能留下的任何线索。

我发现女孩们都挤在办公室里，瑟瑟发抖。我紧紧拥抱着她们，感恩她们还活着。年轻的凯特琳刚来我们这里，才待了几个小时，她与孤儿一起工作的梦想如今竟成了一场可怕的梦魇。

暴雨猛烈地击打在瓦楞铁皮的屋顶上，我们几乎听不到对方说话。女孩们一边抽泣一边说着，每个人都浑身瘫软。没有人知道该怎么办，应该给谁打电话，如何获得帮助。我意识到 4U 安保公司的拉里应该在现场。

"有人打电话给拉里·伊拉斯姆斯吗？"我木然地问道。他们不认识他。我就像一个工具人一样，几乎起不到作用。我摸索着找到我的手机打给了拉里。拉里说他已经在路上了。

"警卫逃了出来，联系了我。情况有多糟？"他在雷声中大喊道。

"糟糕透顶。你到哪儿了？"

"这条路真是一个灾难，一路上都在施工，所以我现在走那条横穿保护区的小路。暴风雨实在是太碍事了！我的其他警卫正在路上，控制室那边已经联系警察了。他们在那里吗？"

我说："他们在我之前就到了。"

他很快就到了，我们开始还原事情的真相。

我厨房里的大象

前一天晚上9点钟左右，护理员们刚完成第一次夜间喂食，五名全副武装的家伙冲突破了栅栏，切断了摄像头和电缆，然后将车子驶进安保人员躲避暴风雨的车棚。之后，有两个人从后面袭击了保安，将他拖进储藏室，用枪抵着保安的头，逼问出了信息。

"下一次喂食是几点？这里有几个人？有多少枪支？安全系统在什么地方？狗在什么地方？犀牛在什么地方？你如果说谎，我们就一枪崩了你。"

外面肆虐的暴风雨把他的尖叫声完全掩盖住了。他们抢走了他的枪、手机、对讲机和鞋子，将他绑了起来并用螺栓把门拧死。然后这群畜生耐心地掐着时间等待下一次喂食。

艾克赛尔和志愿者们已经上床睡觉了，五个手无寸铁的年轻人对暗中躲在外面的持枪歹徒一无所知。

半夜11点30分，厨房里灯火通明，两个值班的女孩正在在为英佩、南迪、暴风、古古、查理和马可霍西以及新来的伊西米索准备牛奶。她们一边聊天，一边开心地大笑。六头饥肠辘辘的犀牛幼崽和一头大河马正迫不及待地等着享用他们的午夜点心。

两个女孩刚刚迈出门，几秒钟后就遭到伏击并被拖回了屋里。这些人开始拷问她们。

"把我们带到那个男孩那里。狗在哪里？把你们的手机给我们！还有对讲机！"

她们被迫把这些歹徒带到和杜马待在一起的艾克赛尔的房间里。其中一个女孩妮可意识到袭击者可能会杀死杜马。

"艾克赛尔，快醒醒！我们需要你，"她在他关紧的房门外面大喊道，"把杜马关好！"

这不是一个不同寻常的请求。由于蛇常常在房子里出没，因此艾克赛尔马上就联想到这些女孩需要他的帮助把蛇赶跑。这样让杜马待在房间里就讲得通了。他还想到，这可能就是杜马早些时候大声吠叫的原因了。

"坐下！安静！"他打开门时就给了杜马指令。

四个男人举着枪对准了他，他同时看到了被歹徒劫持的两个女孩。艾克赛尔十分镇定，拉上了身后的房门。杜马没有动，也没有吠叫。

女孩和艾克赛尔被推进了办公室，其他偷猎者已经开始拔掉中央控制室的闭路电视的数据电缆。这些人十分确切地知道哪里有什么东西，该如何处理，而且知道要当心狗。

两周前，一架无人机从保护区上空飞过。我们对无人机有着严格的即时击落政策，但当保安人员靠近时，它的前灯立即关闭，消失在黑暗中。当时我们还以为他们是在定位塔博和恩托比，但现在我们确定了，原来他们是在刺探我们的育孤园。

这些犯罪分子拥有充裕的金钱和高科技设备，很显然数周甚至数月以来已经开始收集信息。普通的偷猎者会摧毁电脑和视频硬件，但是这些精通技术的人知道，只要断开电缆，与外界的所有联系都将被切断，团队随即陷入彻底的孤立无援境地。

这些人气势逼人，脾气暴戾，强迫艾克赛尔帮着他们迫使其他

我厨房里的大象

志愿者就范。其中一名女孩遭到严重殴打，而攻击者则强迫其他女孩说出他们坚信育孤园应该有的犀牛角所在地。哪里有什么犀牛角呢？古古和英佩返回原始保护区之前，他们已经获得了去角的许可，而且他们也已经完成去角。伊图巴和桑多离开之前也已经完成去角手续，但去角尚未进行。偷猎者一定知道古古和英佩即将离开育孤园，但是他们是否知道他们所渴求的角已被去除，还是他们认为伊图巴和桑多的角还在育孤园呢？我们永远不得而知。

他们拖着艾克赛尔在育孤园四处乱翻乱砸，希冀找到犀牛角。

"把犀牛角交出来！打开房间！这扇门怎么锁了？"

"这是经理的办公室。我没有钥匙。"艾克赛尔回答说，声音十分平静。

他们用刀背一次又一次地殴打他。他们认为，育孤园里面一定有一个保险箱！他们务必要找到角！

"这里没有保险箱。我们不可能把犀牛角留在这里。"最后他们放弃了审问艾克赛尔，随后用胶带和绳子将他和女孩们绑在一起关进了办公室。

上一分钟队员们还在准备喂小孤儿们，下一分钟他们就被当作人质生死未卜。艾克赛尔竭尽全力安慰女孩们如何尽量避免受到伤害。

"眼睛向下看。不要跟他们有任何目光接触。不要反抗，按他们说的做。"他飞快地说道。

三个歹徒看守着年轻人，另外两个提着枪和斧子，穿过漆黑的暗夜到了犀牛宝宝那里。我无法想象我们的队员们是怎样为他们孱弱的孩子们忧心如焚，而无情的枪击声又该是怎样让队员们心碎。

他们把子弹射入了古古和英佩体内，只是为了攫取两根比小孩子的拳头大不了多少的犀牛角。

古古立即丧命，我们的英佩小甜心留了一条命。天杀的偷猎者却没放过他——他们把他压倒在地，用斧头冲他的头猛砍，英佩的小黑眼睛里是满满的恐惧，夹着一丝困惑。在祖鲁兰的偏远村庄里流传着这样的说法：眼睛可以储存看得见的记忆，所以他们做了一件十恶不赦的事——他们挖出了他的眼睛。

半小时后，这些歹徒裹挟着他们的战利品消失了。队员们在惊恐惧怕中等待救援，浑身瘫软，目不转睛地紧盯着悬挂在门上的时钟。20分钟后，他们才哆哆嗦嗦地解开了彼此的绑绳。他们神情迷茫，目光呆滞，毫无思绪：袭击者真的走了吗？现在去看视犀牛们安全吗？在那边发生了什么惨剧？他们找到一台对讲机，但是谁也联系不上。其中一个女孩发现了一部偷猎者没有带走的手机。他们给我打了电话，并尝试打给我的助手和保护区外面的人，但是令他们绝望的是没有一个人接听。

他们不知道的是，被关在储藏室里的警卫逃了出来，他光着脚猛跑，试图穿过保护区去拉警报。由于害怕再次被偷猎者抓住，他避开了主道路，在黑漆漆的夜幕中溜进了灌木丛。他的脚被扎破了，但他顾不上暴雨和疼痛，一口气跑到了榭舍，找到了夜班警卫。他们一起把电话打给了4U安保公司的控制室，与此同时身处保护区外面的经理也打通了拉里·伊拉斯姆斯的电话。

"这一切都是同时进行的。我打电话时，我的控制室有三个未接来电，"他说，"我从第一个电话中就得知了这次袭击的消息，然后从我的警卫那里了解了详情。我那时就知道了，我们面对的是拥有强大火力的职业杀手。"

一周前，偷猎者袭击了临近的一个私人农场，在枪战中拉里的团队中一人丧生，所以他丝毫未心存侥幸。他打开保险箱，拿出了武器和弹药，并打电话要求增援。他做的最后一件事是叫醒他的妻子并亲吻了她说再见。他不知道他需要外出多久，但他知道自己所面临的危险。

回到育孤园这边，研究小组发现古古已经死去，而英佩满脸都是骇人的伤口，半个身子浸泡在他那昏暗的水池中。他艰难地呼吸着，试图让自己爬出水面时，痛楚难当。

英佩什么都看不见了。他恐惧万分，惊慌失措，没有人能靠近他，给予他帮助。直到今天，我都不忍回忆起他和他的护理员所经历的痛苦。他们曾经亲手抚养过他，现在却什么也做不了，甚至都不能抱抱他。他们恳求拉里开枪将他打死，好让他不再遭受如此巨大的痛苦。

"我一万个不情愿，"后来拉里沙哑着嗓子说，"我知道我应该这样做，因为犯罪现场不可破坏。可是我做不到。亲眼看着他遭受如此巨大的痛苦，到现在我心里还备受折磨。"

最大的悲剧是两头小犀牛距离成为野生犀牛就差几天了。他们最初来自不同的保护区，每个人都在竭尽全力说服他们的主人让两个小家伙待在一起。两个保护区的主人甚至被邀请来育孤园参观，这样他们就可以亲眼看到英佩和古古的感情是多么深厚。如果强行将他们分开，他们将会遭受多么大的痛苦。

可怜的小英佩在他母亲被偷猎者杀害后幸免于难，最后却遭受了同样的地狱般的死法。

如此温柔的小动物们因长着跟我们的手指甲同样的角蛋白而被残忍杀害……

为了保护团队和动物们的安全，我不管不顾地把住在榭舍的厨师汤姆拖下了床，给女孩们开了房间。时间已经很晚了，他们都精疲力竭，我们不得不把他们从袭击现场带走。

可是艾克赛尔和妮可坚决不离开孤儿。查理和剩下的四个小家伙因为饥饿和恐惧正在尖叫。他们感知到了混乱，因此更需要安慰和食物。

更多的 4U 安保公司的人来到了现场，他们全副武装，随时可投入战斗。拉里并不满意，把本地区的警察局长从睡梦中叫醒，请他提供更多支持。

天气放晴了，阳光终于照亮了这个不幸的暗夜。我今天早上要做的第一件事就是，让我的助手金开车带着女孩们前往恩潘杰尼市的花园诊所就医并接受创伤心理辅导。迈克·托夫特抵达并给英佩实施了安乐死。乌西拦住了一位当地的农民，借了他的铲斗车，并请他帮我们把尸体抬出围栏，将他们安葬了。

我厨房里的大象

那 24 个小时于我是模糊的，到现在只剩下星星点点的碎片了：几个年轻人苍白的脸，暴风雨的喧嚣，英佩满脸的惨不忍睹的伤势，还有我乱作一团的心绪……

我坚持不让自己深陷在痛苦里面，如果我一直痛苦，那将会摧毁我。有很长一段时间，我对人类失去了信心，对拯救犀牛失去了希望。只要人类对犀牛角的贪求不消亡，犀牛就永远不会远离危险，而那些冒着生命危险守护他们的人亦会陷于危险之中。我的内心十分纠结：我们的安保团队没能阻挡住杀戮，让我感到非常震惊，然而同时他们也并没有跟偷猎者正面对抗而造成伤亡，又让我大大松了一口气。毕竟如果对战发生，将极有可能升级为全面的人员对峙。如果偷猎者想做一些像对我们的动物所做的类似残暴行径，那么他们对于杀害人类决不会手下留情。

育孤园坐落在山顶，非常适合偷猎者朝着任何打算冲上来的警卫或警察开枪射击。然而不管拉里的反偷猎人员装备如何精良，训练如何有素，在高风险状况下他们依旧是处于被动位置，无法进行反击，不仅仅是因为我们的人员与袭击者处于不同地形而已。

除了振作起来，我还能做什么呢？我衷心希望我们所有人都能够抛开分歧，成为齐心协力的伙伴。犀牛需要我们为他们而战，尽我们最大的努力来保护他们的安全。但是，我也一直在问自己，这个世界上有什么地方可以真正永久安全吗？我们又该如何对付那些天不怕地不怕的配备了霰弹枪和突击步枪的亡命之徒呢？但是要是我们连尝试都不尝试的话，一定会有更多的犀牛死在他们的手上。

我厨房里的大象

袭击发生的第二天，我接到了梅根从英国打来的电话。艾力死后不久，她就离开了这里。她照顾的两头小犀牛接连被杀死，给她造成了严重的心理阴影。她知道我们需要额外的安保设施，以使育孤园不会再次遭受袭击，而且她也知道我们无力承担。

她问我："我能帮上什么忙？我要开始进行募捐吗？你们需要什么？"

"我们加强了安保，但我们需要更多支持——我们需要为保护区的其他动物提供紧急保护，确保偷猎者不会再次闯进来。"

她向我承诺了一个努力筹集六千三百美元的目标。

她在 5 个小时之内实现了这个目标。

来自世界各地的捐款像潮水一样涌向我们。人们对我们的遭遇感到十分震惊，希望向我们提供援助。人们的爱心与关注突如其来，令人难以置信我们竟然能收到如此之多的善意。一位莫桑比克的农民专门徒步走到我们这里，给我们送来了他的捐款——所有这些善意让我们倍感温暖。

我们收到的捐款数量也在飞速增长。短短 24 小时内我们的账户就收到了超过三万美金的捐款，而且仍有款项源源不断地汇入，最终我们筹集到了五万六千八百美金。

在夜间喂食期间，我们部署了全天候武装警卫，并为团队提供了特殊保护。我们增加了地面巡逻的人手，在育孤园周围布设了安全网。我们几乎将 4U 安保公司都雇下来了：拉里尽其所能——他所能调遣的人现在都在苏拉苏拉。

新安保重建大计拉开帷幕。我任命具有军事经验的克里斯蒂安为我们协调新的长期安保措施，并与4U安保公司紧密合作，以确保育孤园的安全。我们邀请专家前来评估、修复和升级我们的整个系统。国家安全部和地方警察局通力合作开始追捕偷猎者，野生动物当局宣布进入红色戒备状态，被剪断的中央控制室视频片段被发送到比勒陀利亚的实验室进行分析。犯罪嫌疑人被捕，其中两人逃脱，至今尚未抓到。搜捕仍在持续，直至这两个人归案后方可终止。

将剩下的犀牛宝宝去角成为当务之急，我们尽最大可能快速办理了许可证。

四个女孩中的三个回到了家中，但艾克赛尔和妮可继续留下来照顾和抚慰孤儿。查理和马克霍西的情况尤其严重，他们接受了紧急救援药物来疗愈创伤。

塔博和恩托比也感知到了危险，他们在主屋和榭舍附近待了好几周，总是睡在我们的视线范围之内。即使有专职的武装警卫人员，他们在丛林中仍然感到十分不安。他们选择了回到被抚养长大的地方。

娜娜和弗朗吉察觉到了动荡，带着象群消失了——她们将象群藏在了保护区的最深处，直到她们感到威胁已经过去。

关于孤儿的未来，我们的内部爆发了激烈的辩论。外部管理团队希望将这些动物搬迁到另一个他们认为更为安全的场所。可是那里会安全吗？我们永远不知道犯罪集团的黑手伸得有多长，那么到底有没有一个真正安全的地方？在我们内部有人希望将他们留在这里，有人则认为搬迁对他们更好。我不能接受小犀牛离开我们的想法，尤其是那几头最孱弱的小家伙——查理、马克霍西和伊西米索。对他们来说，育孤园是他们认知里的唯一的家。

在这场大混乱中，一头四岁的白犀牛在巴黎动物园被杀害。这是欧洲第一起犀牛偷猎事件，几乎将我摧毁。没有一个地方是安全的。不可能有。如果犀牛待在动物园里都不安全，那么他们在野外又该如何保证安全呢？

我曾经天真地相信，每个人都会为动物的利益而通力合作，但是事实上恰恰相反。我们与外部管理团队的冲突越来越严重，以至于有些决策竟然在没有咨询我、"四爪"或祖鲁酋长的前提下就做出了。

然后我就被出局了。

我们最大的两头犀牛幼崽，暴风和南迪，是最先离开的——他们回到了他们的出生地。我尽力说服自己：他们年龄够大了，已经准备好开始进行新的生活，应该开启他们的丛林野生犀牛的美好人生。

剩下的是杜马、两头小犀牛和我们亲爱的小河马。令我万分难过的是，他们也被迁走了。

到 2017 年 4 月底的时候，即袭击发生仅仅 10 周以后，我们的育孤园就只剩一个空壳了。

接下来的那段时日是我一生中最最黑暗的时光。我开着车漫无目的地在保护区穿行，看着育孤园孤零零地矗立在山顶，深深陷入失去所有小家伙的悲伤。我告诉自己，我们没有失败，我们已经做得够好。我们的四头犀牛仍然活蹦乱跳，另外两头，还有查理，他们都会在野外健康成长，繁衍生息。但是，在如此之多的失误发生之后，我们是不可能坚持下去的。人们不是一条心，互相不团结。友谊破裂了，与外部管理层的合作解体了。

酋长们和我们的奥地利赞助商"四爪"对此深感失望，他们认为是我这个合作伙伴背叛了他们。外界对苏拉苏拉安全问题的指控都对准了我，这让我几乎崩溃。但我不想将这些纷争喧扰公之于众，即便在今天，我也不愿过多述及，因为毫无意义。几个月以来的每个夜晚，这里所发生的一切及其导致的严重后果让我辗转反侧，无法入眠。

偷猎行为并没有因此消停下来，甚至更加猖獗。犀牛角和象牙的交易一天不被取缔，犀牛和大象被屠杀的行为就永远不会终止。在这里，为获取象牙而将大象杀死的偷猎行为，在我们这里尚未有非洲其他地方那么猖獗，但也时日不远了。

我不相信那些事出必有因的陈词滥调，但我深深相信，当悲剧来袭时，我们必须给这个原因找到一个解决方案，我们要尽我们之所能去争取一个好的结果。

对我而言，这意味着要将育孤园的大门敞开，吸纳新的人一起来运营它，而这些人将成为我们苏拉苏拉团队的一员。

我应对悲伤的方式是修复问题并找到解决方案，最重要的是要保护我们的动物。梅根筹到的资金真是老天爷的恩赐，我们把每一分钱都用在了安装最先进的安全系统上，旨在防止偷猎者再次闯入。

育孤园周边的围栏得到修复，并连接上了高科技警报装置。现在，移动检测器能检测到十分轻微的动静。整个保护区内都安装上了红外夜视摄像机，用于追踪任何移动的物体并将信息录入云盘。一旦偷猎者破坏了摄像机，现场和外部控制室都会即刻拉响警报。兼有录像功能的电子屏已从育孤园移到了外面的控制室里。

然而一个严酷的现实是，如果我们将苏拉苏拉建成铜墙铁壁，让偷猎者无法攻破的话，那他们毫无疑问就会去其他的保护区。我们如何才能筹集到更多的资金去打击这些有组织的团伙呢？

我们不再使用对讲机来报告动物的行踪，因为被拦截的危险太高了。现在，我们只通过可靠的手机联系。塔博和恩托比佩戴上了跟踪项圈，而且配备了 24 小时武装警卫近身护卫。所有的员工都携带着移动紧急按钮，一旦发生紧急情况，他们知道该怎么做，该拨打哪个手机号码，该如何应对。我们永远不知道会发生什么，但可以肯定的是：我们将永远不会再像之前那样被搞到措手不及。

为育孤园准备一个新的起点真是太好了。这并不意味着我内心没有受到伤害，但这意味着我不会让痛苦和创伤将我压垮。

这就是我何以在遭遇了劳伦斯去世和塔博遇袭击后幸存了下来。

为信念而奋斗是让我每天早晨起床的理由。

第二十六章 ／ 梦想永在

曾经的悲剧就发生在我家近旁，发生在本应安全无虞地生活着的无辜的人和动物身上，对我来说，这些都成为我要打败恐惧的动力。虽然这使我不堪重负，但是，我永远也不会停止寻求生活的快乐和人性的美好。尽管我知道有些人类会做出十分可怕的事情，但在内心深处我仍然是一个乐观主义者，相信在这个世界上好人比坏人多。虽然难免总会有一些人让我失望，或设置一些让我无法跨越的障碍，但是如果我信心坚定，目标明确，我一定知道我该如何去做。

即使我不得不又一次从零开始，我也决不言弃——这个信念，已经深深刻在了我的基因里。

况且我并不是孤身一人，我还有一群和我一样下定决心开门纳贤的同道之人。我被他们的仁心深深感动，其中就有梅根。我知道机会渺茫，可是我还是给她打了电话，试图劝说她回到南非。

我跟她说："我很希望你能回来，我们一起重建育孤园，行吗？"

"我当然没问题！我会一直待下来，直到你组建起一支长期团队。"她二话不说就答应了，随后她就打电话给她最好的朋友。

"维姬，虽然在育孤园里曾经发生过很糟糕的事情，但那里依然有无限的可能发展壮大。我们一起去做一点让它重新崛起的事情吧！"

一周之后她们两人就到了。她们来到这里的第一件事，就是立即卷起袖子，对整个育孤园里里外外来了一个彻头彻尾的大改造：清洁，检修，喷漆……两个年轻人用大无畏的毅力和灿烂的笑容将生命的活力重新注入了这个地方。她们做的另一件事，就是在育孤园中竖起了一块写着"热烈欢迎"的大标牌。她们的热情让每个人都为育孤园的重建而重新燃起了希望。

没过几天，布鲁斯加入了团队。他是一个矮壮敦实的拳击手，受伤后就独自一人在恩潘盖尼市的繁忙街道奔波求生。自从我们向他展示他新家的那一刻起，我们都爱上了他。他陪着小吉普赛和小金一起玩耍，同时非常认真地给梅根和维姬当保镖，当然这些工作从未妨碍过他一到下午就会坐在沙发上打盹儿。

我跟酋长们多次会面，逐渐又重新赢得了他们的信任，为未来设定了共同的目标。以前的管理团队从未严肃地认清这个事实，即育孤园是建在部落土地上的，是劳伦斯最初和五位酋长商定的共建保护区大计的重要组成部分。育孤园最终得以建成，要归功于这五位有远见的社区领袖，是他们让我们的保护区率先建立一个动物保育中心的梦想成为现实。他们的持续支持和奉献对我来说尤为重要，而且他们跟我同样激动，因为我们在苏拉苏拉将组建自己的团队。我们的会谈进行得如此之顺畅，以至于我们甚至开始谈论起将提供更多土地将保护区扩容。

我们的另外一个重要伙伴四爪的创始人赫利·邓格勒目睹了人类政治的破坏性，但他仍然坚持致力于让育孤园广开纳贤之门。令我十分感到欣慰的是，他毫不犹豫地恢复了基金会与我们的财务协作。

最近一次他跟我说："我们一直在考虑为外来的大象建立一个庇护所。也许这是一个将育孤园带到另一个高度的时机。"

"那真是再好不过了，"我平静地回答说，"这跟我们在苏拉苏拉所做的事情毫无二致。"

"这可能需要一到两年的时间才能建成，因此在此期间我们将援助你让你的园区对其他需要救助的野生动植物开放。"

2017年7月中旬，我与四爪和酋长们重新签署了新的合资协议。我们再次成为正式合作伙伴，为育孤园恢复正常运行而感到兴奋。过去已经翻页，而且我们也扩大了专注点，因此我们将名称更改为苏拉苏拉野生动物康复中心。

小露西是一只麂羚幼崽，是我们新园区的第一位小住客，是被警觉的警方从试图将她以宠物或更糟的方式出售的偷猎者手中截获下来的。麂羚是一种体形较小的羚羊，得名于南非荷兰语的"下潜"一词，因为他们在受到威胁时会一下子就消失在灌木丛中。她是一个十分漂亮的小家伙，长着一身焦糖灰色的皮毛，窄窄的尖鼻子，两只长长的小精灵般的耳朵和一双深邃的大眼睛。她严重脱

我厨房里的大象

水，营养不良，体重仅 2.7 公斤。

现如今我们组建长期团队的消息正广为播散，我每天都收到大量简历。这真是令我太激动了：尽管这里发生过许多不尽如人意的事情，但还是有很多年轻人想参与到我们中来。

凯莉和尤兰迪于10月接手了梅根的工作，我们不再回首过往。凯莉身材纤长，举止优雅，温柔而坚定。她获得了动物学和野生动植物管理方面的学位。尤兰迪是一个爱说爱笑的充满活力的年轻女孩，拥有多达 10 年的野生动物护理经验。

她在接受采访时说道："我一直认为自己会成为一名兽医，但是随着年龄的增长，我意识到我更愿意保护动物而非简单地为动物提供治疗。"

他们加进来之后不久的一个上午，我带着一位我非常熟识的当地记者凯西来到了康复中心，请她写一篇有关我们的育孤园重获新生的文章。我叫上小吉普赛跟我们一起过去。她从我的总经理办公室一跃而出，小金也紧随其后，两个家伙都兴高采烈地跑向我。

"琳达又给你们喂饼干了吧？"我做了个鬼脸。琳达挓挲着手走了出来，开口说道，对不起呀，可是她的脸看着可是半分不好意思也没有呢。我通常不带小金，因为我觉得他不够乖，但他马上把小嘴巴嘟了起来，做出一副"为什么你只带小吉不带我"的委屈巴巴的样子。我心软了。小吉普赛跳进了后排座椅下方的空间，然后小金也想有样学样，但他却没能成功。小金用爪子疯狂挠着车子，他那绝望的眼神忽闪着恳求帮忙。

"你都胖成一个球了，"我叹了一口气，说道，"等下我们到了育孤园，我得换一个新体重器来给你称重了！"

我跳上驾驶座，一边发动车子一边打免提电话给西亚。

"早上好，西亚！象群今天在哪里呀？"

"别担心，他们离你远得很呢。他们在矿山大坝那边，看着今天是要留在那里了。"

"太好了，谢谢你。回见。"

"听着你好像不打算跟他们见个面？"凯西惊讶地说道。

我笑了，但没有回答。

"你不会是害怕他们吧？"她取笑我说。

我认认真真考虑了一下这个问题，有点不知所措，一时不确定该如何回答。

"我爱他们，但我也非常尊重他们。"

"听起来这倒很像是委婉的托词，你害怕他们。"她轻声说道，"那真是难为你了。你也害怕这些小宝宝吗？"

"一点也不会！我爱这些小可爱，我也喜欢那些大块头。可就是当我坐在车里时，我就会感到惧怕和脆弱。那是很久很久以前了，我跟弗朗吉发生过一段十分糟糕的冲突。"

"有多糟糕？她伤害了你吗？"

"没有，但是她对我大光其火，我因此就一直担心她会记得那个瞬间并且记我的仇。可能也是我对我自己缺乏信任吧，因为我很清楚她现在跟那时我们开着四轮摩托车迎面撞上的那个大家伙完全大变样了。"我耸了耸肩，"说实话，我自己也不知道为什么我老这样。"

"在苏拉苏拉，有没有发生过大象伤人的事情？"

在我的记忆里，只有努姆赞冲撞过劳伦斯的越野车。努姆赞因为遭受剧痛折磨而怒气大发的样子，在我脑海里一闪而过。劳伦斯和两名住客被困在车里，而努姆赞冲着他们的车子狠狠撞击。我接到了惊慌失措的劳伦斯打过来的电话。

"努姆赞在攻击我们！他在撞击我们的车子！我们被困在里面了，快让人过来！"

我至今仍然常常回想起那种上不来气的感觉。劳伦斯对我们的大象十分关注和了解，所以当我听到他的声音里带着满满的恐怖时，我知道他一定处于极度危险之中。

我喃喃地说道："我们曾有一头公象试图杀死劳伦斯和两名住客。那时他已经完全失控，我们的护林员根本没办法靠近越野车把他们救出来。"

"天哪，听起来真是太可怕了。他们最后是怎么逃出来的？"

"是娜娜和弗朗吉救了他们。她俩突然冲了出来，把公象从车子旁边赶开了，让护林员们及时将他们三个从车里拉了出来。尤其令人震惊的是，努姆赞一直是劳伦斯最钟爱的蓝眼睛小公象。我一直在想，他能对劳伦斯那么做，那么他能对我做什么？"我摇了摇头，对她皱了皱眉，"这些我都快忘光了。"

"你一定很受伤。"她温柔地说。

"说来也挺奇怪的，因为自打我跟弗兰吉冲突过，我就一直心惊胆战。但现在我意识到了，实际情况不是那样的，因为在那之后劳伦斯和我常常在我们的丛林中开着车巡视。弗朗吉的事情给了我们两人很大的警醒，我们是需要这个警醒的，因为一开始的时候我们对大象是一无所知的。我们真是太天真了！我们本来是不应该骑着那辆噪声巨大的摩托车四处乱跑的，那一次让我意识到他们有多么强大和狂暴。但这并没有让我因此而惧怕他们。"

我为自己能领悟到这些感到惊讶，这也说明了将恐惧深藏于心是多么不健康。在育孤园的悲剧发生之前，我一直不停地质疑自己，何以我竟对去接近我如此深爱的动物而感到如此焦虑。我总是将他们推开并归咎于弗朗吉。没错，她以前是脾气暴躁，这无疑让我很容易就下结论，认为她一直在生我的气。

我不知道是否是遇袭后的痛苦触及了我内心的脆弱，但是自劳伦斯去世以后，这是我第一次准备好直面所有这些问题。

"我能问你一个问题吗？"凯西说，"你最怕他们会对你做些什么？"

当她说出这句话时，我浑身打了一个冷战。我害怕他们那不可捉摸的性子，就像努姆赞差点将劳伦斯杀死一样，我也害怕他们可能会伤害到我。事实上并不是弗朗吉让我恐惧，而是努姆赞。他变得狂躁，从一头深情款款的小象变成了一个杀人狂魔，他的这个可怕转变诱发了我的恐惧。

我竟然做出了如此强大而出乎意料的内省！我屏住了呼吸。

"你和劳伦斯有没有找到他变得如此好斗的原因？"凯西问。

"他的象牙被感染了，而我们对此一无所知。这给他带来极大的痛苦，以至于让他变得十分危险。最后劳伦斯不得不将他射杀。这让劳伦斯伤心欲绝。"

"我的问题可能有点愚蠢，但是努姆赞已经不在了，那你为什么还这么恐惧呢？"

我冲她笑了，感到如释重负。

"对，我完全没有理由恐惧的。象群很快乐，而且他们信任我。前段时间我和克莱门特一起在保护区里开着车转了一圈，他们非常安静平和，至于弗朗吉——她甚至看都没有看我一眼。"

我沉默下来，陷入了沉思，尘封的记忆一股脑儿地浮出了水面。凯西说得对，我的担心毫无道理。在我们跟弗朗吉发生冲突之后，劳伦斯开着他的破烂不堪的老爷越野车载着我多次在丛林中巡行，而我一点都不害怕，甚至当我们去某个僻静处喝上一杯夕暮酒时我都没有半分恐惧。我曾经是多么喜欢那种四周除了灌木丛和野生动植物之外什么都没有的野外生活！

在努姆赞攻击车子之后，劳伦斯下达命令，严禁任何人在没有护林员陪伴的情况下前往保护区的任何地方，而且护林员必须时刻掌握努姆赞的具体位置。努姆赞成了我们日常生活的一个大麻烦。

从那时起，我就再也没有独自一个人去保护区兜风了，所以我在劳伦斯去世后几乎不去丛林也就不足为奇了。

所有被尘封的记忆都在这次巡行中涌回到了我的脑子里。令我吃惊的是，我以前从未将所有的记忆点串联起来。我是多么感激凯西提出的那个有洞察力的问题！是她帮助我走出了多年以来我一直在试图逃避的困境。

我把车停在了育孤园大门外边，等着守卫给我们开门。然后我把小吉普赛和小金都放了出来，这小哥俩在后座上激动得都要疯了。我打开车门，他们立刻撒丫子满院子飞跑，跟凯莉、尤兰迪和拳击手布鲁斯打招呼。

我对凯莉说："来，咱们量量他俩的体重。"

我们的体重计是刚刚收到的捐助物品。这是非常关键的设备，用以测量新来幼崽的体重并随着时间的推移监测其生长速度。布鲁斯和小吉普赛同时跳到了上面，但他们两个站上去的时间太短，体重计读不出来。凯莉设法将布鲁斯劝了下来，然后她大声读出了小吉普赛的体重。

"4.5公斤。"

"小金，该你了！"我说道。

他满腹疑虑地看着我，但我把他推了上去。

"哎呀！15公斤！你比小吉普赛重了三倍还多！小金呀，你可真是个大胖墩！"我笑着说。

他从体重计上跳了下来，尾巴紧紧夹在两腿之间，缩在房间的一角，一脸羞愧地看着我。我把他抱住了。

"别担心呀，我们会让你变回苗条的。"我一边向他保证，一边拍了拍他那胖嘟嘟的大屁股。

对于像他这样的小型犬来说，15 公斤是十分不健康的，因此当天我就开始让他节食。那是多么痛苦的日子！让他节食对我和他是同样的困难。几周后，我又去了康复中心，同时把小金也一起带了过来，希望他的体重已经减轻，这样他就不用受节食的折磨了。

他坚决拒绝上去。

谁都无法让他爬到体重计上去，甚至拿出零食诱惑他都没能成功。他知道上次自己一定有什么地方不对，所以这次他干脆连房间都不进了。他意识不到自己很胖，却以为是体重计给他造成了麻烦。我也让了一步，没有坚持给他称重。

动物都是像小金那样敏感的。他知道我们在取笑他，因此他十分受伤。人也是一样。我们都有脆弱的一面，在受到伤害或受到惊吓时会做出反应，但我们可以选择如何去应对。

我那天就在那里做了一个决定，决心直面我的恐惧。无须更多的借口，也不必再拖延下去。既然我此生的事业就是确保象群的安全而且决不拆散他们，那么现在是我改弦更张革故鼎新的时候了。

对我来说，一个让我十分焦虑的问题是，我知道动物们能感知到我的恐惧。我一直都担心这会引发他们的某种狂暴反应。然而事实上是否并非如此呢？如果他们感知到了我的恐惧，他们会不会反而理解我了呢？有没有这样一种可能：我这样做不仅不会让他们对我发怒，反而会让他们变得更为温和呢？

我爱他们，他们都知道。尽管当他们离得太近时我仍会非常紧张，但是我下定了决心，我会把我的恐惧展现给他们，并全心全意信任他们的爱。

我手里拿着手机，独自一个人在游廊下走了好大一会儿。已经9月了，灌木丛已开满春花朵朵。细细的青草钻出了地面，树荫下的枯枝都长出了嫩芽。我心爱的象群正在丛林里的某处啃着新生的嫩枝。

我给我最信任的一个护林员拨了电话。

"您好，弗朗索瓦丝。"他接了电话。

"早上好，安德鲁。我想在保护区里兜个风，请你为我安排一下好吗？"

第二十七章

弗朗吉 VS 弗朗吉

2017 年 9 月 25 日（星期一）上午 11 点，我终于要在保护区里兜个我之前一直非常期待却又暌隔已久的风了。但是我还是好生紧张，因为我终于意识到了症结所在。我整整一个晚上都没睡好，在床上不停地辗转反侧。虽然我自己很清楚我害怕的是什么，但是我的恐惧积习已久，而且当然也不可能有什么小仙女可以吹一口气赶跑我的恐惧，所以我必须拿出大无畏的勇气来。

天空呈现出乳蓝色，冷冽的空气沁人心脾，冬天依旧牢牢盘踞在祖鲁兰的大地上。因为我们打算从榭舍出发，所以我很早就赶到了那里，跟玛波娜迅速碰了个头，讨论一下即将在这个周末举行的婚礼。

甚至在我停车的时候，我都感知到象群就在附近。

玛波娜说："他们在早餐后就来到这里，之后就一直在河岸一带徘徊。"

我们的木屋建在了恩塞勒尼河边，但在每年的这个时候，河流是断流的，因此象群来这里的次数就不会像夏天雨季的时候那么频繁。我们很难理解为什么恰恰那天他们出现在了那里。他们为什么

我厨房里的大象

会选择在那一天来榭舍呢？我穿过草坪去找我们的野生动物摄影师米雷耶，他非常善于抓拍好镜头。

整个象群都在那里。娜娜和弗朗吉，青年公象和象宝宝们，都在悠闲地四处走动着。大象永远都不会慌张，无论是赶路还是进食。我一生中从未见过大象狼吞虎咽吃东西的样子，他们的时间观跟非洲人是同步的，那就是：今日最可靠，明日未可知。

我看到马布拉慢步走到一棵矮树边上，不慌不忙地用他的象鼻子卷住树枝，缓缓拉弯直到将树枝折断，慢吞吞地嚼动着树叶。

小象们则在河滩上自然形成的沙坑里滚来滚去，用小鼻子将沙子吸起来撒到自己身上。甚至我们最小的象宝宝泰姆巴都能将沙子吸起来了。

弗朗吉则站在一棵高大的好望角楼树下，静静地巡视她的家人们。我很想知道她的脑子里在想什么。她是在感念他们现在生活得有多快乐和无忧无虑吗？我们知道大象具有出色的记忆力，因此她应该不会忘记那段在来我们这里之前她所经历的一生中最为黑暗的时光。她出生在津巴布韦，被卖给了南非的一个野生动物保护区，几乎注定会死在某个亚洲国家的动物园里。在我的心目中，我认为她知道劳伦斯和我是怎样拼了命去拯救她和她的象群，她也很明了我在劳伦斯去世后仍然为保护他们而继续奋斗。往事暗沉不可追忆，现在我们两个都猝不及防成为自己家族的女族长，承担起了我们从未想过要去承担的责任。

你比我适应得更快，我伤感地想，但是我也准备好了。

我厨房里的大象

两头小象开始了一场模拟冲撞的混战，他们转着圈，然后猛烈撞向对方。他们的小鼻子在空中甩来甩去，高高举起，完全不去理会其他大象的存在，也不去管他们已经跑离了河岸。

弗朗吉慢慢走向他们，将自己的庞大身躯横在了他们和一个陡坡之间。河床已经全干了，但实际上却变得更危险。她并没有阻止他们玩闹，只是站在旁边看管着他们，确保他们不会遇上麻烦。

这正是我最喜欢跟大象相处的方式：站在河岸的对面或电围栏的另一侧，有时候是山谷的远处。我看了看手表，那种深入骨髓的恐惧感又袭来了。再过一个小时，我就要开始我的保护区巡行了。

11 点整我们准时出发了。我感到既兴奋又焦虑，但同时我也十分信任安德鲁和穆齐——他们会时刻贴身护持着我。即使他们对我提出要去兜个风感到十分惊讶，不过他们完全没有表现出来。

我半开玩笑说："弗朗吉看到我在这里会大发雷霆的。"穆齐转过身来，严肃地看着我说："她会喜欢你常来的。"

我点点头，神情紧张地笑了笑。凯西记者坐在我的右边，野生动物摄影师在我的左边，克莱门特和我们的两个住客坐在后排。我们的车子驶出榭舍大门，扬起一团灰尘。我紧紧盯着我的手，心跳得厉害。我一坐上车就会这样，但今天尤其剧烈。我太希望一切都进展顺利了。

"他们在那里。"安德鲁低声说。

我的心脏剧烈跳动起来。大象们分散在越野车的两侧和正前方，挡住了我们的去路。我用眼睛搜寻了一下弗朗吉，她就在我的右侧，离我大约 10 米远。她假装没有看到我们，但是她那颤动的耳朵出卖了她。她知道我们就在这里。我深吸一口气，坐了回去，全身放松了下来。

他们慢慢地踱着步，进行着自己的日常：进食，闲逛，抚触，交谈，怡然自得地度过自己的每一天。

戈比萨横穿马路的时候，站住了脚，用它那直击灵魂的眼睛凝视着我们。

"克莱门特，你要小心，他可正看着你呢。"穆齐开起了玩笑。

"没事。他知道可以去哪里找到我。"克莱门特大笑着耸耸肩膀。

戈比萨悠然自得地走开了，嘴里嚼着几根金合欢树枝，慢腾腾地走到了马布拉和伊兰加进食的地方。"看呢，"安德鲁轻声说，"他俩都是弗朗吉的儿子，有点不太喜欢她的男朋友。"

两只年轻的公象冲戈比萨大声地嘶鸣起来，怒气冲冲地晃着他们的大脑袋。戈比萨顿了一下，因为他是一个举止优雅的绅士，年轻一代的无礼行为让他颇为无奈。劳伦斯让戈比萨来我们这里，本来是想让他充当父亲的角色来指导和控制那几头正处于青春期的公象。然而 7 年过去了，马布拉已经长得比他体形更大也更强壮，并将他赶下了国王的宝座。毫无疑问，马布拉对他与母亲的关系充满敌意。伊兰加从他的大哥那里得到了默许，也对戈比萨怒目而视。他们两个都不想在自己附近的任何地方看到戈比萨的身影。他掉转了方向，打算从另一侧走到树那边去，但是马布拉飞跑过来，把他撞了个趔趄。

伊兰加趾高气扬地在他们身后高声嘶鸣起来。

戈比萨没有心情跟他们计较。他避开了两个咋咋呼呼的继子，准备去找弗朗吉。他看上去并没有特别烦恼，但我为他感到十分难过。重组家庭都会带来一些问题，即使在其他物种中也是如此明显。弗朗吉爱抚着戈比萨的脖子，然后他们两个的身体紧紧靠在一起，肩并着肩迈着同样的步子一起走开了。

我感觉到克莱门特的手搭在了我的肩膀上，就转过身来。

"你还好吗？"他微笑着说。

我点头说我很好，这是真的。我真高兴与象群待在一起，这种感觉就像我跟老友们时隔许久后重又相聚了。虽然我们彼此很久没有见到过对方，但是我们对彼此的信任、关爱和愉悦从来都在。我甚至跟凯西换了座位，这样我就坐在越野车靠边的座位上了。

大象具有异常灵敏的嗅觉，在危险刚刚显露出迹象时，他们就会将象鼻子高高举起，找出威胁所在。在肯尼亚，众所周知的是大象能够分辨出两个部落族人之间的差异——猎杀他们的马萨伊人和跟他们和平相处的康巴人。

弗朗吉知道我当时就在越野车上，要是她不希望我在那儿，她一定会"说"清楚的。但是她的象鼻子并没有高举起来以"指出"我的存在。她甚至都没有往我这边看，好像是故意不理会我的。

我目瞪口呆地盯着她。这正是她一贯的处事方式。我心里对她充满了感激，原来她真没有生我的气！她并不讨厌我出现在这里，她也不会利用我的恐惧。她让我知道，我来这里对她没有任何影响。

我只能说，环绕在我四周的能量是极为纯粹的，或者可以说是神圣的。顷刻间似乎大自然的钟表停摆了，我仿佛置身于一个静谧的空间里，每一朵云、每一片树叶、每一只小鸟和每一条昆虫都祥和地环绕着我。我的心是如此喜悦和安宁，我为象群是如此温和地接纳了我而深感羞愧。

当人们像我一样曾经心怀恐惧而生活时，摆脱恐惧仿佛是一件不可能做到的事情。虽然我的焦虑源于一些真实的事件，但是却逐渐成为根深蒂固地盘踞在我心里的怪物。当然，我们的大象仍然有可能会做出不可预知的行为，但是今天的他们跟 20 年前大大不同了。那时的他们是狂暴又危险，而现在的他们是野性中增添了平和。

"弗朗索瓦丝，"米雷耶突然急切地叫我，把我从遐想中拉了回来。"苏珊娜有点奇怪。她的象鼻子太短了。"

苏珊娜是我们的一头稍大一点的象宝宝，正好站在越野车的左侧。根据大象正常的头部姿势，象鼻子的尖端通常应该悬在非常靠近地面的地方，而她的鼻子却距离地面高达 40 厘米。

穆齐惊呼道："是电线！"

"安德鲁，穆齐，你们怎么看？"我问。

"应该是陷阱导致的。她的象鼻子一定被夹住了，但她自己又挣脱了。"安德鲁做了个鬼脸。"她挣脱的时候电线一定把鼻子的底端割断了。"

我的胃开始翻腾。谁都没说话。象鼻是大象最为脆弱的，也是最为敏感的部位之一。她一定遭受了令人难以置信的痛苦，现在正无精打采地站在母亲身边。我感到如此无助，对那些设置陷阱的人感到怒不可遏。

米雷耶迅速浏览了她早些时候给她拍的照片，十分沮丧地摇了摇头。

"看，"她说，"今天早晨我们离开榭舍之前，她的鼻子还是完好无损的。"

这就是陷阱的恐怖之处。早晨 10 点钟苏珊娜还是一头快快乐乐的小象，还无须人为干预照顾。但到了中午时分，她却是命悬一线了。更令人伤心的是，她在很小的时候就已经遭受过陷阱的伤害，她的耳朵已经残破了。

上一秒钟我们还在享受与这些智慧又优雅的生灵们的亲密共处，而下一秒钟我们就开启了红色警戒模式，为一头受伤的象进行治疗。

这就是生活本身对我们的警醒，我们永远无法预知即将发生的事情。因此，这使得我们更加迫切地享受珍贵的和平时刻。

我们回到了榭舍，把米雷耶的照片发给了兽医，征求他的建议。迈克非常担心，但事实上，这可能只是一个单纯的割伤，没有严重的皮肤撕裂和肌肉撕裂，对她来说还算万幸。

他解释道："这意味着她能有机会治愈，而且几乎不会留下阻塞鼻腔通道的疤痕组织。她还有足够长的象鼻子可以卷住树枝和吸起水柱。我知道有比她严重的象鼻受伤的案例，而且我相信她能学会适应鼻子上的残障。现在，我们需要提防发生败血症。如果护林员发现了任何发炎或感染的迹象，请立即给我打电话。"

我们讨论了她是否需要用预防性抗生素来避免潜在的并发症，但同时也决定我们先不密切监视她的行为，因为我们首先要确保她能够正常进食和饮水。

但是那一天的晚些时候，象群却分散开来，从我们的视野中消失了，我们根本无法了解到苏珊娜的状况。

第二天，每一辆可动用的越野车和护林员都去寻找苏珊娜了。我十分惊讶何以我们怎么也找不到象群。整整二十九头大象失踪了，这很不同寻常。但我知道，如果象群不想让我们找到他们，就会躲藏起来。

我忧心如焚：要是她的伤口感染了怎么办？我们怎么知道她是否可以进食呢？幸运的是，她仍吃妈妈的母乳，还用不着象鼻子。妈妈的母乳应该能为她提供必要的营养，能在伤口愈合的过程中让她保持体力。

但是我的心依旧不能放下来——我们没有亲眼看见她吃到奶，我无论如何都不能放心。

象群一整天都在躲着我们。24 小时过去了，时间在一分一秒地流逝。

第二天的清晨，西亚和穆齐回到灌木丛那里寻找他们。要不是他们传来一个象群重新又聚在一起并待在山谷中的好消息，我就呼叫一个空中搜查队了。毕竟山谷中的草更加柔软，苏珊娜可以用受损的鼻子啃点儿草吃。

西亚报告说："象群围着她，把她围得紧紧的。"

"你的意思是你其实还没有看到她吃东西吧？"我焦急地问他。

"我马上发照片给你。"

我的手机传来了嘀嘀声。我点开了他发过来的照片，是苏珊娜在吃奶！她的前额靠在母亲的身上，受伤的小鼻子举得高高的，这样可以避免再次受伤。我使劲咽了下口水：自从我们上次见到她，已经过去48小时了。她现在在吃奶！我紧握住手机，强忍住眼泪。

"西亚，谢谢你。"

苏珊娜尚未真正走出困境，但她能吃到奶，这令我大为欣慰。除了保证营养，哺乳本身也会给她带来抚慰。

直到那一刻我才意识到，在我兜风时象群带给我的是一个怎样的巨大冲击：那个时候苏珊娜刚刚受伤，但是弗朗吉先来见了我，之后才带领象群躲了起来。

大象具有非凡的感知能力。通常当劳伦斯离开保护区一段时间再回来时，他们会过来跟他打个招呼。他们总是几乎跟他在同一时间到达，甚至在一次他错过航班时离开后又折返回来。

难道弗朗吉意识到了这个保护区对我的重要性吗？我愿意相信她一定是意识到了，这就不难理解为什么她长时间以来一直跟我保持着距离，并刻意忽视了我。然而几周后，她却把象群和苏珊娜带

我厨房里的大象

到了我家附近，直到第二天才离开——他们之前从未在这里待过这么长时间！

直到第二天早上我去看他们是否还在那里时，我才意识到她根本不是在无视我。她抬着头，看着我们的房子，然后用她那睿智而温柔的大眼睛看向我，以她的象族方式跟我交流。空气中传来了安宁平和的咕噜声，在我的心中回荡。我穿过草坪朝她走过去，她的象鼻子在电网的缝隙中嗅着我身边春天的花香，就像是在和我一起进餐一样。

她一次又一次地向我展示，她是一位了不起的领袖和师长，用她那无与伦比的同情心、洞察力和善意去面对每一天。她一直在留意着河边的孩子们，留意着能让苏珊娜更容易吃到嫩草。她悄悄地来到我的花园里，是为了提醒我，放下恐惧，心安即可乐生。

我厨房里的大象

后 记

　　劳伦斯去世已经 6 年了。这 6 年中发生了太多事情，我也从中汲取了诸多教训，克服了许多障碍。

　　我们在各种艰辛困苦中扛了过来，没有苏拉苏拉所有人的齐心协力和无私奉献，我是无法做到的。我们跟志愿者们、从住客转变而来的朋友们、捐赠者们和奉献者们一起满怀激情，竭尽所能，确保我们在风雨飘摇的境况中得以生存下来。

　　现在我们的象群已壮大到二十九头大象，并且还在不断增加。苏珊娜的小鼻子愈合得很漂亮，虽然少了一小截，但是她适应得很好。塔博和恩托比已经九岁了，是一对十分幸福的亲密无间的恩爱夫妻——我非常期待着我能很快就当上犀牛奶奶！我们的康复中心现在有三个小孤儿——1 月初又有一个小捻角羚和一只小牛羚加入了小露西的行列。

　　我们正在实现劳伦斯之前想要创建一个巨大保护区的愿景，希望将其变成在未来能够不断增长的可持续的资产，而且已经有两个扩展项目亦在筹备之中。第一个是我们的邻居也加入了我们，让我们的领地又增加了 1500 公顷，这将完全满足野生动植物管理局对大象和土地的比例要求，而且还为我们提供了足够的空间来引进狮子，让我们成为非洲"五大"保护区。

第二个令人振奋的事情是，五大酋长原则上同意再给我们 3500 公顷的部落土地供我们扩展。那是一大片广袤的灌木丛，不适合放牧，但是建设保护区的理想之地。它的可行性研究正在进行中，与此同时我们已经筹措到了该区域所需的半数以上的围栏，而且我们换掉旧围栏的日子也越来越近了。

我们也在进行一项研究项目，评估我们的避孕政策对象群的社交和情感影响。大象们在家庭环境中茁壮成长，但是我比较担心的是，我们是否抑制了大象的原始本能。

我对苏拉苏拉也有自己的梦想——我们在康复中心附近开设了一个志愿者营地，来自世界各地的人以及当地社区的年轻人将住在简单的帐篷中，接近大自然和野生动植物。我们在那里教他们了解保护区对于他们自身和整个地球福祉的价值。

而且我还要清理劳伦斯的旧越野车，并将其修复。这将是我的专属越野车，是我跟我非常喜爱的丛林之间的亲密纽带。

在我庆祝我来到南非的 30 周年之际，我学会了永不放弃和坚持梦想。我始终寻找每一线希望，努力往前看，因为过去的困难最终都会消失。

苏拉苏拉将是我永远的家。

弗朗索瓦丝·莫尔贝-安东尼

2018 年 3 月 2 日于南非苏拉苏拉保护区

译后记　此疆尔界，爱故能勇

—— 一个崇爱者的丛林执守

闪电划过，将卧室照耀得如同白昼，雷声像枪声一样划破了夜空。这是 2017 年 1 月中旬的一个风狂雨骤的夜晚，凌晨两点钟，弗朗索瓦丝的手机响了。是谁会在这个时间、在这样的天气打来电话？她按下了接听键。是动物育孤园的守卫：偷猎者袭击了育孤园，开枪打伤了护理员，击中了两头犀牛。

弗朗索瓦丝摸索着穿好衣服，徒步跑到离她最近的木屋，叫醒了木屋的女经理，两人开上车便直奔位于保护区南端的育孤园。她们以蜗牛般的速度沿着泥泞的小路前行，暴雨像冰雹一样重重地砸在车上，四周一团漆黑，除了车灯下白茫茫的雨雾之外什么都看不清。而此时偷猎者尚未离去，而且随时可能向她们射击。可是她完全顾不上这些，忧心如焚：护理员们有生命危险吗？犀牛宝宝们还活着吗？

她终于到达了育孤园。在那里，等待她的，是被偷猎者绑在一起的五位护理员，一头已经死去的小犀牛孤儿古古，和另一头被抛进泥浆池、满脸都是惨不忍睹的伤口的小犀牛孤儿英佩。毫无人性的偷猎者开枪把他打倒在地，用斧子猛砍它的头，只是为了攫取他那两根比小孩的拳头大不了多少的犀角。英佩的小黑眼睛里充满恐惧，还夹杂着一丝困惑。在祖鲁兰的偏远村庄里流传着这样的说法：眼睛可以储存看得见的记忆，所以偷猎者竟然做了一件十恶不赦的事——他们将他的眼睛挖了出来，并将他抛进了泥浆池。

英佩什么都看不见了。他恐惧万分，惊慌失措，在水中艰难地呼吸着，试图让自己浮出水面，剧痛让他忍不住尖声嘶鸣。没有人能靠近他，给他帮助，哪怕是给他一个拥抱。兽医只好给英佩实施了安乐死。

可怜的小英佩曾经目睹妈妈被偷猎者杀害，而且在整整 6 天的时间里，他一直待在妈妈的尸体旁，拼命地吮吸着妈妈已经开始腐烂的乳头，秃鹫则在一旁撕扯着妈妈的肉。当护理员发现他的时候，他浑身上下都是血和黏液，散发着令人作呕的腐臭味道。他的名字英佩，在祖鲁语中意思是"勇士"，因为他为了生存下来是如此努力。他有着最甜美的天性，用温柔和安静俘获了人们的心，没想到最后却仍然遭受了同样的地狱般的死法，而那一天，距离他回归自然保护区、成为一头野生犀牛的生涯就只差不到一个星期了。

偷猎已经成为非洲丛林的日常，无时无日不在发生。虽然苏拉苏拉保护区在建成伊始即禁止了狩猎，但是人们却对偷猎无能为力。"苏拉苏拉"在祖鲁语中是一个温柔的词语，通常是用安静的声音说出来，"嘘，安静，小宝宝要睡觉了！"劳伦斯和弗朗索瓦丝

我厨房里的大象

将他们的保护区命名为苏拉苏拉，是因为他们有着想要给动物宁静与和平、把杀戮场变成安乐园的愿景。然而一个不争的事实是，作为远东地区的热销药材，犀牛角的价格已经远超黄金和白金。为了牟取暴利，偷猎者毫不在乎动物是否濒临灭绝，以极端残忍的方式将动物杀害，甚至会毫不犹豫地朝那些冒着生命危险保护动物的人开枪。

2012 年 3 月 2 日，弗朗索瓦丝的丈夫劳伦斯·安东尼因突发心脏病在伦敦去世，苏拉苏拉自然保护区就好像有人拔掉了生命的插头一样，一下子停摆了。没有了劳伦斯，对弗朗索瓦丝说，可以说不仅是她个人生活中的巨大改变，在某种程度上也意味着苏拉苏拉自然保护区有可能就此终结，劳伦斯和她费尽心力才将其安顿下来的象群，从还是两个小宝宝起就亲手抚养的两头犀牛、三头河马，还有数不清的丛林动物，有可能就此失去他们最后的庇护所，更何况，还有无处不在的毫无人性的偷猎者时刻觊觎着他们的牙或者角，或者他们身上其他值钱的部位，甚至有时候杀掉他们仅仅是为了果腹……再加上数额巨大的债务、动物救助和喂养经费，以及繁多的日常管理事务，对因骤然失去丈夫而陷入深渊的弗朗索瓦丝来说，这一切就像山崩一样将她压倒，她真不知道自己如何才能应对。

在遇到劳伦斯之前，三十三岁的弗朗索瓦丝是一个地地道道的巴黎人，一直在巴黎蒙帕纳斯的一家商会工作，从未跟动物们打过交道，甚至从未见过野生动物，即使在动物园里也未见过，然而，在伦敦因为一次商务活动她邂逅了劳伦斯之后，便辞去了高薪的工作，退掉了时尚的公寓，搬到了南非的丛林。不仅仅是因为那个传奇一般的英雄已经悄悄占据了弗朗索瓦丝的心，而且非洲的原野也深深触及她的灵魂。自从劳伦斯第一次带着她来到苏拉苏拉保护区，她就再也没想过离开。

她跟着劳伦斯在动荡中学习适应那些她一无所知的事物，简单地应对每一个突如其来的挑战，比如接收一群情绪失控的大象。她跟劳伦斯一起用勇气、狂热和欢笑战胜了困难，在非洲的丛林中开创出一个保护动物的绿洲。劳伦斯去世的时候，她已经在南非生活了 25 年，深深热爱并全身心融入了南非的传统和文化。但是在把他的骨灰撒下的那一天，有那么一小会儿，她无比渴望能回到她曾经住在巴黎蒙帕纳斯时的那些熟悉的繁忙日常。

这是她唯一一次向往法国，因为她知道她的家已经在南非，她的家人只有住在苏拉苏拉的动物和员工。然而在那个时候，没有人相信她会留下来。劳伦斯过世的消息一传出，他们经营的丛林木屋旅舍的很多预订都一个接一个地取消了，就好像她是空气一样，而木屋旅舍是他们最重要的收入来源。人人都觉得，没有了劳伦斯，苏拉苏拉必然会破产。关于她要回法国的谣言也从未间断过，甚至连银行都在不停地跟她核实她会不会离开。而且丛林是一个大男子主义当道的地方，劳伦斯雇用的人都很尊敬他，可是如果劳伦斯不在场，他们却把她看成一个说话风趣、对丛林一无所知的异国金发女郎。相当一部分员工来苏拉苏拉工作并不是为了保护动物，而只是把这里当成一个饭碗而已。尤其是安保人员，由于她是一个女性，而且不会说祖鲁语，他们甚至都拒绝向她汇报工作……劳伦斯去世后的那些时日，她都不知道自己是怎么熬过来的，但是她知道她别无选择。她从未想过要离开：她怎么可能离开苏拉苏拉呢？怎么可能放弃她和劳伦斯毕生为之奋斗的苏拉苏拉梦想呢？苏拉苏拉的员工们已经成为她的家人，她不可能抛下他们，更不可能抛下他们的象群、犀牛、河马和许许多多其他的动物。

偷猎者曾经在一场暴风雨中闯入了苏拉苏拉保护区，杀死了犀牛海蒂。他们冲她开了枪，在她尚活着的时候将她的角砍了下来。他们在她那温柔而热情的脸上所做的一切，成了弗朗索瓦丝一生的噩梦。这也使得她更加坚定地留下来，尽她之所能去拯救海蒂的同类，尤其是那些因为母亲被偷猎者杀害而毫无可能独自生存下来的小犀牛孤儿。一颗种子就这样播下，并在她的脑海里生根发芽。劳伦斯去世后，她一边接手之前劳伦斯负责的工作，同时着手建立一个动物育孤园，用以拯救动物孤儿。

对于动物幼崽来说，如果他们在成长的历程中只跟限定的人类接触，那么他们害怕人类的本能仍会保留。虽然动物犀牛仍需要人类 24 小时不间断地照顾，特别是他们刚来的时候，所以很难阻止动物幼崽和饲养员建立联系，但是应该尽可能减少他们跟人类的接触。对动物来说，人类的世界是一个充满危险的地方，他们不应该对人类抱有信任。在抚育小孤儿的过程中，既要保证他们能茁壮成长，但也不能让他们变得过于驯顺，这就是建立育孤园的意义所在。

2015 年 4 月，他们迎来了第一头小犀牛孤儿伊图巴。在祖鲁兰的一家犀牛保护区里，反偷猎小组发现了一具被偷猎者杀害的雌性犀牛尸体，6 个月大的小犀牛被找到并送到了育孤园。然后是年仅两周大的小象宝宝艾力。随后他们一共接受了七头小犀牛：英佩、桑多、南迪、暴风、古古、马克霍西、伊西米索，还有一头小河马查理。每一个小家伙来到育孤园之前，都经历了地狱般的磨难，他们有的目睹母亲被偷猎者惨无人道地杀害，有的则不知道出于什么原因跟母亲失去了联系，半数以上的小孤儿被护理员发现的时候都是遍体鳞伤，奄奄一息。获得救助的小孤儿们从来到育孤园的那一刻起，恐惧的尖叫声就响彻了育孤园的每个角落：妈妈不见了，然后又被装进一个摇摇晃晃的拖车里走了不知道多久，最后发现自己竟然和一些看起来跟枪杀了他妈妈一样的人类共同待在一个陌生的房间里……是他们的人类妈妈——护理员们——用无限的爱和温暖的拥抱让他们存活了下来。

人与动物之间的交流无关语言，而是关乎双方对彼此的理解和接纳。他们的人类妈妈不论走到哪里，他们那饱含无限深情的眼睛都紧紧追随着他们。然而，在建成之后的第三年，育孤园却遭受了灭顶之灾——两头小犀牛孤儿惨遭偷猎者杀害，小犀牛英佩因为头上长出了幼嫩的犀角而在他还活着的时候就被偷猎者残忍地将角砍了下来……

最初收到这本书的时候，正值媒体密集报道云南大象北上事件，一张睡着的象群航拍图像让我忍俊不禁：三头成年大象躺成一个保护性的三角形，一头小象安安稳稳地睡在他们中间，被保护得严严实实。我一边看着这头可爱小象的憨态可掬的睡姿，一边期待这本书会是一本温暖的书，我的脑子里已经浮现出一头小象在作者厨房里欢快地跑来跑去的美好画面。然而当我开始着手翻译，我才发现，这个温情脉脉的书名之下，展现的却是小动物孤儿们惨绝人寰的令人不忍卒读的惨痛经历。的确，他们的小象女儿——小苏拉，在被拯救的前四周，每天都待在弗朗索瓦丝的厨房里。虽然她吃不了任何人类食物，但是她总是用她的小鼻子把弗朗索瓦丝的每一种食材都卷上一卷。西红柿片的质感让她如此着迷，她竟然用她的小鼻子把那些好玩的红色片片在厨房的地板上揉来搓去，创作出了一幅毕加索风格的西红柿汁画……

这些画面是如此温馨美好，作者的文字也十分细腻柔婉，然而，优美的文字却掩不住作者对偷猎行为的痛恨和无奈。本应安全无虞地生活着的无辜的动物遭到偷猎者肆无忌惮的屠杀，其手段残忍至极：陷阱，套索，枪击……他们拥有充裕的金钱和高科技设备，为了牟利毫无顾忌地将动物残杀。仅仅是 3 个小时的例行巡行就有十二个陷阱在苏拉苏拉保护区内被发现，落入陷阱的动物要么被偷猎者当场杀死掠走值钱的皮毛、象牙或者犀角，要么被偷猎者遗忘在里面活活饿死。非洲丛林中有多少个保护区呢？每天被陷阱吞没的动物数量又是多少？这些就无从统计了。

套索是丛林的无声杀手，只是一些电线和一个活动绳结便可轻而易举安装在树上。毫不知情的动物一旦不慎将脖子或者长鼻子触

我厨房里的大象

碰到它，活扣就会收紧。动物越是挣扎，活扣就收得越紧。死亡是缓慢而残酷的，被套住的动物基本上没有可能挣脱。他们也许可以将绳结从套索上挣断，但这只会使情况变得更糟，因为这样一来动物就会躲藏起来，人们发现他们的机会就大大降低。套索的价格十分低廉，易于设置且十分奏效，反偷猎小组每天早晨要做的第一件事就是在全区搜寻套索，曾经有过一天拆除多达十条套索的经历。小犀牛恩托比的耳朵被套索套住，他奋力挣脱后耳朵却缺失了一大块。小象乌西的头部也被套索套住，两天两夜都不能吃奶，要不是护理员们冒死施救，小乌西根本不可能活下来。小象苏珊娜的鼻子被套索割断，比正常的象鼻子整整短了 40 厘米……更不用说那些被套索套住却得不到救助而活活痛死或者饿死的动物了。

　　以上惨剧只是一些个案，在非洲广袤的丛林中，曾经发生过多少类似的惨剧呢？又有多少动物像小英佩或者海蒂一样遭遇了地狱一般的死法？只要犀角和象牙的交易一天不被取缔，犀牛和大象被屠杀的行为就永远不会终止。象牙和犀角的价格是如此高昂，巨额的暴利会让偷猎者为了得到哪怕区区一克而将动物残忍杀害。

　　对弗朗索瓦丝来说，反偷猎是一场战争。为了不让偷猎者有机可乘，她尝试了很多办法来保护苏拉苏拉的动物：给犀角注射毒液，希望购买者因为犀角有毒而停止购买，然而却因为不良媒体的大肆报道反而刺激了买家的欲望，最后她只好决定将犀角去除，让偷猎者彻底死心。没有角的犀牛还是犀牛吗？没有象牙的大象还是大象吗？这个问题没有答案，然而让无角或者无牙的动物活着，总

我厨房里的大象

比让他们死了好。愿犀牛无角，大象无牙，而得以安全活命，于她，是多么惨痛的心理历程，尤其这是在她失去丈夫以后而不得不做出的决定。被拯救的小河马查理长出牙齿后十分地骄傲，每天都张着他的大嘴巴在育孤园里跑来跑去炫耀。弗朗索瓦丝是多么想告诉小河马查理快把他的大嘴巴闭上呀！因为对象牙出口的大力打击，偷猎者已经将目光盯上了河马的牙齿。她十分担心，未来的某一天，小河马查理的牙也会被偷猎者盯上。

将这些小孤儿从偷猎者手中救下来，救助者们常常需要冒着生命危险。而最小的小孤儿只有两周大，最大的也不过 6 个月，由于饥饿、疾病和精神创伤，小孤儿们到达育孤园后，需要护理员们全部身心的爱和无限精心的照料才有可能挽救他们的性命，而让他们安全长大并成长为可以回归大自然的野生动物，不受人类存在的干扰，更是难上百倍。小犀牛伊图巴、桑多、南迪、暴风、古古、英佩、马可霍西和伊西米索以及小河马查理都非常幸运地活了下来，然而小象苏拉和小象艾力却都没能逃过严重的内脏衰竭，他们的离世让弗朗索瓦丝和他们的护理员妈妈们无比悲伤。

客观地说，劳伦斯去世后苏拉苏拉保护区的维系是非常艰难的。二十一头大象，两头成年犀牛，三头成年河马和栖息在保护区内数不胜数的其他野生动物对弗朗索瓦丝来说是非常巨大的负担——无论从经济上还是管理上。尽管劳伦斯在世时已将保护区的面积扩容至 4500 公顷，仍不能满足野生动物保护局对动物和领地面积比例的需求，而保护区的安保配备也是非常不尽如人意：二十几个不愿向她汇报工作的警卫，十几个心怀疑虑的保护区员工，日渐减少的保护区木屋旅舍的预订……单单是三十多人的日常管理工作已经让弗朗索瓦丝焦头烂额，而她最缺少的，是钱——她的银行账户里几乎一文不名，而购买和扩容保护区土地以及迁移大象的贷款还未还清，三十几个员工的工资、保险、假期……无一例外都需要大量的资金支持，而现在她又在苏拉苏拉建立了一个育孤园，八头小孤儿犀牛、一头小孤儿河马和一头孤儿小象的治疗和护理带来的是更沉重的责任和更巨大的经济压力。

对她来说，她从未准备好承担这些责任，她几乎是被迫扮演一个她从未想过会属于她的角色，然而她勇敢地迎接了挑战，用爱和勇气领导着她的大家庭艰难前行。在育孤园遭受了致命的袭击以后，她坚持不让自己深陷在痛苦之中，因为如果她一直痛苦，那不仅她的意志被摧毁，整个苏拉苏拉亦将陷入深渊。她别无选择，只有奋力前行。即使遭遇了丈夫突然辞世的打击，她的人生目标也从未改变：让苏拉苏拉的人和动物继续过着平静幸福的生活。动物给了她希望和安慰，也激励着她成为一个更好的人。曾经的悲剧虽然就发生在她身边，但是对她来说，这些都成为她打败恐惧的动力。虽然这使她不堪重负，但是，她却永远也不会停止寻求生活的快乐和人性的美好。即使不得不又一次从零开始，她也决不言弃——这个信念，已经深深刻在了她的基因里。

2013 年的 3 月 4 日，亦即劳伦斯去世后的第一个周年之日，远在约翰内斯堡进行公务的她看着苏拉苏拉员工发给她的照片，微笑在脸上绽开：象群又来到了劳伦斯生前居住的房子前边！天上下着毛毛细雨，他们的脊背在昏暗的灯光下像檀木一样闪闪发光。象群的前任女族长娜娜和她的女儿南迪站在栅栏边，紧紧盯着房子看，仿佛希望劳伦斯能从房子里突然走出来似的。年轻的公象马布拉则把长鼻子的前端伸进了电网，最小的象宝宝维多利亚，正挤在女族长弗朗吉的身边。

　　一年之前，在劳伦斯去世的那个周末，象群也不可思议地来到了这所房子旁边。她愿意相信，象群是来陪伴劳伦斯的——大象会为他们死去的同伴哀悼相当长的时间。在劳伦斯最钟爱的小象努姆赞死后的好几年里，象群依旧会回到他的尸骨所在地逗留数小时。虽然劳伦斯已经长眠在姆可胡鲁大坝之下，然而一年之后他们仍然回到了他生前住过的房子那里哀悼他。他们的颞叶腺体分泌出黑色的液体，顺着脸颊缓缓流下，仿佛眼泪一般在脸颊上划出一道道黑色的沟壑。这是一个人类完全不理解的象族仪式，然而他们对时间的感知却超出了人们的理解。这些美丽、敏感的生物在用自己的方式来缅怀劳伦斯的死亡。

　　他们对人类的信任也超出了人们的认知。肯尼亚作家、大象研究专家、动保主义者达芙妮·谢尔德里克在她的《大象孤儿院》一书中写道，"大象确实和人类类似，而且在很多方面都做得更好。"她称他们为"最情绪化的人类"，作为陆地哺乳动物，他们确实与人类有许多共同的情感。这种共同的情感以某种神秘的方式将他们和人类联结起来，让人类认识到物种之间存在某种深刻的联系。他

我厨房里的大象

们会做出某些激动人心的、有趣的或令人惊讶的行为，触动人们的心灵或灵魂。

小象汤姆刚出生一周，就跟象群走散了，然后小家伙却在苏拉苏拉多达 4500 公顷的广袤土地上找到了去弗朗索瓦丝家的路。护理员布洛西把她送回到妈妈身边的时候，她竟然紧紧贴住他的腿不肯离开，并跟在他的身后奔跑。护理员面对怒气冲冲的体形比他大上十数倍的象妈妈可可，十分平静地用眼睛向她示意，自己是来把孩子送给她的。象妈妈只需一个踏步，便可将他踏成肉泥，然而她却未做出任何过激的行为，而是任由他转身跳上车子飞驰而去。小象乌西也是在仅仅一周大的时候被偷猎者的套索套住了脸和鼻子，整整两天都无法吃到妈妈的奶。象群找到了正在保护区搜寻他们的乌西，女族长站在象群的前面，他的妈妈玛露拉轻轻地将小象推向他，让乌西看清楚了他的伤势，才和兽医制定方案除去了他脸上的套索，挽救了他的生命。

象群女族长弗朗吉的女儿苏珊娜的鼻子被套索割断，然而弗朗吉第一时间带着象群先来跟弗朗索瓦丝见了面，然后才将象群和小象带走躲藏起来。对弗朗索瓦丝来说，这是一个怎样的巨大冲击：她一直以为弗朗吉不喜欢她，每次见到她都怒气冲冲。然而事实是，弗朗吉十分明确地意识到苏拉苏拉保护区对弗朗索瓦丝的重要性，这就是她带着受伤的小象先来跟弗朗索瓦丝见面并在弗朗索瓦丝的房子前待了两天的原因。弗朗吉用她那睿智而温柔的大眼睛看着弗朗索瓦丝，以她的象族方式跟她交流。空气中传来了安宁平和的咕噜声，在房子的四周回荡。她仿佛向弗朗索瓦丝展示，她在用她那无与伦比的同情心、洞察力和善意去面对每一天。她悄悄地来到弗朗索瓦丝的花园里，是为了提醒她，放下恐惧，心安即可乐生。

如果说劳伦斯前去战时的巴格达拯救动物园动物是出于仁道的使命感，那么爱和责任是弗朗索瓦丝在劳伦斯去世后仍然坚持将苏拉苏拉运营下去的理由。虽然育孤园遭受了重创，而且由于跟外部管理团队意见不一致而不得不将所有小孤儿迁走——袭击发生后不到 3 个月，育孤园就只剩下了一个空壳。接下来的那段时日是弗朗索瓦丝一生中最为黑暗的时光。保护区内部和外部团队的合作彻底破裂，外部赞助商对她也深感失望，认为是她背叛了他们。外界对苏拉苏拉安全问题的指控都对准了弗朗索瓦丝，让她几乎崩溃。然而对弗朗索瓦丝来说，应对悲伤的方式是修复问题并找到解决方案，最重要的是要保护好动物。她决定重建育孤园，邀请专家前来评估、修复和升级整个安保系统，修复了育孤园周边的围栏，并连接上了高科技警报装置。同时她亦将育孤园的大门敞开，吸纳新的志同道合的人一起来运营它。虽然她内心遭受到如此之深的伤害，但她不会让痛苦和创伤将自己压垮。这就是她何以在遭遇了劳伦斯去世和育孤园遇袭后幸存下来的原因——为信念而奋斗是让她每天早晨起床的理由。

英语中有一个谚语说，大象对救护他的人，永生都不会忘记。我想，那些被她的育孤园拯救的小犀牛孤儿和小河马孤儿应该也是如此。象群每年在劳伦斯的纪念日都会来劳伦斯生前居住的房子拜访，他们那温柔的大眼睛里满满写着的都是暖暖的爱；育孤园里的护理员们不论走到哪里，小孤儿们那饱含无限深情的眼睛都紧紧追随着他们。刚出生才一周的小象汤姆跟象群走散之后，竟然跑到了弗朗索瓦丝的房子附近，在她的厨房里喝饱牛奶后便开始饶有兴趣地用小鼻子嗅她的脸和身体，用柔软的小额头蹭着她，就像对待妈妈一样。小汤姆就像人类婴儿吃饱后一样充满了安全感，竟然紧贴着弗朗索瓦的双腿在她的厨房里安然入睡……正是他们的爱，让她有了坚持下去的勇气。她爱他们，同时也从他们回报给她的爱中汲取力量。

爱故能勇，仁故能广。一年之后育孤园重建已经初见规模，迎来了三位新的小住户。最大的赞助商"四爪"恢复了对弗朗索瓦丝的财务支持，保护区所在地的酋长们也给了她另外3500公顷土地用以扩建苏拉苏拉保护区。临近的保护区也加入了进来，让苏拉苏拉的领地历史性地扩展到了9000公顷。不仅大象再也没有了野生动物当局所担忧的空间比例问题，而且保护区里还引进了狮子，使得苏拉苏拉升级成为"五大"保护区。可以说劳伦斯想要给动物宁静与和平、把杀戮场变成安乐园的愿景已经初步实现，而苏拉苏拉保护区和育孤园在遭遇灭顶之灾之后又重新开启了新的篇章。

我何其有幸，能成为这本充满着爱和温情的书的译者。我非常喜爱作者的文字，比起劳伦斯文字的洒脱诙谐、酣畅激扬，作者的文字则是十分细腻柔婉，温厚可亲，很多章节中对非洲丛林的描写让人犹如身在画中，然而，柔美温婉的文字下面，是作者对小孤儿们的源自内心的爱与悲悯，和对偷猎行为的痛恨与无奈。我在译完劳伦斯的著作《巴比伦方舟》之后方才得知他的死讯，为他非常难过，更为弗朗索瓦丝难过，可以说我全程都是含着眼泪翻译这本书的。不仅是因为我十分理解弗朗索瓦丝的心情、她肩负的压力和她所处的困境，而且每一个小孤儿和他们的妈妈的遭遇都让我怆然泪下，心中酸嘶，不能自已。

我也真心为弗朗索瓦丝高兴，因为她的爱和努力，象群的数量已经增加到二十九头，她想当犀牛奶奶的梦想也终将实现：她在莫霍洛霍洛康护中心第一眼看到小犀牛孤儿塔博时，他才几个月大。他是如此温柔，对她是如此信任，让她下定决心最终在苏拉苏拉保护区内建成了育孤园。而且在育孤园遭受重创之后又复建成功，几年前她在心里种下的那颗种子，终于长成一棵枝叶繁茂的大树。难道这一切不是对弗朗索瓦丝爱的执守的最好报偿吗？我想长眠在姆可胡鲁大坝之下的劳伦斯也必然看到了这一切，也一定为她喜极而泣了吧，否则象群来他生前居住过的房子那里缅怀他的那一天，何以是细雨绵绵呢？而他和他们，还有小孤儿们对弗朗索瓦丝的爱，也便弥散在迷雾蒙蒙的祖鲁丛林中了。

郭梦霞

2022 年 8 月 16 日初稿，北京

2022 年 8 月 28 日修订，北京